DISCARD

CHICAGO PUBLIC LIBRARY • Humboldt Park Branch
1605 N. Troy Street • Chicago • Illinois • 60647
Telephone • 312-744-2244
Library Hours
Monday-Thursday, 9 am-8 pm
Friday & Saturday, 9 am-5 pm
Sunday, closed

Beso Canela

Beso Canela

Walter Mosley

Traducción de
Ana Herrera

Spa/ FIC MOSLEY
Mosley, Walter.
Beso canela /

Rocaeditorial

Título original: *Cinnamon Kiss*
© 2005 Walter Mosley
This edition published by arrangement with Little, Brown and Company (inc.), New York, New York, USA. All rights reserved.

Primera edición: marzo de 2007

© de la traducción: Ana Herrera
© de esta edición: Roca Editorial de Libros, S.L.
Marquès de l'Argentera, 17. Pral. 1.ª
08003 Barcelona
correo@rocaeditorial.com
www.rocaeditorial.com

Impreso por Puresa, S.A.
Girona, 206
Sabadell (Barcelona)

ISBN: 978-84-96544-85-7
Depósito legal: B-1.391-2007

Todos los derechos reservados. Esta publicación no puede ser reproducida, ni en todo ni en parte, ni registrada en o transmitida por, un sistema de recuperación de información, en ninguna forma ni por ningún medio, sea mecánico, fotoquímico, electrónico, magnético, electroóptico, por fotocopia, o cualquier otro, sin el permiso previo por escrito de la editorial.

R03250 96817

HUMBOLDT PARK
DISCARD 10-08

DISCARD

1

—... Así que es muy sencillo —decía el Ratón. Cuando sonreía, el diamante incrustado en su diente incisivo brillaba en la oscuridad.

El bar Cox estaba siempre oscuro, hasta en una soleada tarde de abril. La débil luz y las sillas vacías lo convertían en un lugar perfecto para el asunto que teníamos entre manos.

—... Sencillamente nos presentamos allí sobre las cuatro y media de la mañana y esperamos —continuó el Ratón—. Cuando esos hijoputas asomen la jeta, tú le pones una pistola en la nuca al último que pase. Será el que lleve la pistola. Le dices que la suelte y...

—¿Y si se pone chulo? —le pregunté.

—No hará tal cosa.

—¿Y si se asusta y se le dispara el arma?

—No pasará eso.

—¿Y cómo cojones lo sabes, Raymond? —pregunté a mi amigo del alma—. ¿Cómo sabes lo que hará un dedo determinado en Palestine, Texas, dentro de tres semanas?

—Chicos, ¿queréis alguna cosita para la lengua? —preguntó Ginny Wright. Había un punto lascivo en la voz de la propietaria del bar.

Era una sorpresa ver aparecer a una mujer tan grandota en la oscuridad del salón vacío.

Ginny tenía la piel muy oscura y llevaba una peluca de color dorado. No rubio sino más bien dorado, como de metal.

Nos estaba preguntando si queríamos algo para beber, pero Ginny era capaz de incluir una insinuación sexual hasta a la hora de ofrecer un poco de sal, cuando hablaba con hombres.

—Una cola —dije bajito, preguntándome si habría oído algo del plan del Ratón.

—Y un whisky de malta en un vasito helado para el señor Alexander —añadió Ginny, que conocía los gustos de su mejor cliente. Guardaba cinco vasitos pequeños en el congelador en todo momento, listos para complacerle.

—Gracias, Gin —dijo el Ratón, dejando que su empaste de un quilate se incendiase para ella.

—A lo mejor deberíamos hablar de este asunto en otro sitio —sugerí, mientras Ginny se alejaba para servirnos las bebidas.

—Mierda —murmuró él—. Éste es mi despacho, igual que ese que tienes tú en Central, Easy. No debes preocuparte por Ginny. Ella no oye nada, y tampoco dirá nada.

Ginny Wright tenía más de sesenta años. Cuando era jovencita había sido prostituta en Houston. Raymond y yo la conocimos por entonces. Ella había conservado su debilidad por el joven Ratón durante todos aquellos años. Y ahora era su mejor amiga. Cuando le miraba, uno tenía la sensación de que deseaba algo más. Pero Ginny tenía suficiente dejando espacio en su nidito para que Raymond hiciese sus negocios.

Aquella tarde ella había puesto un cartel especial en la puerta de delante: CERRADO. FIESTA PRIVADA. Aquel cartel permanecería allí plantado hasta que yo vendiese mi alma por un saco lleno de dinero robado.

Ginny nos trajo las bebidas y luego volvió a la elevada mesa que usaba como barra.

El Ratón seguía sonriendo. Con su piel clara y sus ojos grises parecía un espectro en la oscuridad.

—No te preocupes, Ease —dijo—. Cogeremos a ese mamón desprevenido, ni se enterará.

—Lo único que digo es que no sabes cómo va a reaccionar un tío que lleva una pistola cuando te acercas por detrás y le apoyas el cañón frío de un arma en el cuello.

—Para empezar, Rayford no llevará ninguna bala en el cargador ese día, y lo único en lo que pensará será en el momento en que tú te le eches encima. Porque sabe que en cuanto tú saques la pistola, su socio, Jack Minor, se volverá a ver qué pasa. Y justo cuando lo haga, yo le daré un coscorrón a Jackie y entonces tú y yo tendremos que currar de lo lindo. Habrá un mínimo de doscientos cincuenta mil en el furgón blindado... la mitad, nuestro.

—Crees que es muy astuto saber los nombres de todos esos tíos —dije, alzando la voz más de lo que hubiese querido—. Pero si tú les conoces a ellos, ellos te conocen a ti.

—Ellos no me conocen, Easy —afirmó el Ratón. Pasó el brazo alrededor del respaldo de su silla—. Y aunque me conocieran a mí, a ti no te conocen.

—Pero tú sí que me conoces.

Se dibujó una sonrisa de suficiencia en los labios de Raymond. Se inclinó hacia delante y cruzó las manos. Muchos hombres que conocían a mi amigo el asesino habrían temblado de miedo al ver aquel gesto. Pero yo no tenía miedo. No es que yo sea un hombre tan valiente que no conozca el miedo ante una muerte cierta. Y Raymond Alexander *el Ratón*, era la muerte personificada, ciertamente. Pero entonces tenía problemas que iban más allá de mí mismo y mi mortalidad.

—No estoy diciendo que me vayas a delatar, Ray —insistí—. Pero los polis saben que trabajamos juntos. Si yo voy a Texas y robo ese furgón blindado contigo, y Rayford canta, vendrán a por mí. Eso es lo que digo.

Recuerdo que sus cejas se levantaron, quizá medio centímetro. Cuando uno se enfrenta a ese tipo de peligro se fija mucho en los pequeños detalles como ése. Ya había visto en acción a Raymond. Podía matar a un hombre y luego echarse una siestecita sin sentir la menor preocupación.

Las cejas significaban que sus sentimientos estaban aliviados; que no tendría que perder los nervios.

—Rayford no me conoce —dijo, echándose atrás en la silla de nuevo—. No sabe ni mi nombre, ni de dónde soy, ni adónde iré cuando coja el dinero.

—¿Y por qué ha confiado en ti? —le pregunté, notando que estaba hablándole como solía hacerlo cuando era un gallito en Fifth Ward, Houston, Texas. Quizás en lo más hondo de mi ser sabía que no colaría toda aquella bravuconería.

—¿Recuerdas cuando estaba en el trullo por el asunto aquel del homicidio? —preguntó entonces él.

Había pasado cinco años en una prisión de máxima seguridad.

—Fue una época muy dura, tío —aseguró—. Ya sabes que no quiero volver allí en la vida. Quiero decir que los polis tendrían que matarme antes de hacerme volver. Pero aunque fue malo, saqué algo bueno de aquello.

El Ratón dio un golpe con el chupito triple de malta helada y levantó el vasito. Oía a Ginny trastear preparando la siguiente copa gratis.

—Ya sabes que conocí a un grupo muy especial cuando estuve allí. Era lo que tú llamas un sindicato.

—O sea, ¿como la mafia?

—No, tío. Es sólo un club. Son negocios limpios. Hay un hermano en Chicago que tiene a unos hombres que van por ahí, por el país, buscando posibilidades. Bancos, furgones blindados, partidas de póquer privadas... cualquier cosa donde se muevan grandes cantidades de dinero, doscientos cincuenta mil o más. Ese tío manda a sus chicos para que hagan los contactos, y luego le da el trabajito a alguien en quien confía —el Ratón volvió a sonreír. Se decía que el diamante se lo había regalado una estrella de cine blanca y muy rica a la que había sacado de un buen lío.

—Aquí tienes, cariño —dijo Ginny, colocando su vasito helado en la mesita redonda y baqueteada que se encontraba entre nosotros dos—. ¿Necesitas algo más, Easy?

—No, gracias —respondí yo, y ella se alejó. Sus pisadas eran silenciosas. Lo único que se oía era el roce de sus pantalones de algodón negro.

—O sea que ese tío te conoce...

—Easy —exclamó el Ratón, con un gemido exasperado—, has sido tú quien ha venido a verme y me ha dicho que necesitaba cincuenta mil, ¿no? Bueno... pues ahí los tienes, y probablemente más. Cuando yo deje fuera de combate a Jack Minor, Rayford te dejará que le des un golpe en la cabeza. Nos llevamos el dinero y ya está. Te daré tu parte esa misma tarde.

Se me secó la lengua en aquel momento. Me bebí toda la cola de un solo trago, pero la sequedad no desapareció. Me metí un cubito de hielo en la boca, pero era como si lo chupase con una tira de cuero en lugar de carne.

—¿Y cómo vas a pagar a Rayford? —pregunté, y las palabras gorgotearon en torno al hielo.

—¿Por qué te importa tanto ése?

—Quiero saber por qué confiamos en él.

El Ratón meneó la cabeza y luego se echó a reír. Era una risa sincera, amistosa y jovial. Por un momento pareció una persona normal en lugar de un tipo malo y enormemente frío del gueto, que se había vuelto tan duro que apenas parecía inmutarse, como si no fuera un ser humano.

—El hombre de Chi siempre elige a alguien que tenga algo que esconder. Les amenaza con echarles la mierda encima y luego les paga su parte por adelantado. Y les hace saber que si resultan ser unos chivatos, están muertos.

Era un rompecabezas perfecto. Todas las piezas encajaban. El Ratón tenía todo cubierto, todas las respuestas a mis preguntas. ¿Y por qué no? Era el criminal perfecto. Un asesino sin conciencia, un guerrero sin miedo... Su coeficiente intelectual podía quedar por debajo de todos los gráficos, de eso no tenía ni idea, pero aunque fuera así, toda su mente prestaba una atención tan exagerada a su profesión que pocos podían superar sus ideas, en lo que respectaba a transgredir la ley.

—No quiero que muera nadie en este asunto, Raymond.

—No va a morir nadie, Ease. Sólo un par de dolores de cabeza, nada más.

—¿Y si Rayford es un idiota y empieza a gastar dinero como si fuese agua? ¿Y si la poli sospecha que está metido en esto?

—¿Y si los rusos tiran la bomba H en Los Ángeles? —replicó—. ¿Y si vas conduciendo tu coche por la carretera costera del Pacífico, y te da un ataque al corazón y te caes por un precipicio? Mierda, Easy... Puedo seguir diciendo «y si, y si» hasta que te mueras, pero tienes que tener fe, hermano. Y si Rayford es un idiota y la quiere joder, no tendrá nada que ver con lo que te preocupa ahora.

Por supuesto, tenía razón. Lo que me preocupaba era por qué estaba yo allí. No quería que me cogieran, y no quería que muriese nadie, pero ésos eran riesgos que tenía que correr.

—Déjame pensarlo un poco, Ray —dije—. Te llamo mañana por la mañana a primera hora.

2

Fui por el caminito delantero que salía del bar Cox y luego doblé a la izquierda en Hooper. Tenía el coche aparcado a tres manzanas de allí debido a la naturaleza de aquella reunión. No se trataba de comprar comestibles o de dejar el coche en el aparcamiento de la escuela donde trabajaba. Aquél era un asunto grave, un negocio que me podía llevar a prisión durante toda la vida de un niño.

El sol brillaba, pero soplaba una brisa ligera que eliminaba el calor. El día era bonito, si uno no miraba hacia las tiendas quemadas y tapadas con tablones, víctimas de los disturbios de Watts de hacía menos de un año. La poca gente que iba andando por la avenida tenía un aspecto apagado y agrio. En su mayoría era gente pobre, parados o casados con alguien que lo estaba, y que se daban cuenta de que California y Misisipí eran estados hermanos de la misma Unión, miembros del mismo clan.

Sabía cómo se sentían porque yo fui uno de ellos durante más de cuatro décadas y media. Quizá yo hubiese conseguido algo más en la vida. Ya no vivía en Watts y tenía un empleo fijo. Mi novia, con quien vivía, era azafata de Air France, y mi hijo tenía un barco propio. Habría sido un éxito considerable, dado mi nivel educativo, pero todo aquello se había acabado. Ya no era más que un fantasma que vagaba por las calles que antes fueron mi hogar.

Notaba como si hubiera muerto y los pasos que daba

fuesen los pasos finales hacia el infierno, ineludibles, definitivos. Y aunque era un hombre negro en un país que parecía al borde de una guerra racial, mi color y mi raza no tenían nada que ver con mi dolor.

«El infierno de cada hombre es un club privado —solía decirme mi padre cuando era pequeño—. Por eso cuando miro a todos esos blancos que me desprecian, siempre sonrío y digo: "claro, jefe".»

Sabía que la maza les caería encima a ellos también. Olvidaba decir que también me caería encima a mí, un día.

Una vez en el coche, tomé una callejuela lateral en zigzag para volver hacia la parte oeste de la ciudad. En cada cruce recordaba a la gente que había conocido en Los Ángeles. Muchos eran los mismos que ya conocía en Texas. Nos habíamos trasladado todos en masa, al parecer, desde el profundo sur hasta el refugio californiano. Joppy el barman, que llevaba muerto muchos años, y Jackson, el mentiroso; EttaMae, mi primer amor de verdad, y el Ratón, su hombre, mi mejor amigo. Llegamos aquí en busca de una vida mejor, el motivo por el que se traslada la mayoría de la gente, y muchos creíamos que la habíamos encontrado.

«... Le pones la pistola en la nuca al que entre el último...»

Me veía a mí mismo, invisible para todos los demás, con una pistola en la mano, planeando el robo de la nómina semanal de una gran empresa petrolífera. Todos aquellos años intentando ser un ciudadano modelo, recibiendo un sueldo digno, y todo desaparecía por unos litros de sangre estropeada.

Con esta idea en mente, levanté la vista y me di cuenta de que una mujer que empujaba un cochecito de bebé, con dos niños pequeños a su lado, estaba en medio de la calle, a menos de tres metros de mi guardabarros. Pisé el freno y viré bruscamente a la izquierda, delante de una ranchera del 48 con adornos de madera. El otro también pisó el freno. Los cláxones trompetearon.

La mujer chilló:

—¡Ay, Dios mío! —Y yo me imaginé a uno de sus niñitos aplastado bajo las ruedas de mi Ford.

Abrí la portezuela y salté fuera, casi antes de que se parase el coche, y corrí hacia delante para ver al niño muerto que tanto temía.

Pero me encontré a la mujer pequeñita de rodillas, apretando a sus tres hijos contra su pecho. Los niños lloraban y ella chillaba invocando al Señor.

Un hombre anciano salió de la ranchera. Era negro, con el pelo plateado y amplios hombros. Cojeaba y llevaba unas gafas con montura metálica. Recuerdo que me tranquilizó mucho la preocupación que vi en sus ojos.

—¡Hijo de puta! —gritó la mujercita menuda, color de cáscara de nuez—. ¿Qué mierda te pasa? ¿Es que no ves que llevo niños?

El anciano, que al principio venía hacia mí, se desvió hacia la mujer. Apoyó una rodilla en el suelo, aunque le resultaba difícil por su pierna coja.

—Están bien, cariño —dijo—. Tus niños están bien. Pero vamos a apartarnos de la calle. Salgamos de la calzada, antes de que venga otro coche y los atropelle.

El hombre dirigió a los niños y a su madre a la acera, entre Florence y San Pedro. Yo me quedé allí de pie mirándoles, incapaz de moverme. Había coches parados en todos lados. Algunas personas estaban saliendo para ver lo que había ocurrido. Nadie tocaba el claxon aún porque pensaban que quizás hubiese muerto alguien.

El hombre del pelo plateado se volvió hacia mí con los ojos muy serios. Yo esperaba que me regañase por mi conducta descuidada. Estaba seguro de haber visto la reprimenda en sus ojos. Pero cuando se acercó, vio algo en mí.

—¿Está bien, señor? —me preguntó.

Yo abrí la boca para responder, pero las palabras no me

salían. Miré a la madre, que estaba besando entonces a la niña. Vi que todos ellos (la madre, el bebé, el niño y la niñita de unos seis o siete años) llevaban los mismos pantalones color marrón.

—Será mejor que tenga cuidado, señor —dijo el viejo—. A todos nos puede pasar a veces, pero no hay que dejar que pase.

Yo asentí e incluso puede que murmurase algo. Luego volví a mi coche a trompicones.

El motor todavía estaba en marcha. Estaba en punto muerto, pero yo no había accionado el freno de mano.

Yo era un accidente a punto de ocurrir.

Durante el resto del camino a casa, me quedé preocupado por la imagen de la mujer que abrazaba a aquella niñita. Cuando Feather tenía cinco años y estábamos en la playa cerca de Redondo, se cayó por una colina llena de arbustos espinosos. Chillaba mientras Jesus la cogía, besándole la frente. Cuando llegué yo y la cogí entre mis brazos, dijo:

—No te enfades con Juice, papá. No ha sido él quien me ha hecho caer.

Aparqué junto al bordillo para no tener otro accidente. Me quedé allí sentado, con la frase admonitoria resonando en mis oídos: «a todos nos puede pasar a veces, pero no hay que dejar que pase».

3

Cuando llegué a la puerta delantera, encontré a Jesus, mi hijo adoptivo, y a Benita Flag sentados en el sofá del salón. Ambos levantaron la vista para mirarme, pero tenían una expresión muy rara.

—¿Está bien? —pregunté, notando que mi corazón daba un vuelco.

—Bonnie está con ella —dijo Jesus.

Benita asintió y yo corrí hacia la habitación de Feather, atravesando el pequeño vestíbulo, y entré por la puerta del cuarto de mi niña.

Bonnie estaba sentada allí, dando toquecitos a la frente de mi hija, de un color claro, con alcohol para friegas. Se suponía que la evaporación en la piel bajaría la fiebre.

—Papá... —me llamó Feather débilmente.

Me acordé de los viejos tiempos, cuando ella gritaba mi nombre y corría hacia mí como un pequeño tanque acorazado. Era la niña de mis ojos. Habría luchado, riendo a carcajadas y entre chillidos. Pero ahora estaba postrada con una infección en la sangre que nadie en todo el continente americano parecía capaz de curar.

—La prognosis no es buena —había dicho el doctor Beihn—. Pónganla cómoda y procuren que beba muchos líquidos...

Yo habría secado toda la presa Hoover para salvar su vida.

Bonnie también tenía una expresión muy rara. Era alta y de piel oscura, caribeña y adorable. Se movió como el océano, levantándose de aquella silla y echándose en mis brazos. Su piel estaba caliente, como si de algún modo hubiese intentado arrancar la fiebre de la niña y quedársela dentro de su propio cuerpo.

—Voy a por una aspirina —susurró Bonnie.

Yo la solté y ocupé su lugar en la silla plegable que había junto a la camita rosa de mi niña. Con la mano derecha apreté la esponja contra la frente de Feather. Ella me cogió la mano izquierda entre las dos suyas y me apretó el índice y el meñique todo lo fuerte que pudo.

—¿Por qué estoy tan enferma, papá? —gimoteó.

—Es sólo una infección, cariño —le respondí—. Tendrás que esperar a que tu organismo la vaya eliminando.

—Pero llevo mucho tiempo.

Habían pasado veintitrés días desde el diagnóstico, una semana más de lo que pensaba el doctor que sobreviviría.

—¿Ha venido alguien a visitarte hoy? —pregunté.

Eso la hizo sonreír.

—Sí, Billy Chipkin.

La familia de aquel chico blanco, con el pelo rubio platino y los dientes saltones, había llegado desde Iowa después de la guerra. Billy era el quinto hijo, el más pequeño. Su devoción hacia mi hija huérfana a veces me ensanchaba el corazón de tal modo que me dolía. Era cinco centímetros más bajito que Feather, y se sentaba junto a ella todos los días después del colegio. Le traía los deberes y le contaba los cotilleos del patio.

A veces, cuando pensaban que nadie los miraba, se cogían de las manos y hablaban de algún castigo injusto del profesor a sus revoltosos amigos.

—¿Y qué te ha contado Billy?

—Le han puesto una división larga de deberes, y yo le he

enseñado cómo tenía que hacerla —dijo, orgullosamente—. No le sale demasiado bien, pero si se lo enseñas, lo recuerda hasta mañana.

Toqué la frente de Feather con el dorso de tres dedos. Ella pareció enfriarse un poco en aquel momento.

—¿Puedo tomar una de las bolas de brea de Mama Jo? —preguntó Feather.

Ni siquiera la curandera, Mama Jo, había sido capaz de curarla. Pero nos había dado una docena de bolas negras de brea, cada una envuelta en una hoja de eucalipto.

«Si la fiebre sube más de treinta y nueve, dadle una de éstas para que la mastique —nos había dicho la mujer alta y negra—. Pero nunca más de una al día, y después de estas doce, no le podéis dar ninguna más.»

Sólo quedaban tres bolitas.

—No, cariño —le dije—. Ahora te ha bajado la fiebre.

—¿Qué has hecho hoy, papi? —me preguntó Feather.

—He ido a ver a Raymond.

—¿El tío Ratón?

—Sí.

—¿Y qué has hecho con él?

—Pues nada, hablar de los viejos tiempos.

Le conté aquella vez, hacía veintisiete años, que el Ratón y yo habíamos salido a cazar mariposas monarca amarillas que él quería regalarle a su novia en lugar de flores. Habíamos llegado a un pantano que estaba lleno de esos bichos majestuosos, pero no teníamos red para atraparlas, y Raymond llevaba un poco de licor ilegal que había destilado Mama Jo. Nos emborrachamos tanto que los dos nos caímos en el barro más de una vez. Al final, el Ratón sólo consiguió coger una mariposa. Y aquella noche, cuando llegamos a casa de Mabel, los dos sucios por nuestras travesuras, ella echó un vistazo a la monarca amarilla y negra que llevábamos en el bote de cristal y la soltó.

—Es demasiado bonita para tenerla atrapada en ese bote —nos dijo.

El Ratón se enfadó tanto que salió como un rayo de casa de Mabel y no le habló durante una semana entera.

Feather normalmente se reía de aquella historia, pero aquella tarde se quedó dormida antes de que yo llegase a la mitad.

Me horrorizaba cuando se quedaba dormida, porque no sabía si volvería a despertarse.

Cuando volví al salón, Jesus y Benita estaban en la puerta.

—¿Adónde vais vosotros dos? —les pregunté.

—Hum —gruñó Juice—, íbamos a la tienda a buscar comida.

—¿Qué tal te va, Benita? —le pregunté a la joven.

Ella me miró como si no me comprendiera, o quizá pensando que le había hecho una pregunta extremadamente personal que ningún caballero le haría jamás a una dama.

Benny tenía veintitantos años. Había tenido un lío con el Ratón que le había roto el corazón, y luego intentó suicidarse. Bonnie y yo la cuidamos durante un tiempo, pero ahora ya tenía su propio piso. Seguía viniendo para comer en plan casero de vez en cuando. Bonnie y ella se habían hecho amigas. Y ella adoraba a los niños.

Últimamente estaba muy bien eso de tener a Benny por allí, porque cuando Bonnie y yo teníamos que salir, ella se quedaba con Feather.

Jesus lo habría hecho si se lo hubiésemos pedido, pero tenía dieciocho años y le encantaba salir con el barco que él mismo se había construido y navegar arriba y abajo por la costa de California. No le habíamos contado lo muy enferma que estaba su hermana en realidad. Estaban tan unidos que no queríamos preocuparle.

—Bien, señor Rawlins —dijo, con un tono demasiado alto—. He conseguido un trabajo en una tienda de ropa en Slauson. La señorita Hilda diseña todo lo que vende. Dice que me va a enseñar.

—Muy bien —dije, aunque en realidad no quería saber nada de la esperanzadora nueva vida de la joven. Quería que fuese Feather la que me hablase de sus aventuras y sus sueños.

Cuando Benny y Jesus se fueron, Bonnie salió de la cocina con un cuenco lleno de sopa de buey muy aromática.

—Tómate esto —dijo.

—No tengo hambre.

—No te he preguntado si tenías hambre.

Nuestro salón era tan pequeño que sólo teníamos sitio para un canapé, en lugar de un sofá en toda regla. Me dejé caer allí y ella se sentó en mi regazo, metiéndome la primera cucharada en la boca.

Estaba muy bueno.

Ella me alimentó durante un rato, mientras me miraba a los ojos. Yo sabía que estaba pensando algo muy serio.

—¿Qué? —le pregunté al fin.

—Hoy he hablado con el hombre de Suiza —dijo.

Esperaba que yo le preguntase qué le había dicho, pero no lo hice. No podía oír ni una sola mala noticia más sobre Feather.

Me aparté de su mirada. Ella me tocó el cuello con los dedos.

—Hizo unas pruebas con la muestra de sangre que Vicki le llevó —dijo—. Cree que es una buena candidata para el proceso.

Oí las palabras, pero mi mente se negó a comprenderlas. ¿Y si significaban que Feather iba a morir? No podía permitirme la posibilidad de saberlo.

—Cree que puede curarla, cariño —añadió Bonnie, comprendiendo el curso de mi dolor—. Ha accedido a atenderla en la clínica Bonatelle.

—¿De verdad?

—Sí.

—¿En Montreux?

—Sí.

—Pero ¿por qué aceptar a una niñita negra allí? ¿No has dicho que era el sitio adonde iban los Rockefeller y los Kennedy?

—Ya te lo he dicho —explicó Bonnie—. Conocí al doctor en un vuelo de ocho horas desde Ghana. Hablé con él de Feather todo el tiempo. Supongo que se sintió obligado a decir que sí. No lo sé.

—¿Y qué tenemos que hacer a continuación?

—No es gratis, cariño —dijo, pero yo ya lo sabía. El motivo por el que me había reunido con el Ratón era para conseguir el dinero que podíamos necesitar si los doctores accedían a atender a mi pequeña.

—Necesitarán treinta y cinco mil dólares antes de que empiece el tratamiento, y al menos quince mil sólo para admitirla. Son ciento cincuenta dólares al día de manutención en el hospital, y luego las medicinas, que son especiales, hechas de encargo y basándose en su sangre, sexo, edad, tipo corporal y otras quince categorías más. Hay cinco doctores y una enfermera por cada paciente. Y el proceso entero puede durar más de cuatro meses.

Ya lo habíamos hablado todo antes, pero Bonnie encontraba un cierto consuelo en los detalles. Pensaba que si iba poniendo los puntos sobre las íes, todo acabaría bien.

—¿Cómo sabes que se puede confiar en ellos? —le pregunté—. Podría ser un simple engaño.

—Yo estuve allí, Easy. Visité el hospital. Ya te lo dije, cariño.

—Pero quizá te engañaron —dije.

Temía sentir alguna esperanza. Cada día rogaba para que ocurriese un milagro con Feather. Pero en toda la vida que llevaba ya vivida, nunca había ocurrido un solo milagro. Según mi experiencia, una sentencia de muerte era una sentencia de muerte.

—No soy ninguna idiota, Easy Rawlins.

La certidumbre de su voz y su mirada eran las únicas oportunidades que tenía.

—El dinero no es problema —dije yo, decidido a ir a Texas y robar ese furgón blindado. No quería que muriesen Rayford ni su compañero. No quería pasar doce años entre rejas. Pero haría eso y mucho más por salvar a mi pequeña.

Salí por la puerta de atrás y me dirigí al garaje. Del estante trasero saqué cuatro latas de pintura etiquetada como «látex azul». Todas estaban bien selladas y llenas en su cuarta parte con cojinetes de acero engrasado, para darles el peso de latas de pintura llenas. Encima de las bolitas, envueltos en plástico, se encontraban cuatro fajos de dinero libre de impuestos que yo había ido guardando a lo largo de los años. Era el dinero para la universidad de mis hijos. Doce mil dólares. Llevé el dinero a Bonnie y se lo puse en el regazo.

—¿Y ahora qué? —le pregunté.

—Dentro de unos pocos días tomaré un vuelo con Vicki a París y luego haremos transbordo a Suiza. Llevaré a Feather al doctor Renee.

Inspiré hondamente, pero todavía notaba el ahogo del miedo.

—¿Cómo conseguirás el resto? —me preguntó.

—Lo conseguiré.

4

Jesus, Feather y yo estábamos en un parque pequeño en Santa Mónica al que nos gustaba ir cuando ellos eran más jóvenes. Yo llevaba a Feather en brazos y ella se reía y jugueteaba con Jesus. Su risa se iba haciendo más y más ruidosa hasta que se convirtió en chillidos, y yo me di cuenta de que la estaba apretando demasiado. La dejé en la hierba, pero se había desmayado.

—La has matado, papá —decía Jesus. No era una acusación, sino simplemente la constatación de un hecho.

—Ya lo sé —decía yo, y la hierba crecía de repente y empezaba a tragarse a Feather, mezclándola con sus hojas, y la tierra que había debajo la engullía.

Yo me inclinaba, pero la hierba crecía tan deprisa que cuando mis labios llegaban a ella, sólo podía besar el suelo.

Noté una vibración y un zumbido contra mis labios y di un salto hacia atrás, intentando evitar que me picase el avispón que se escondía entre la hierba.

Cuando ya estaba medio fuera de la cama me di cuenta de que el avispón era mi despertador.

Noté como si tuviese una grieta en el corazón. Respiré hondamente, pensando, medio aturdido, que el aire que aspiraba de algún modo llenaría las venas y arterias.

—Easy.

—¿Sí, cariño?

—¿Qué hora es?

Miré el reloj con sus manecillas luminosas color turquesa.

—Las cuatro y veinte. Vuélvete a dormir.

—No —dijo ella, levantándose a mi lado—. Voy a ver cómo está Feather.

Ella sabía que yo no me atrevía a acercarme a la habitación de Feather a primera hora de la mañana. Temía encontrarla allí muerta. Odiaba su sueño, y odiaba también el mío. Cuando era niño, me quedé dormido una vez y cuando me desperté supe que mi madre había muerto durante la noche.

Fui al mostrador de la cocina y enchufé la cafetera. No tenía que mirar si había agua y café dentro, Bonnie y yo habíamos establecido unas normas por entonces. Ella preparaba los ingredientes del café la noche anterior, y yo ponía en marcha la cafetera por la mañana.

Me senté pesadamente en una sillita de cocina cromada y de vinilo amarillo. Las vibraciones del avispón todavía me cosquilleaban los labios. Empecé a pensar en lo que podía pasar si una abeja picaba a alguien en la lengua. ¿Se hincharía ésta y asfixiaría a la víctima? ¿Es eso lo único que hace falta para acabar con una vida?

La mano de Bonnie me acarició la nuca.

—Está durmiendo y fresca —susurró.

La primera burbuja de agua salió por el tubito en la parte superior de la cafetera. Suspiré con fuerza y mi corazón se ablandó.

Bonnie colocó una silla junto a mí. Llevaba unos pantaloncitos de encaje blanco que llegaban hasta la mitad de los muslos, de un marrón oscuro. Yo iba en calzoncillos.

—Estaba pensando —dije.

—¿Sí?

—Te quiero y deseo estar contigo y sólo contigo.

Como ella no dijo nada, coloqué mi mano encima de la suya.

—Primero, que Feather se ponga bien, Easy. No tienes

que tomar estas decisiones tan importantes cuando estás tan agobiado. No tienes que preocuparte... estoy aquí.

—Pero no es eso —protesté.

Ella me acarició el cuello con la nariz y la cafetera empezó a gorgotear en serio. Me levanté a hacer tostadas y comimos en silencio, cogidos de las manos.

Después de desayunar, fui a dar un beso al rostro dormido de Feather, y me fui con mi coche antes de que saliera el sol.

Entré en el aparcamiento al aire libre a las cinco y diecinueve, según mi reloj. Una luz de un amarillo anaranjado se filtraba por debajo de una masa de nubes negras, que se encontraban detrás de las montañas orientales. Con mi llave abrí la cancela de los peatones y luego la volví a cerrar después de entrar.

Yo era supervisor jefe de los conserjes del Instituto Sojourner Truth Junior; un empleado con una excelente posición en el Distrito Escolar Unificado de Los Ángeles. Tenía una docena de personas trabajando directamente a mis órdenes, y también era responsable de todos los fontaneros, pintores, carpinteros, electricistas, cerrajeros y vidrieros que venían a atender nuestro edificio. Yo era la persona negra con el rango más elevado en un instituto que, en un noventa y ocho por ciento, era negro. Había leído los planes de estudio de casi todas las clases, y a menudo ejercía como tutor de unos chicos y chicas que acudían a mí y no soñaban siquiera con buscar ayuda entre los profesores blancos. Si un muchacho joven decidía intimidar a una profesora menuda, yo le arrastraba abajo, al despacho de mantenimiento donde se reunían los conserjes, y le hacía saber en términos muy claritos qué le podía ocurrir si yo perdía los estribos.

Mi relación con Ada Masters, la diminuta y adinerada directora, era excelente. Entre ambos conseguíamos que el instituto fuera como la seda.

Entré en el edificio de mantenimiento e inicié mi ronda por los vestíbulos, en busca de posibles problemas.

La conserje nocturna, la señorita Arnold, se había dejado una papelera sin vaciar, y se habían fundido dos bombillas en el vestíbulo del tercer piso. El primer piso necesitaba un fregado. Tomé nota mentalmente de aquellas tareas y luego me dirigí hacia el campus inferior.

Después de comprobar los patios y los bungalows que había allí, me dirigí hacia el edificio de los conserjes para sentarme y pensar un poco. Me gustaba mucho aquel trabajo. Podía parecer un cargo muy humilde para mucha gente, tanto negros como blancos, pero era un buen empleo, y conseguí muchas cosas buenas mientras lo realizaba. A menudo, cuando un padre tenía problemas con un hijo suyo o con el instituto, yo era la primera persona a quien acudía. Como procedía del sur, yo podía traducir las normas y expectativas de la institución que muchos negros sureños, sencillamente, no comprendían. Y si el subdirector o los profesores transgredían sus límites, siempre podía acudir a la señorita Masters. Ella me escuchaba porque sabía que yo conocía muy bien todo lo que pasaba entre la población de Watts.

—«De eso nada» es una expresión coloquial, pero es correcta, sobre todo si nunca te han dicho antes que no se debe usar por escrito —le dije una vez cuando una profesora de lengua, la señorita Patterson, bajó dos puntos enteros a un estudiante por haber usado la expresión «de eso nada» en un trabajo escrito.

La señorita Masters me miró como si yo procediera de otro planeta, y aun así hablase su misma lengua.

—Tiene razón —dijo, sorprendida—. Se lo agradezco, señor Rawlins, ha sido usted muy franco.

—No, es que no soy blanco —repliqué, dejándome llevar por la rima y la ironía.

Nos reímos, y a partir de aquel día tuvimos reuniones semanales en las cuales ella me interrogaba sobre lo que llamaba mi «pedagogía del gueto».

Me pagaban nueve mil dólares al año por aquel servicio. No bastaba para pedir un préstamo que cubriese los treinta y cinco mil extra que necesitaba para intentar salvar a mi hija.

Yo poseía dos edificios de apartamentos y una casita pequeña con un patio grande, todo en Watts. Pero después de los disturbios, el valor de las propiedades en el vecindario negro había caído en picado. Las hipotecas subían mucho más de lo que valían las propiedades.

Los últimos días había llamado a John, a Jackson, a Jewelle y al banco. A nadie salvo al Ratón se le había ocurrido ninguna idea. Me preguntaba si en el juicio tendrían en cuenta todas mis buenas obras en el Truth.

A las siete menos cuarto más o menos salí para acabar mis rondas. Ace, el conserje de la mañana, habría pasado ya por allí para abrir las puertas y dejar salir a los estudiantes, profesores y personal.

A mitad de camino, en las escaleras hacia el campus superior, pasé junto al patio del almuerzo. Me pareció ver movimiento allí y me desvié por puro hábito. Un chico y una chica se estaban besando en uno de los bancos. Tenían los rostros muy pegados, él le había puesto una mano en la rodilla y ella su propia mano encima. No veía si le estaba animando o rechazando. Quizá ninguna de las dos cosas.

—Buenos días —dije alegremente.

Los dos chicos se echaron hacia atrás y se alejaron el uno del otro como si un potente muelle hubiese saltado entre ambos. Ella llevaba una faldita plisada corta y una blusa blanca debajo de un jersey verde. Él llevaba los mismos vaqueros y camiseta que llevaban casi todos los chicos. Los dos se me quedaron mirando sin habla... exactamente de la misma forma que me habían mirado antes Jesus y Benita.

Mi conmoción fue casi tan grande como la de aquellos chicos. Jesus con dieciocho años, y Benita con veintitantos... Pero mi sorpresa desapareció rápidamente.

—Id a vuestras taquillas o lo que sea —dije a los chicos.

Mientras se escabullían, pensé en el muchacho mexicano al que había adoptado. Ya era un hombre desde que tenía diez años y nos cuidaba a Feather y a mí como una mamá osa silenciosa y orgullosa. Benita era una joven descarriada, y mi chico tenía un buen trabajo en un supermercado y un barco que había construido con sus propias manos.

Pensando en Feather moribunda en su lecho no podía enfadarme con ellos por correr detrás del amor.

El resto del campus estaba todavía vacío. Me reconocí a mí mismo en los patios desiertos y los vestíbulos y aulas. Cada paso que daba o cada puerta que cerraba era una salida y un adiós.

—Buenos días, señor Rawlins —dijo Ada Masters cuando aparecí en su puerta—. Vamos, entre. Entre.

Estaba sentada encima de su escritorio, sin zapatos y frotándose el pie izquierdo.

—Esos malditos zapatos nuevos me han destrozado los pies sólo desde el coche hasta el despacho.

No nos andábamos con ceremonias ni con falsos cumplidos. Aunque era blanca y rica, era como muchas mujeres negras pragmáticas que yo conocía.

—Voy a coger un permiso —dije, y noté el corazón oprimido otra vez.

—¿Cuánto tiempo?

—Puede ser una semana o un mes —respondí. Pero pensaba que podían ser diez años, con buena conducta.

—¿Cuándo?

—Pues desde ahora mismo.

Sabía que Ada sentiría curiosidad por mi declaración. Pero ella y yo nos respetábamos mutuamente, y pertenecíamos a una generación que no solía hacer preguntas.

—Prepararé los documentos —dijo—. Y haré que Kathy le envíe todo lo que tenga que firmar.

—Gracias. —Me volví para irme.

—¿Puedo ayudarle de alguna forma, señor Rawlins? —me preguntó cuando ya estaba medio vuelto.

Era una mujer rica. Muy rica, a juzgar por las ropas y la joyería que llevaba. Quizá si yo hubiese sido un hombre distinto, podría haberme quedado y pedirle algo prestado. Pero en aquel momento de mi vida era incapaz de pedir ayuda. Me convencí de que Ada no sería capaz de conseguirme ese tipo de préstamo. Y una negativa más me habría hundido.

—No, pero gracias de todos modos —dije—. Es algo de lo que tengo que ocuparme personalmente.

La vida es tan complicada que hoy en día todavía no sé si tomé la decisión adecuada al rechazar su ofrecimiento.

5

Yo había cambiado el letrero de la puerta de mi despacho y en lugar de EASY RAWLINS, NOTIFICACIONES Y ENTREGAS, ponía sencillamente INVESTIGACIONES. Lo cambié cuando el Departamento de Policía de Los Ángeles me concedió una licencia de detective privado por mi participación a la hora de evitar que los disturbios de Watts se incendiasen más aún, pues sofoqué el feo rumor de que un hombre blanco había asesinado a una mujer negra en el corazón más oscuro de ese hervidero que era nuestra ciudad.

Había acudido a mi despacho en el cuarto piso del edificio entre Central y la Ochenta y seis para escuchar los mensajes del contestador que me había regalado Jackson Blue. Pero allí encontré pocas esperanzas. Bonnie había dejado un mensaje diciendo que había llamado a la clínica en Montreux y que le habían dicho que admitirían a Feather, en el supuesto de que les entregásemos el resto del dinero próximamente.

Próximamente. La gente de aquel vecindario tenía enfermedades cardíacas e hipertensión arterial, cáncer de todos los tipos y un odio profundo hacia sí mismos por verse obligados a ponerse de rodillas todos los días. Se estaba luchando en una guerra en el extranjero, y en su mayoría los que combatían eran jóvenes negros que no tenían absolutamente nada en contra del pueblo vietnamita. Todo aquello estaba ocurriendo, pero no tenía tiempo para pensarlo. Yo sólo pensaba en una buena racha en las Vegas, o que quizá tendría que salir a robar un banco yo solo.

Próximamente. El dinero llegaría próximamente, claro que sí. Rayford tendría un arma apoyada en su nuca y yo me aseguraría de llevar un 44 bien cargado en mi mano sudorosa.

Alguien había colgado. Por aquel entonces, en 1966, la mayoría de la gente no estaba acostumbrada a los contestadores. Poca gente sabía que Jackson Blue había inventado aquel aparato para competir con el control de los teléfonos de las empresas del centro por parte de la mafia. Por eso el hampa tenía puesto precio a su cabeza desde aquel mismísimo día.

Los edificios que había al otro lado de la calle estaban cubiertos con tablas, todos y cada uno de ellos. Los disturbios habían conseguido clausurar todo el barrio South Central de Los Ángeles como un ataúd. Los negocios propiedad de blancos habían cerrado, y las tiendas de los negros abrían y cerraban cada semana. Sólo quedaban algunas tiendas de licores y pequeñas oficinas de cambio de cheques, en lugar de bancos. Las pocas tiendas que habían sobrevivido tenían cancelas con barras de metal que protegían unos dependientes armados.

Al menos el panorama hacía juego con mi desolación interior. La economía de Watts era como la infección que Feather tenía en la sangre: ambos futuros parecían desprovistos de esperanza.

No podía apartarme de la ventana. Y es que sabía que lo siguiente que tendría que hacer sería llamar a Raymond y decirle que estaba dispuesto a dar un paseíto hacia el sur.

Cuando llamaron a la puerta me sobresalté. Supongo que mi pena me había hecho sentir solo e invisible. Pero al mirar por el cristal esmerilado supe a quién pertenecía aquella silueta. La enorme nariz informe y el cuerpo delgado eran reveladores.

—Entra, Saul —dije.

Él dudó. Saul Lynx era un hombre precavido. Pero tenía sus motivos. Era un detective privado judío casado con una mujer negra. Tenían tres niños café con leche y la enemistad de al menos una de cada dos personas con las que se encontraban.

Pero él y yo éramos amigos, y por tanto, abrió la puerta.

El mejor atractivo profesional de Saul era su rostro, casi completamente anodino, a pesar de su larga nariz. Normalmente tenía los ojos entrecerrados, pero alguna vez los abría mucho con un gesto de sorpresa o de apreciación, y se veía un relampagueo esmeralda que sólo se podía calificar de bello.

Raramente parecía sorprendido.

—Hola, Easy —dijo, sonriendo con rapidez y mirando a su alrededor para ver si había algo anormal.

—Saul.

—¿Qué tal está Feather?

—Bastante mal. Pero está esa clínica de Suiza que ha obtenido muy buenos resultados con casos como el suyo.

Saul se dirigió hacia la silla que yo tenía para los clientes. Yo me coloqué detrás del escritorio, dándome cuenta al sentarme de que notaba los latidos de mi propio corazón.

Saul se rascó la comisura de un labio y movió el hombro como un gato que se despereza.

—¿Qué ocurre, Saul?

—Decías que necesitabas trabajo, ¿verdad?

—Sí. Me vendrá bien, si está bien pagado.

Saul llevaba una chaqueta de un color marrón oscuro y unos pantalones marrón claro. El marrón era su color favorito. Se llevó la mano al bolsillo del pecho y sacó un sobre de papel manila. Lo dejó encima del escritorio.

—Mil quinientos dólares.

—¿Por qué? —pregunté, sin coger el dinero.

—Hice correr la voz cuando me llamaste. Hablé con todo el mundo que podía necesitar a alguien como tú para algún trabajo.

«Como yo» significaba un hombre negro. En otros tiempos me habría puesto furioso que alguien se refiriese a mí de ese modo, pero yo conocía a Saul, y sólo intentaba ayudarme.

—Al principio nadie tenía nada que valiese la pena, pero entonces oí hablar del tipo ese de Frisco. Es un tío algo raro, pero... —Saul se encogió de hombros sin acabar la frase—. Estos mil quinientos son un adelanto de un posible total de diez de los grandes.

—Lo cojo.

—Ni siquiera sé en qué consiste el trabajo, Easy.

—No necesito saberlo —dije—. Diez mil dólares me ayudarán bastante para lo que necesito. Incluso puede que pida prestado el resto, si no hay más remedio.

—Puede...

—Es lo único que puedo decir por ahora, Saul... puede.

Saul hizo una mueca y asintió. Era un buen hombre.

—Se llama Lee —dijo—. Robert E. Lee.

—¿Como el general de la guerra civil?

Saul asintió.

—Sus parientes eran patriotas de Virginia.

—Vale, muy bien. Iría a ver hasta al mismísimo mago imperial del Ku Klux Klan, si ésta es su forma de decirme hola. —Cogí el sobre y me abaniqué la cara con él.

—Yo también trabajaré en este caso, Easy. Quiere que tú estés a mis órdenes. Pero eso no es problema. No me interpondré en tu camino.

Dejé el sobre y tendí la mano. Durante un momento, Saul no se dio cuenta de que quería estrechársela a él.

—Como si quieres ir a caballito a mi espalda, Saul. Lo único que me preocupa ahora es Feather.

Y

Aquel día volví tarde a casa. Mientras Bonnie hacía la cena, me senté a la cabecera de la cama de Feather. Iba durmiéndose y despertándose, y yo quería estar allí cuando abriese los ojos. Cuando se despertaba siempre me sonreía.

Jesus y Benny llegaron y cenaron con Bonnie. Yo no cené. No tenía hambre. Lo único que pensaba era en cómo hacer un buen trabajo para el hombre que llevaba el nombre de uno de mis enemigos entre descendientes de mis enemigos en la tierra de la esclavitud de mi gente. Pero nada de eso importaba. No me importaba si él me odiaba a mí y a todos los de mi raza. No me importaba si le hacía ganar un millón de dólares trabajando para él. Y si quería un agente negro que trabajase en contra de los negros, bueno... pues lo haría también, si no me quedaba más remedio.

A las tres de la mañana seguía a la cabecera de Feather. Me quedé allí toda la noche porque Saul iba a venir a las cuatro a llevarme con él en coche hacia la costa. No quería dejar a mi niña. Temía que muriese mientras yo estaba fuera. Lo único que podía hacer era quedarme allí sentado con ella, esperando que mi voluntad la hiciese respirar.

Y fue una suerte quedarme, porque empezó a quejarse y a retorcerse en sueños. La frente le ardía. Corrí al botiquín a buscar una de las bolitas de brea de Mama Jo.

Cuando volví, Feather estaba sentada y respiraba pesadamente.

—Papá, te habías ido —gimoteó.

Me senté junto a ella y le metí la bola en la boca.

—Mastica, cariño —dije—. Tienes fiebre.

Ella me cogió el brazo y empezó a masticar. Lloraba y masticaba, intentando contar el sueño en el cual yo había desaparecido. Recordando yo mi propio sueño, intenté no apretar demasiado al abrazarla.

En menos de cinco minutos la fiebre había bajado y ella se durmió de nuevo.

A las cuatro, Bonnie entró en la habitación y dijo:

—Ya es la hora, cariño.

Justo al decir aquellas palabras sonó un golpecito en la puerta delantera. Feather suspiró, pero no se despertó. Bonnie me puso una mano en el hombro. Sentía como si cada movimiento y cada gesto que hacía tuviesen una importancia tremenda. Y al final resultó que era así.

—Le he dado una bolita de brea de Mama Jo —dije—. Sólo quedan dos.

—Bien —me tranquilizó Bonnie—. Dentro de tres días estaremos en Suiza, y Feather tendrá cuidados médicos las veinticuatro horas del día.

—Ha estado sudando —dije, como si no hubiese oído la promesa de Bonnie—. No le he cambiado las sábanas porque no quería dejarla.

Saul llamó otra vez.

Fui hacia la puerta y le dejé entrar. Llevaba unos pantalones marrones y un jersey rojizo con una camisa amarilla debajo. También llevaba una gorra verde hecha con tiras de cuero.

—¿Estás preparado? —me preguntó.

—Entra.

Fuimos a la cocina, donde Saul y Bonnie se besaron en las mejillas. Bonnie me tendió el abrigo, una bolsa de la compra marrón con unos bocadillos y un termo lleno de café.

—Tengo un poco de fruta en el coche —dijo Saul.

Miré hacia la casa, sin querer irme.

—¿Tienes dinero, Easy? —me preguntó Bonnie.

Yo le había entregado a ella el adelanto de mil quinientos dólares.

—Supongo que puedo usar unos pocos.

Bonnie cogió su bolso del respaldo de una silla. Buscó un minuto, pero llevaba demasiadas cosas dentro y no encontraba el dinero. Así que derramó todo el contenido del bolso en nuestra mesita de cocina.

Llevaba un monedero de piel, pero nunca guardaba dinero dentro. También había cajitas de cosméticos y un estuche con joyas, dos libros de bolsillo y un llavero grande casi con tantas llaves como yo tenía en el Truth. Luego sacó unas pequeñas bolsitas de tela y un broche o alfiler pequeño esmaltado. El broche era del tamaño de una moneda de cuarto de dólar, decorado con la imagen de un pájaro blanco y negro volando ante un fondo de un rojo intenso.

Si no hubiese estado ya acostumbrado al dolor, me habría roto y habría muerto en aquel preciso instante.

—Easy —me decía Bonnie.

Me tendía un rollo de billetes de veinte que llevaba en la mano.

Yo cogí el dinero y me dirigí hacia la puerta.

—Easy —dijo Bonnie, de nuevo—, ¿no me vas a dar un beso de despedida?

Me volví y la besé, y mis labios vibraban como había ocurrido en el sueño en el que un avispón se escondía en la tumba herbosa de Feather.

6

Una capa muy fina de nieve recién caída escondía los surcos de la carretera y suavizaba los edificios bombardeados a las afueras de Düsseldorf. El rifle M-1 que acunaba entre mis brazos estaba bien cargado y llevaba el dedo helado en el gatillo. A mi derecha iban Jeremy Wills y Terry Bogaman, dos blancos a los que acababa de conocer aquella mañana.

—No adelantes tanto, hijo —dijo Bogaman.

Hijo.

—Sí, Botas —añadió Wills—. Mantente a nivel.

Botas.

El general Charles Bitterman había dispuesto cuarenta y un grupitos pequeños de hombres aquella mañana. Entre ellos trece negros. Bitterman no quería que los negros formasen grupos aparte. Él habría dicho que no teníamos la experiencia suficiente, pero todos pensábamos que no confiaba en nosotros por si nos encontrábamos con mujeres alemanas.

—Soy sargento, cabo —dije a Wills.

—Sargento Botas —dijo con una sonrisa.

Jeremy Wills era un chico bastante guapo. Tenía unas facciones alimentadas a base de maíz, el pelo rubio, los ojos color ámbar y los dientes grandes y blancos. Para alguna chica granjera habría sido un excelente partido, pero a mí me resultaba repulsivo, más feo que los cadáveres que nos encontrábamos en el camino de la victoria de América. Mi dedo entumecido se tensó y calibré mis oportunidades de matar a ambos soldados antes de que Bogaman, que se reía silenciosamente de la bromita de su amigo, pudiera darse la vuelta y disparar.

No había decidido aún si dejarles vivir cuando una bala levantó el casco de Wills y le partió el cráneo en dos. Vi su cerebro antes de que cayese al suelo. Sólo entonces me di cuenta de que se oían los disparos de una metralleta. Cuando empecé a devolver fuego, Bogaman chilló. Le habían dado en el hombro, pecho y estómago. Yo caí al suelo y me aparté rodando hacia la cuneta de la carretera. Luego fui arrastrándome, como un lagarto, hacia el menguado refugio del bosque sin hojas.

El fuego de la ametralladora destrozaba la corteza y la hierba a mi alrededor. Había avanzado más de cincuenta metros cuando me di cuenta de que por el camino había perdido el rifle. En mi mente, en aquel momento (y en el sueño que tenía) imaginaba que mi odio por aquellos blancos había provocado el ataque alemán.

El rugido de aquel fuego me probaba que los alemanes estaban desesperados. No creo que me vieran, pero seguían disparando de todos modos.

«Chavales», pensé.

Saqué el 45 que me había entregado el gobierno y me arrastré hacia el lugar donde había visto los relámpagos de su arma. Me movía por la nieve, que amortiguaba todos los sonidos, sin notar apenas el frío en mi vientre. No odiaba a los alemanes que intentaban matarme allí, en la carretera. No sentía que tuviese que vengar las muertes de los hombres que tan recientemente me habían despreciado y faltado al respeto. Pero sabía que si dejaba que viviesen los ametralladores, tarde o temprano podían darme.

Los nazis querían matarme. Y eso era porque los nazis sabían que yo era americano, aunque Bogaman y Wills no lo supieran.

Avancé quizás unos cuatrocientos metros más a través de los bosques y luego me deslicé al otro lado de la carretera, retrocediendo hacia el montón de ramas que ocultaban el nido. Salté sin pensar y empecé a disparar mi pistola, sujetándola con ambas manos. Di al primer hombre en el ojo, y al segundo en las tripas. El ataque les cogió completamente por sorpresa. Observé, en los dos escasos segundos que me costó matarlos, que sus uniformes eran medio improvisados, y que llevaban las manos envueltas en trapos.

El tercer soldado del nido saltó hacia mí con la bayoneta en la mano. Caímos al suelo, cada uno decidido a matar al otro. Yo le agarré la muñeca y apreté con toda mi alma. Aquel joven de piel lechosa y ojos grises hizo una mueca y con toda su fuerza aria intentó vencerme. Pero yo tenía unos cuantos años más que él y estaba mucho más acostumbrado a la lógica de la violencia sin sentido. Agarré el mango de su bayoneta con la otra mano mientras él perdía el tiempo golpeándome con el puño que le quedaba libre. Cuando se dio cuenta de que la pelea se estaba volviendo en su contra, era demasiado tarde. Usó ambas manos para apartar la hoja de su pecho, pero ésta seguía moviéndose inexorablemente hacia abajo. A medida que los segundos iban pasando, un miedo auténtico apareció en los ojos de aquel soldado adolescente. Quise detenerme, pero no podía hacerlo. Allí estábamos, dos hombres que no nos conocíamos de nada, dirigiéndonos hacia la muerte de aquel muchacho. Él no hablaba inglés, así que no podía suplicarme con palabras que yo comprendiera. Al cabo de quizás un cuarto de minuto, la hoja pasó a través de su abrigo y luego se introdujo en la carne, pero dio en una de sus costillas. Casi me descorazoné del todo, pero ¿qué podía hacer? Era él o yo. Me incliné hacia delante con todo mi peso y el acero alemán rompió el hueso alemán y se hundió profundamente en su corazón.

Lo más terrible fue su último suspiro, un súbito soplo de aire caliente que me dio en la cara. Sus ojos se abrieron mucho, como buscando una vía de escape a la caducidad de su cuerpo... y cayó muerto.

Salí de golpe del sueño en el Rambler de Saul. Un letrero a un lado de la carretera decía: CAPITAL MUNDIAL DE LA ALCACHOFA.

—¿Un mal sueño?

Era un sueño, pero todo aquello había ocurrido hacía más de veinte años. Era real. Aquel chico alemán había muerto, y ninguno de nosotros podía hacer absolutamente nada por evitarlo.

—Sí —dije—. Sólo un sueño.

—Supongo que tendré que contarte alguna cosa de ese tipo, Lee —dijo Saul—. No es conocido por el público en general, pero en determinados círculos es el detective privado más famoso del mundo.

—¿Del mundo?

—Sí señor. Trabaja en Europa y Sudamérica, y también en Asia.

Observé que no había mencionado África. La gente raramente lo hacía al hablar del mundo, en aquellos tiempos.

—Sí señor —repitió Saul Lynx—, tiene contactos en todos los medios policiales y en muchos departamentos gubernamentales. Es muy entendido en buenos vinos, mujeres y comida. Habla chino, tanto mandarín como cantonés, español, francés e inglés, lo cual significa que puede conversar con al menos una persona de cada ciudad, pueblo o aldea del mundo. Ha leído muchísimo. Cree que es el mejor de todos los hombres, sin tener en cuenta raza o rango. Y eso significa que su racismo incluye a toda la raza humana.

—Fastuoso —opiné—. ¿Y qué aspecto tiene?

—No lo sé.

—¿Cómo que no lo sabes? Pensaba que ya habías trabajado para él antes.

—Y lo he hecho. Pero nunca le he visto cara a cara. Ya ves, a Bobby Lee no le gusta mancharse mezclándose con sus agentes. Trabaja con una mujer, Maya Adamant, quien le representa ante la mayoría de sus clientes y casi todos los detectives privados que le hacen trabajo de campo. Ella es una de las tipas más hermosas que he visto en mi vida. Pasa la mayoría del tiempo escondida en su mansión de Nob Hill.

—¿Has hablado con él alguna vez en chino o en otro idioma cualquiera? —le pregunté.

Saul meneó la cabeza.

—¿Y has visto su foto?

—No.

—¿Y entonces cómo sabes que ese hombre existe?

—He conocido a gente que le ha conocido... sobre todo clientes. A algunos de ellos les gusta hablar de sus talentos y excentricidades.

—Deberías poder hablar con un hombre para el que trabajas —dije.

—La gente trabaja para la empresa Heinz o la Ford y nunca les conoce —repuso Saul.

—Pero esa gente tiene miles de empleados. El tipo este tiene un negocio pequeño. Al menos podría saludarnos.

—¿Y qué importa eso, Easy? —preguntó Saul.

—¿Cómo puedes trabajar para un hombre que ni siquiera tiene la cortesía de salir de su despacho y saludarte?

—Recibí un sobre ayer por la mañana con veinticinco mil dólares dentro —respondió él—. He recibido mil dólares sólo por darte tu dinero y llevarte en coche a Frisco. A veces trabajo dos semanas y no saco ni la mitad de eso.

—El dinero no lo es todo, Saul.

—Sí lo es cuando tu hija está a las puertas de la muerte y sólo el dinero puede traerla de vuelta.

Ya veía que Saul lamentaba haber dicho aquellas palabras en cuanto salieron de su boca. Pero yo no dije nada. Tenía razón. No podía permitirme el lujo de criticar a aquel hombre blanco. ¿A quién le importaba si le llegaba a conocer o no? Lo único que necesitaba era su pasta.

7

Un día hermoso en San Francisco es el día más bello de la Tierra. El cielo es azul y blanco. Miguel Ángel en su mejor momento. El aire es tan claro y cristalino que sientes que puedes ver con muchos más detalles de lo que habías visto nunca. Las casas son de madera y blancas con ventanas salientes. No hay basura en las calles, y la gente, al menos entonces, era tan amistosa como los habitantes de un pueblo en medio del campo.

Si no hubiese sido por Feather y por ese alfiler de esmalte clavado en mi mente, habría disfrutado de nuestro viaje a través de la ciudad.

En Lower Lombard pasamos junto a una pareja muy peculiar que caminaba calle abajo. El hombre llevaba unos pantalones desgastados de terciopelo rojo con un chaleco de piel de oveja abierto, que sólo le cubría en parte el pecho desnudo. El pelo largo y castaño caía en cascada sobre unos hombros amplios y huesudos. La mujer que iba junto a él llevaba un vestido suelto de estampado floral y nada debajo. Ella tenía el pelo color castaño claro, y llevaba una docena de flores amarillas entretejidas en sus trenzas irregulares. Ambos caminaban descalzos, lentamente, como si no hubiese ningún sitio adonde ir aquel jueves por la tarde.

—Son hippies —dijo Saul.

—Ah, ¿son así? —pregunté, asombrado—. ¿Y qué hacen?

—Lo menos posible. Fuman marihuana y viven una docena metidos en una habitación, que llaman «comunas». Y van por ahí cambiando de sitio, diciendo que poseer propiedades está mal.

—¿Como los comunistas? —pregunté. Acababa de leer *Das Kapital* cuando Feather se puso enferma. Quería comprender cómo eran de verdad nuestros enemigos por ellos mismos, pero no tenía los conocimientos suficientes para comprenderlo de verdad.

—No —dijo entonces Saul—, no son comunistas. Son más bien como marginados de la vida. Dicen que creen en el amor libre.

—¿Amor libre? ¿Así es como llaman a: «ese niño no es mío, cariño»?

Saul se echó a reír y empezamos el ascenso hacia Nob Hill.

Junto a la cima de aquella montaña tan exclusiva se encuentra una calle llamada Cushman. Saul giró hacia la derecha allí, siguió una manzana más y aparcó frente a una mansión de cuatro pisos que se alzaba en un montículo detrás de la acera.

Las paredes eran tan blancas que tuve que guiñar los ojos para poder mirarlas. Las ventanas parecían mayores que otras de la manzana, y las torretas cónicas que se alzaban encima estaban pintadas de color dorado. El primer piso de la casa se encontraba a sus buenos cinco metros por encima del nivel de la calle, y la entrada, cerrada por una cancela de hierro forjado.

Saul pulsó un botón y esperó.

Yo miré hacia la ciudad, disfrutando de la vista. Entonces noté una punzada de culpabilidad, sabiendo que Feather yacía moribunda a seiscientos kilómetros al sur.

—¿Sí? —preguntó una sensual voz de mujer a través de un intercomunicador invisible.

—Somos Saul y el señor Rawlins.

Sonó un timbre. Saul abrió la cancela y subimos a una plataforma de hierro. En cuanto Saul cerró la puerta, la plataforma empezó a desplazarse en diagonal hacia una abertura en la parte de abajo de la imponente estructura. Mientras nos movíamos hacia la abertura, un panel que teníamos por encima se deslizó de lado y subimos a una sala grande y bien amueblada.

Las paredes eran estantes de caoba llenos de libros que iban del suelo al techo, que se encontraba al menos a cinco metros de altura. Unos libros bellamente encuadernados ocupaban todo el espacio disponible. Recordé la casa de la playa de Jackson Blue, que tenía estantes baratos por todas partes. Sus libros, en su mayor parte, estaban carcomidos y manchados, pero eran muy bien leídos, y aquella biblioteca probablemente era mayor.

Al ir subiendo, ante nosotros apareció una mujer blanca con la piel bronceada y el cabello color cobre. Llevaba un vestido de estilo chino, de seda azul real. Se adaptaba a sus formas y no tenía mangas. Sus ojos tenían una expresión entre desafiante y provocadora, y en sus brazos desnudos residía la fuerza de una mujer que hacía las cosas por sí misma. Su rostro era redondo y tenía los labios de una negra. Los huesos de su cara hacían que sus facciones apuntasen hacia abajo, como una punta de flecha encantadora dirigida hacia el suelo. Los ojos eran de un castaño claro, y una sonrisa flotó en sus labios al contemplarme observando su belleza.

Habría resultado alta incluso como hombre, casi dos metros. Pero a diferencia de las mujeres altas de entonces, sus hombros no se inclinaban hacia abajo y su espalda estaba muy recta. En aquel preciso momento, allí mismo, decidí que acabaría en la cama con ella si era posible.

Hizo un gesto y sonrió, y creo que me leyó las intenciones en la mirada.

—Maya Adamant —dijo Saul Lynx—, éste es Ezekiel Rawlins.

—Easy —dije yo, tendiéndole la mano.

Ella retuvo mi mano un momento más de lo necesario, y entonces retrocedió para que pudiésemos salir de la plataforma.

—Saul —dijo ella—. Vengan. ¿Quieren tomar algo?

—No, Maya. Tenemos un poco de prisa. La hija de Easy está enferma y tenemos que volver lo antes posible.

—Oh —dijo ella, frunciendo el ceño—, espero que no sea grave.

—Es algo de la sangre —dije, sin querer ser demasiado sincero—. No se trata de una infección, pero tampoco de un virus, en realidad. Los médicos de Los Ángeles no saben qué hacer.

—Hay una clínica en Suiza... —dijo ella, intentando recordar el nombre.

—Bonatelle —la interrumpí.

Su sonrisa se ensanchó, como si yo hubiese pasado alguna especie de prueba.

—Sí. Eso es. ¿Ha hablado ya con ellos?

—Por eso estoy aquí, señorita Adamant. Esa clínica necesita dinero en efectivo, y por eso yo necesito trabajo.

Su pecho se expandió entonces y una expresión de deleite invadió su rostro.

—Vengan conmigo —dijo.

Nos condujo hacia una escalinata amplia y alfombrada que se alzaba en el extremo de la biblioteca.

Saul me miró y encorvó los hombros.

—Nunca había pasado de este piso —susurró.

La habitación de arriba era igual de grande que la que acabábamos de dejar. Pero la biblioteca era oscura y no tenía ventanas, y en cambio aquella habitación tenía un suelo de pino casi blanco y unas ventanas salientes enormes a lo largo de cada pared.

Había quizás una docena de mesas grandes en aquel espacio bañado por el sol, y una escena de una batalla de la guerra civil en cada una. En los dioramas se veían puñados de figurillas diminutas talladas a mano, enfrascadas en la batalla. Los soldados sueltos, sirviendo los cañones, enzarzados en combates cuerpo a cuerpo, abatidos y heridos, o abatidos y muertos, resultaban muy convincentes. Cada figura había sido moldeada para conseguir el máximo efecto emocional. En un cuadro se veía un pelotón de soldados negros de la Unión entablando combate con un grupo de confederados.

—Son asombrosos, ¿verdad? —preguntó Maya desde detrás de mí—. El señor Lee los hace a mano en un taller que tiene en el ático. Ha estudiado todos los aspectos de la guerra civil y ha escrito una docena de tratados sobre el tema. Posee miles de documentos originales de ese período.

—Uno se pregunta cuándo tiene tiempo de ejercer como detective, con todo eso —dije yo.

Por un momento la expresión de Maya quedó apagada. Pensé que había puesto el dedo en la llaga, que quizá Bobby Lee en realidad era producto de la imaginación de alguien.

—Vengan al despacho, señor Rawlins, Saul.

La seguimos pasando junto a las escenas idealizadas de crímenes y mutilaciones. Me preguntaba si alguien haría alguna vez una figurilla que me representara a mí matando a aquel joven soldado alemán en la nieve a las afueras de Düsseldorf.

Maya nos condujo a través de una puerta amarilla tallada y pintada con imágenes de una mujer isleña desnuda.

—Gauguin —dije, mientras empujaba la puerta y la abría—. ¿Su jefe también pinta?

—Esta puerta es un original —dijo ella.

—Uau —salió de mis labios espontáneamente.

El despacho era una habitación casi vacía, sin ventanas, con el suelo de cerezo. A lo largo de las paredes blancas había una docena de lámparas altas con globos de cristal esmerilado en torno a las bombillas. Dichas lámparas estaban colocadas ante otras tantas vigas de cerezo del suelo al techo, incrustadas en los muros de yeso. Todas las luces estaban encendidas.

En el centro de la habitación se encontraba un escritorio antiguo de laca china roja, con cuatro sillas de asiento muy ancho frente a él y una detrás para nuestro anfitrión ausente.

—Siéntense —dijo Maya Adamant.

Ella se sentó en una de las sillas para los visitantes y Saul y yo la imitamos.

—Buscamos a una mujer... —empezó ella, eficiente.

—¿Usted y quién más? —pregunté.

Eso provocó un fruncimiento de ceño desaprobador.

—El señor Lee.

—Entonces en singular, no en plural —repliqué.

—Está bien —accedió—, el señor Lee quiere...

—¿Es suya esta casa, señorita Adamant?

Otra vez el ceño.

—No.

—Easy —dijo Saul, como advirtiéndome.

Yo levanté la mano para silenciarle.

—¿Sabe? Antes de morir, mi madre me dijo que nunca debía entrar en casa de un hombre sin presentarle mis respetos.

—Puede estar seguro de que transmitiré su saludo al señor Lee —me dijo entonces.

—Mi madre tenía dos obsesiones —dije, continuando

con mi discurso—. Por una parte, no había que dejar que ningún hombre pensara que uno entraba en su domicilio para hacer algo malo con sus propiedades o con su esposa...

—El señor Lee no está casado —apuntó Maya.

—... y por otra parte —seguí—, si uno es del tipo oscuro, no quiere que le traten como a un esclavo.

—El señor Lee no recibe a ninguna de las personas que trabajan para él —me informó ella.

—Vamos, Easy —añadió Saul—, ya te lo había dicho.

Ignorando a mi amigo, dije:

—Y yo no trabajo para nadie a quien no conozca.

—Ha cogido su dinero —me recordó Maya.

—Y he recorrido seiscientos kilómetros en coche para darle las gracias.

—No veo cuál es el problema en realidad, señor Rawlins. Yo puedo informarle a usted de cuál es el trabajo.

—Yo podría sentarme con usted en una playa sureña hasta que la tierra completase un círculo entero, señorita Adamant. Estoy seguro de que preferiría hablar con usted antes que con un hombre que lleva el nombre de un general rebelde. Pero usted tiene órdenes de él, y yo tengo las exigencias de mi madre. Mi madre murió, de modo que no puede cambiar de opinión.

Por el rabillo del ojo veía que Saul levantaba las manos.

—No puedo llevarle a verle —dijo Maya, de forma tajante.

Yo me levanté de la bonita silla china diciendo:

—Y yo no puedo resucitar a los muertos.

Me dispuse a irme sabiendo que estaba haciendo una idiotez. Necesitaba aquel dinero y sabía lo muy prepotentes que pueden ser los hombres blancos. Pero aun así, no pude evitarlo. Demonios, había un furgón blindado esperándome en el estado de Texas.

Pensando en el robo, todo lo que podía salir mal volvió a

mi mente. De modo que allí de pie, ante mi silla, estaba desgarrado entre el deseo de salir de allí y el de disculparme.

—Espere ahí —ordenó una voz masculina.

Me volví y vi que un panel de la pared, detrás del escritorio lacado, se había convertido en una puerta.

Salió un hombre de la oscuridad, un hombre muy bajito.

—Soy Robert E. Lee —dijo el hombrecillo.

8

No medía más de metro y medio de alto. Quizás incluso menos. Llevaba unos pantalones azul marino y una chaqueta negra cortada como las casacas de los generales del siglo XIX. Tenía el pelo negro y corto y las patillas ralas; la cabeza completamente redonda y los enormes ojos oscuros de un niño con una sabiduría impropia de su edad.

Se encaminó hacia la silla que había detrás del escritorio y se sentó con un aire que sólo podía describirse como pomposo.

Resultaba obvio que nos había estado observando desde que entramos en el despacho. Sospeché que probablemente había escuchado toda nuestra conversación desde el momento en que llegamos a la casa. Pero el pequeño general no parecía sentirse violento por verse descubierto. Tocó algo en su escritorio y la puerta que quedaba tras él se deslizó y se cerró.

—Es como la casa del futuro de Disneylandia —dije.

—Nunca he estado allí —replicó él, con una sonrisa insincera en los labios.

—Debería ir alguna vez. Le puede dar algunas ideas.

—Ya me ha conocido, señor Rawlins —dijo Robert E. Lee—. Hemos tenido una charla insustancial. ¿Basta eso para su madre?

Una rabia instantánea me oprimió el corazón. Nunca había amado en mi vida a nadie como amé a mi madre... al menos hasta que nació mi hija, y luego, cuando Jesus y Feather aparecieron en mi hogar. La idea de que aquel arrogante hombrecillo se refiriese a mi madre en ese tono me dio ganas de abofetearle. Pero me controlé. Después de todo, era yo quien había mencionado la recomendación de mi madre, y Feather necesitaba todos mis esfuerzos si quería vivir.

—Bueno, ¿por qué estoy aquí, pues? —pregunté.

—Necesitaría a un filósofo existencialista para que le respondiera una pregunta como ésa —dijo él—. Lo único que puedo hacer yo es explicar el trabajo que tenemos entre manos. Señor Lynx...

—Sí, señor —dijo Saul—. Debo decir que es un honor conocerle.

—Gracias. ¿Responde usted por el señor Rawlins?

—Es de los mejores, señor. Y el mejor en determinadas zonas de la ciudad, especialmente si esa ciudad es Los Ángeles.

—¿Se da cuenta de que se le hará responsable a usted de sus acciones?

Lee se refería a mí como si yo no estuviese allí. Un momento antes aquello me habría irritado, pero ahora me sentía divertido. Su esfuerzo era mezquino. Me volví hacia Maya Adamant y le guiñé un ojo.

—Confiaría mi vida a Ezekiel Rawlins —replicó Saul. Había una profunda certeza en su voz.

—Yo trabajo por mi cuenta, señor Lee —dije—. Si quiere usted trabajar conmigo, estupendo. Si no, tengo cosas que hacer en Los Ángeles.

—O en Montreux —añadió él, probando así que eran ciertas mis sospechas acerca de las escuchas ocultas en toda la casa.

—El trabajo —le pinché yo.

Lee frunció los labios formando un puchero y luego los volvió a su sitio. Me miró con sus ojos infantiles y se decidió.

—He sido contratado por un hombre rico que vive a las afueras de Danville para descubrir el paradero de su socio, que desapareció hace cinco días. Ese socio suyo se ha fugado con un maletín que contiene determinados documentos que deben ser devueltos antes del próximo viernes, a más tardar. Si consigo localizar a ese hombre y devolver el contenido de ese maletín antes de la medianoche del viernes, recibiré una bonita recompensa, y usted, si ha resultado vital en la recuperación de esa propiedad, recibirá diez mil dólares además de lo que ha cobrado ya.

—¿Quién es el cliente? —pregunté.

—Su nombre no importa —replicó Lee.

Supe, por la forma en que levantó la barbilla, que mi posible contratador quería demostrarme así quién era el jefe. Aquello no era nada nuevo para mí. Yo había discutido con casi todos los jefes que había tenido por las condiciones de mi empleo y la conservación de mi dignidad.

Y casi todos los jefes que había tenido eran blancos.

—¿Qué hay en el maletín?

—Papeles blancos impresos con tinta y sellados con lacre rojo.

Volví la cabeza y miré a Saul. Más allá de donde estaba él, en la pared más alejada, junto a una lámpara, había una pequeña foto enmarcada. No podía captar bien los detalles desde aquella distancia. Era el único elemento decorativo de las paredes, y estaba situado en un lugar bastante extraño.

—¿Y su cliente es el propietario original de esos papeles blancos, impresos con tinta y sellados con lacre rojo?

—Por lo que yo sé, mi cliente es el propietario del maletín en cuestión y de todo su contenido.

Lee estaba aguardando el momento oportuno, esperando algo. En mi opinión actuaba como un bufón, pero aquellos ojos me hacían recelar.

—¿Cómo se llama el hombre que robó el maletín?

Lee se mostró reacio entonces. Unió los dedos formando un triángulo.

—Me gustaría saber un poco más de usted antes de divulgar esa información —dijo.

Me arrellané y levanté las manos.

—Adelante.

—¿De dónde es usted?

—De un pueblecito perdido de negros allá en Louisiana, un lugar donde nunca supimos que había Depresión, porque no teníamos trabajos que perder.

—¿Educación?

—Leí *La montaña mágica* de Thomas Mann el mes pasado. El mes anterior leí *El hombre invisible*.

Con eso conseguí una sonrisa.

—¿De H. G. Wells?

—De Ellison —repliqué.

—¿Luchó usted en la guerra?

—En ambos frentes.

Lee frunció el ceño e inclinó la cabeza.

—¿En Europa y Japón? —preguntó.

Yo meneé negativamente la cabeza y sonreí.

—Me dispararon unos cuantos blancos —dije—. La mayoría eran alemanes, pero también hubo algún americano o dos por ahí en medio.

—¿Casado?

—No —dije, quizá con un exceso de énfasis.

—Ya veo. ¿Tiene usted licencia de investigador privado, señor Rawlins?

—Sí, señor, la tengo.

Levantando una mano infantil, preguntó:

—¿Puedo ver su permiso?

—No lo llevo encima —dije—. Está enmarcado en una pared de mi despacho.

Lee asintió, se inclinó hacia delante como pensando algo

y luego asintió de nuevo, escuchando a un ángel invisible posado en su hombro derecho. Luego se puso en pie, apenas más alto que sentado.

—Buenos días —dijo, intentando hacer una reverencia con poco éxito.

Entonces comprendí. Desde el momento en que le había obligado a salir de su escondite, había intentado desechar mis servicios. Lo que no podía comprender es por qué no me había dejado marchar cuando quise hacerlo la primera vez.

—Por mí de acuerdo —me puse de pie, a mi vez.

—Señor Lee —dijo Maya entonces. Ella también se puso de pie—. Por favor, señor.

Por favor. El conflicto no era entre Lee y yo... era una pugna entre él y su ayudante.

—No tiene licencia —dijo Lee, haciendo un gesto como quien tira algo a la basura.

—Sí que tiene licencia en vigor —dijo ella—. He hablado con el alcalde en persona esta mañana. Me ha dicho que el señor Rawlins tiene el pleno apoyo de la policía de Los Ángeles.

Me volví a sentar.

Era demasiada información para intentar asimilarla de pie. Aquella mujer podía hablar con el alcalde de Los Ángeles por teléfono, el alcalde conocía mi nombre y la policía de Los Ángeles aseguraba con entusiasmo que confiaban en mí. Ni uno solo de esos hechos me resultaba cómodo.

Lee suspiró.

—El señor Lynx siempre ha sido nuestro mejor agente en Los Ángeles —dijo Maya— y ha sido él quien nos ha traído al señor Rawlins.

—¿Cuánto tiempo hace que vino usted aquí por primera vez, señor Lynx? —preguntó Lee.

—Hace seis años, creo.

—¿Y nunca intentó forzar las cosas para verme?

Saul no dijo nada.

—¿Por qué iba a poner a un hombre a quien no conozco en un caso de tanta importancia? —preguntó Lee a Maya.

—Porque es el único que puede hacer el trabajo y, por tanto, es el mejor —dijo ella, con certeza.

—¿Por qué no llama al jefe Parker para que encuentre a la chica?

—Para empezar, es un funcionario público, y éste es un asunto privado —noté que aquellas palabras tenían un significado oculto— ... y usted sabe tan bien como yo que los policías blancos con calcetines blancos y zapatos negros no encontrarán nunca a Cargill.

Lee miró a su empleada un momento y luego se sentó. Maya dejó escapar un hondo suspiro y volvió a sentarse, con movimientos felinos, en su silla.

Saul nos miraba con sus ojos color esmeralda bien visibles. Para un tipo con cara de póquer como Saul, su expresión era casi de asombro.

Lee se miraba sus propias manos entrelazadas encima del escritorio de laca roja. Tuve la sensación de que no solía discutir con la gente a quien se dignaba recibir. Le costaría unos momentos tragarse su orgullo.

—El hombre que buscamos se llama Axel Bowers —dijo Lee, al fin—. Es un abogado liberal que vive en Berkeley, de una familia adinerada. Tiene un local abierto en San Francisco, donde él y su socia intentan ayudar a los bellacos a eludir la ley. Fue él quien robó a mi cliente.

—¿Y qué más hay?

—Bowers tiene una empleada de color llamada Philomena Cargill, conocida generalmente como Canela... por el color de su piel, me han dicho. Esta tal Canela trabajaba para Bowers como asistenta, al principio, pero tenía algunos estudios y empezó a hacer de secretaria y administrativa, también.

»Cuando mi cliente supo que Bowers le había robado, llamó a su casa para que le devolvieran lo suyo. Contestó la señorita Cargill y dijo que Bowers se había ido del país.

»El cliente vino a verme, pero cuando mi gente apareció por allí, la señorita Cargill había volado también. Se sabe que llegó a Berkeley desde Los Ángeles, y que había crecido cerca de Watts. También se sabe que ella y Axel estaban muy unidos, de forma contraria a la ética profesional.

»Lo que necesito que haga usted es encontrar a la señorita Cargill y localizar a Bowers y el contenido del maletín.

—¿Así que también quiere a Bowers?

—Sí.

—¿Por qué? No parece que le vaya a denunciar.

—¿Acepta usted la tarea tal y como se la he indicado? —me preguntó.

—Me gustaría saber dónde vivía esa gente en San Francisco y en Berkeley.

—Ninguno de los dos están en la zona de la Bahía, eso se lo puedo asegurar —dijo el pequeño Napoleón—. Bowers ha salido del país, y Cargill está en Los Ángeles. Hemos intentando ponernos en contacto con su familia, pero todos los intentos han fracasado.

—Puede que tenga amigos aquí que sepan adónde ha ido —sugerí.

—Estamos siguiendo esa pista, señor Rawlins. Usted debe moverse por Los Ángeles y buscar a la chica.

—Chica —repetí—. ¿Qué edad tiene?

Lee echó una mirada a Maya.

—Veintipocos —respondió, categórica.

—¿Algo más? —preguntó Lee.

—¿Familia? —dije—. ¿Dirección anterior, foto, costumbres o rasgos distintivos?

—Usted es el mejor en Los Ángeles —dijo Lee—. El señor Lynx nos lo ha asegurado. Maya le dará la información que considere necesaria. Aparte de eso, estoy seguro de que encontrará las respuestas a todas sus preguntas y a las nuestras también. ¿Acepta?

—Claro —afirmé—. ¿Por qué no? Philomena Cargill, también conocida como Canela, en algún lugar de las calles de Los Ángeles.

El panel secreto se abrió y Robert E. Lee se levantó de su silla. Se volvió de espaldas a nosotros y se dirigió hacia el hueco de la pared. El panel se cerró tras él.

Me volví a Maya Adamant y dije:

—Vaya jefe más increíble que tiene usted.

—¿Nos vamos? —Fue su única respuesta.

9

—Primero tengo que comprobar una cosa —dije.

Atravesé la habitación y me acerqué al pequeño y apartado marco. Era una fotografía bastante desvaída, como un daguerrotipo, impresa en una placa de cristal. Parecía el tocayo del detective. El general iba con el uniforme completo. En algún momento de la exposición había mirado hacia abajo, quizás a alguna pelusa de su magnífica guerrera. El resultado era un hombre con dos cabezas. La cara más visible miraba con adusta intensidad a la lente, mientras que la otra miraba hacia abajo, sin pensar en la historia.

Me sentí intrigado por la antigua fotografía, por su vulnerabilidad. Era como si el detective quisiera honrar al antiguo general, tanto en la victoria como en la derrota.

—¿Nos vamos, señor Rawlins? —dijo de nuevo Maya Adamant.

Me di cuenta de que le preocupaba que Lee se pusiera furioso si me veía husmeando con demasiada familiaridad en su sanctasanctórum.

—Claro.

En la biblioteca, Maya me entregó una tarjeta de visita.

—Éstos son mis números, de casa y del trabajo.

Se habían olvidado de Saul. Para ellos, o quizá para ella,

debería decir, había sido simplemente un conducto para empalmar con mi barrio, con Watts.

—¿Qué problema tienen usted y su jefe? —le pregunté.

—No sé de qué me habla.

—Pues claro que sí. Se ha molestado en hacer todo ese paripé de librarse de mí porque quería que usted le suplicase. ¿De qué va todo esto?

—Le iría mejor, señor Rawlins, si usara sus habilidades detectivescas para encontrar a Philomena Cargill.

Había una conexión casi física entre nosotros. Era como si nos conociésemos ya de la forma más esencial... tanto, que casi me incliné hacia delante para besarla. Ella se dio cuenta y echó la cabeza atrás apenas un centímetro. Pero aun así, sonreía.

Bajamos a la biblioteca. Le di mi número de teléfono oficial.

—¿Cuándo podré encontrarle ahí? —me preguntó ella.

—En cualquier momento.

—¿Tiene secretaria?

—Electrónica —dije, más para su jefe que para ella misma.

—No le comprendo.

—He unido un grabador de cintas a mi teléfono. Me graba los mensajes y luego me los reproduce cuando vuelvo.

Fuera, el sol era deslumbrante. Una brisa fresca soplaba sobre Nob Hill.

—¿Por qué demonios has hecho eso? —dijo Saul, en cuanto volvimos a su coche.

—¿El qué?

—No sé. Todo. Hacer que Lee salga a hablar contigo, mirar a Maya de esa manera...

—Tienes que admitir que la señorita Adamant es una buena pieza.

—Tengo que admitir que necesitas ese trabajo.

—Escucha, Saul. Yo no trabajaría nunca para un tío que se niega a recibirme cara a cara. Ya sabes lo que ocurriría si los polis vinieran, echaran abajo mi puerta y yo ni siquiera pudiera afirmar que había hablado con ese hombre.

—Pero he sido yo quien te ha traído aquí, Easy. Yo no te pondría nunca en peligro.

—No, tú no. Lo sé muy bien porque te conozco. Pero escúchame, amigo: ese hijo negro tuyo tendrá que arreglárselas solo por ahí algún día. Y cuando lo haga, te dirá que cualquier hombre blanco que conozca vendería a un negro inocente antes que meterse con un sinvergüenza blanco.

Aquello silenció a mi amigo un momento. Había esperado muchos años antes de verme capaz de decirle aquello.

—Bueno, ¿y qué piensas de Lee? —me preguntó.

—No confío en él.

—¿Crees que nos engaña?

—No lo sé, pero me parece el típico idiota que te mete en un callejón oscuro y luego se olvida de enviarte refuerzos.

—¿Que se olvida? Bobby Lee no olvida absolutamente nada. Es uno de los hombres más inteligentes del mundo.

—Puede ser —repliqué—, pero cree que es mucho más listo de lo que es en realidad. Y tú y yo sabemos que si un hombre se vuelve demasiado orgulloso, acaba por caer. Y si yo me encuentro en ese momento justo debajo de él...

Saul me respetaba. Veía en sus ojos que estaba medio convencido por mis argumentos. Ahora que había conocido a Lee también tenía sus propias reservas.

—Bueno —dijo—, creo que vas a hacerlo de todos modos, ¿no? Quiero decir, por tu niña.

Yo moví la cabeza afirmativamente y miré hacia el sur, a un enorme banco de niebla que descendía sobre la ciudad.

—Creo que será mejor volver —dijo Saul.

—No, ve tú. Yo voy a quedarme un tiempo por la ciudad y ver a la gente de por aquí.

—Pero lo único que necesitan que hagas es encontrar a Philomena Cargill.

—No sé ni siquiera si está en Los Ángeles. Ni Lee tampoco lo sabe.

Saul tenía que volver a casa. Debía ver a un cliente a la mañana siguiente. Hice que me dejase junto a un solar de alquiler de coches Hertz.

Sólo les costó una hora y media llamar a Los Ángeles y comprobar mi tarjeta BankAmericard.

—¿Siempre llaman al banco para comprobar las tarjetas de crédito? —le pregunté al vendedor blanco, con traje azul marino.

—Desde luego —respondió. Tenía la cara gorda, el pelo ralo y el cuerpo esbelto.

—Pero entonces, ¿qué gracia tiene usar la tarjeta de crédito?

—Nunca se tiene demasiado cuidado —me dijo.

—Yo lo veo justo al revés —le dije—. Para mí, siempre se tiene demasiado cuidado, pero nunca basta.

El hombre me sonrió entonces. Comprendió que me estaba burlando de él... pero no pilló la broma.

En un listín telefónico de Oakland de la oficina de Hertz vi que Axel Bowers vivía en la calle Derby de Berkeley. El mapa callejero de la zona de la bahía de San Francisco que llevaba en la guantera lo situaba a una manzana o así de distancia de Telegraph. Fui en mi Ford alquilado por el Bay Bridge y aparqué a una manzana de distancia de la casa del supuesto ladrón.

La calle Derby resultó muy instructiva para mí. En aquella manzana todo estaba en transición, pero no como suelen cambiar habitualmente los barrios. No llegaban los negros y se iban los blancos, ni había un descenso de la economía local, de modo que las casas que en tiempos ocuparon familias de clase media se estuvieran convirtiendo en pensiones para los trabajadores pobres.

Aquel vecindario se estaba transformando como si sufriera un hechizo mágico.

Las casas habían pasado del blanco y verde o azul y amarillo habituales a una amplia gama de tonos pastel: rosa, aguamarina, violeta, naranjas chillones. Hasta los coches estaban pintados con los colores del arco iris o con imágenes chapuceras o largos discursos dibujados por locos. Música de todo tipo surgía de las ventanas abiertas. Algunas mujeres llevaban vestidos largos teñidos a mano, como princesitas de cuento, y otras casi no llevaban nada en absoluto. La mitad de los hombres iban sin camisa y casi todos llevaban el pelo muy largo, como las mujeres. Llevaban también las barbas sin cortar. Las banderas americanas estaban pegadas a las ventanas y sujetas a las paredes de una forma decididamente poco patriótica. Muchos de los jóvenes llevaban bebés.

Era el vecindario más integrado que había visto en mi vida. Había negros, blancos, marrones, incluso alguna que otra cara asiática.

Me parecía como si hubiese llegado a un país que estaba en guerra y en el cual todas las tiendas y servicios públicos hubiesen cerrado. Un lugar donde la población se hubiese visto obligada a sobrevivir en un estado mucho más primitivo.

Me detuve frente a una casa grande color lavanda porque oí algo que reconocí: *Show Me Baby*, el blues que era la firma de mi viejo amigo Alabama Slim, surgía atronador por la puerta principal. Bama cantaba y se oía por los altavoces.

Bama... No creía que hubiese ni diez blancos en todo Estados Unidos que conociesen su trabajo. Pero allí estaba, cantando para una calle llena de blancos peludos en un país que ya no era su país de nacimiento.

La casa de Bowers era la que tenía el aspecto más normal de toda la manzana. Una caja de madera de un solo piso. Sus paredes de tablones eran todavía blancas, pero las molduras eran de un rojo coche de bomberos y la puerta principal estaba decorada con un mosaico de yeso hecho con trozos de baldosas rotas, cristales, trocitos de mármol, baratijas y piedras semipreciosas: granates sin tallar, cuarzo rosa, turquesa.

Llamé al timbre y luego usé el llamador de latón en forma de calavera, pero nadie respondió. Entonces pasé por la parte lateral de la casa, hacia atrás. Allí encontré una puerta verde de aspecto normal con un panel de cristal. A través de aquella ventana pude ver una habitación pequeña con una escoba apoyada en una esquina y unas botas de goma en el suelo. Un delantal con dibujo de flores colgaba de una percha en la pared.

Llamé a la puerta. Nadie contestó. Volví a llamar. Como no venía nadie, me quité el zapato izquierdo, metí el puño dentro y rompí el cristal.

—¡Eh, tío! ¿Qué estás haciendo? —una voz áspera venía desde la calle.

Yo iba desarmado, cosa que en parte era buena y en parte mala, y me habían cogido con las manos en la masa. El carácter extraño del vecindario me había hecho pensar que podría pasar inadvertido, hacer cualquier cosa que necesitara para realizar mi trabajo. Es un error que un negro jamás se puede permitir.

Me volví para ver al hombre que me había atrapado. Iba

caminando por el sendero estrecho y cubierto de hiedra con total confianza, como si fuera el propietario de la casa.

Era bajito, de un metro setenta o así, con el pelo negro y grasiento, largo hasta los hombros. Su rostro estaba cubierto en su mayor parte por unos pelos cortos, erizados y negros. Llevaba una camisa color rojo sangre demasiado larga para su cuerpo delgado, y unos vaqueros negros. No llevaba zapatos y sus pies estaban tan sucios que parecían de cuero. Sus ojos oscuros brillaban en las órbitas. En sus orejas colgaban unos pendientes dorados, una imagen muy femenina que me resultaba ligeramente incómoda.

—¿Sí? —le pregunté, amablemente, como si me dirigiese a un oficial de la ley.

—¿Qué haces intentando entrar en casa de Axel? —preguntó el hippie con una voz rasposa como la lija.

—Un hombre llamado Manly me contrató para que encontrase al señor Bowers —dije—. Me llamó porque mi prima, Canela, trabaja para él.

—¿Eres el primo de Philomena? —preguntó el hombrecillo blanco de aspecto extravagante.

—Sí. Primo segundo. Nos educamos a menos de seis manzanas el uno del otro, allá en Los Ángeles.

—¿Y por qué fuerzas la puerta? —me preguntó el hombre de nuevo. Parecía perturbado, pero su pregunta era como un cuchillo.

—Como he dicho, ese hombre, Manly, de Frisco, me pidió que encontrara a Bowers. Canela también ha desaparecido. He decidido coger el dinero y ver si es que les ha pasado algo malo.

El hombrecillo me miró de arriba abajo.

—A lo mejor llevas la misma sangre de Philomena —dijo—. Pero ¿sabes?, Axel es amigo mío, y no creo que te pueda dejar entrar en su casa así, de esa manera.

—¿Cómo te llamas? —le pregunté.

—Perro Soñador —replicó el hombre, sin alterarse en absoluto y sin cambiar la voz. Como si me hubiese dicho Joe, o Frank.

—Yo me llamo Dupree —afirmé, y nos estrechamos las manos—. Te diré lo que vamos a hacer, Perro Soñador, ¿por qué no entras conmigo? De ese modo, podrás comprobar que lo único que quiero hacer es echar un vistazo para averiguar dónde están.

Cuando el hombre sonrió vi que le faltaban dos o tres dientes. Pero en vez de afearle, aquellos huecos me recordaron más bien a un niño jugando a los piratas con unas patillas pegadas y un traje hecho por su madre con retales.

10

—¿Sabes algo del karma, hermano? —me preguntó Perro Soñador mientras yo metía la mano por la abertura para abrir el pestillo.

—Es algo de la religión hindú —dije, recordando la conversación que había tenido con Jackson Blue en la cual él me explicó lo muy en desacuerdo que estaba con el sistema indio de interpretar la responsabilidad moral. «Ya sabes —me había dicho en aquella ocasión el diminuto genio—, no existe ninguna posibilidad en el mundo de que los negros hayan hecho cosas tan malas como para atraer siglos enteros de dolor sobre sus cabezas.»

Perro Soñador sonrió.

—Sí. Hindú. Todo eso de que lo que haces luego te vuelve otra vez.

—¿Es de Canela ese delantal? —le pregunté.

Estábamos en la puerta.

—Pues sí. Pero ¿sabes?, ella no era en realidad una criada ni nada por el estilo. Tenía un título de empresariales de Berkeley, y quería ir a Wall Street. Sí, esa Philomena le echaba muchas agallas.

—Sabía que había ido a la universidad —dije—. Toda la familia está muy orgullosa de ella. Por eso están tan preocupados. ¿Te dijo adónde iba?

—No —dijo Perro Soñador mientras evaluaba mis palabras.

El office conducía a una gran cocina que tenía un largo mostrador con un fregadero de cobre en un lado y una cocina con seis fogones y horno al otro lado. Era una cocina bien equipada, con ollas de cobre colgando de las paredes y armarios de cristal llenos de todo tipo de alimentos envasados, especias y porcelana fina. Todo estaba muy limpio y ordenado, incluso la taza de té colocada en el fregadero de cobre hablaba del sentido del orden del propietario.

Perro Soñador abrió un armario y sacó una caja de galletitas Oreo. Sacó tres y volvió a colocar la caja en su sitio.

—Axel me las guarda —dijo—. Mi madre no puede comerlas porque tiene alergia al aceite de coco y a veces usan aceite de coco para hacerlas. Pero ¿sabes?, a mí me gustan mucho. Y Axel me las guarda en ese estante de ahí.

Había reverencia y orgullo en las palabras de Perro Soñador... y algo más.

En el salón había tres divanes tapizados de terciopelo colocados en cuadro, con un lado vacío. Esos sofás sin respaldo estaban encima de una docena de alfombras persas, por lo menos. Las alfombras las habían colocado sin ningún orden especial, una encima de otra, y daban a la habitación un sabor muy árabe. El aroma a incienso ayudaba también a crear el clima, así como los mosaicos de piedrecitas que colgaban en las paredes. Esas imágenes eran muy antiguas, eso era evidente, probablemente originales, procedentes de Roma o quizá de Oriente Medio. Una representaba a un lobo de larga lengua, gruñendo y acosando a una joven desnuda y morena; otra era una escena de una bacanal con hombres, mujeres, niños y perros bebiendo, bailando, besándose, fornicando y saltando de alegría.

En cada una de las cuatro esquinas había unas urnas griegas de metro y medio de alto, vidriadas, de color negro y marrón rojizo, y festoneadas con las imágenes de hombres desnudos en diversas competiciones.

—Me encantan estos sofás, tío —me dijo Perro Soñador. Se había echado en el de en medio—. Valen mucho dinero. Le dije a Axel que alguien podría venir y robarle los muebles mientras estaba fuera de la ciudad, y entonces me dijo que vigilara la casa.

—¿Sale mucho de la ciudad?

—Sí. El año pasado fue a Alemania, y Suiza y El Cairo. ¿Sabes? El Cairo está en Egipto, y Egipto está en África. Lo dijo un hermano que hablaba en el campus antes de que actuase la banda de percusión del Congo.

—¿Crees que estará en El Cairo ahora? —le pregunté.

—No, siempre está en el campus los domingos, hablando de historia de la percusión.

—No, el tío de la universidad no —expliqué, pacientemente—, Axel.

Perro Soñador saltó del sofá y me tendió una galletita Oreo.

—¿Una galleta?

No me gustan mucho los dulces, pero aunque hubiese sido un goloso como la copa de un pino no habría comido nada procedente de sus zarpas asquerosas.

—No, estoy a régimen —dije.

En una mesita auxiliar situada en la confluencia entre dos sofás había dos vasos chatos de licor. Ambos habían contenido brandy, pero las bebidas se habían evaporado, dejando una película dorada en el fondo de cada vaso. Junto a los vasos vi un cenicero en el cual se había dejado un cigarrillo encendido que se había consumido hasta el filtro.

También vi la foto de un hombre que rodeaba con los brazos a una mujer mayor; ambos miraban a la cámara.

—¿Quién es? —le pregunté a mi compañero.

—Son Axel y su mamá. Murió hace años —respondió

Perro Soñador—. Su padre murió de pena un año y medio después.

Bowers, más joven entonces, no debía de tener más de treinta años, quizá menos. Tenía el pelo castaño claro y una bonita sonrisa. Por sus ropas y por las joyas que llevaba su madre se deducía que ahí había dinero. Pero también había pesar en las sonrisas de ambos, y pensé que quizás una niñez pobre en el sur de Louisiana no era el peor lugar del que podía proceder un hombre.

—Le dije que debía abrir las cortinas —decía entonces Perro Soñador—. Quiero decir que Dios nos da la luz del sol para calentarnos y para que veamos.

—¿Dónde está el dormitorio? —le pregunté.

—Axel es muy majo —dijo mi nuevo amigo mientras me conducía a través de una doble puerta que había al otro lado de la habitación—. Su familia tiene dinero y todo eso, pero él sabe que la gente vale más que el dinero, y que debemos compartir las riquezas, que un barco hecho de oro se hundiría...

Dio a un interruptor que había en la pared y nos encontramos en un vestíbulo amplio forrado de madera. En un extremo había grabados japoneses enmarcados con unas molduras sencillas de madera de cerezo. Cada uno de aquellos grabados (que parecían originales) representaba la luna en un aspecto u otro como tema. Había guerreros y poetas, pescadores y damas. En el otro lado se veían unos cuadros más pequeños. Reconocí uno que había visto en un libro de arte en la librería de Paris Minton, en la avenida Florence. Era una obra de Paul Klee. Examinándola más de cerca, vi que todos los cuadros de aquella pared eran del mismo autor.

—Yo también pinto un poco —dijo Perro Soñador cuando me acerqué a examinar la firma—. Sobre todo animales. Perros, gatos y patos. Le dije a Axel que podía poner algunos de mis dibujos cuando se cansara de todo esto.

El dormitorio era grande. El enorme lecho parecía como una balsa en un amplio río de moqueta azul. Las sábanas y colchas eran de un blanco amarillento, y las ventanas quedaban sombreadas por una enorme secuoya que dominaba el patio trasero.

Un periódico, el *Chronicle*, permanecía doblado a los pies de la cama. La fecha era 29 de marzo.

Había unos vasos de whisky junto a la cama deshecha. También el brillo del licor reseco. Las almohadas olían a perfume, un aroma dulce y penetrante. Tuve la impresión de que allí hubo enérgico sexo antes del final, pero quizás aquélla fuese una sensación persistente que me había dejado Maya Adamant.

La habitación era tan grande que tenía un rincón dedicado a vestidor. Pensé que era un toque muy femenino para un hombre, pero quizá los anteriores propietarios fuesen una pareja, y aquél podía ser el rincón de la mujer.

Había una maleta vacía junto al escabel marrón tapizado situado allí, entre tres espejos. Junto al asa había una plaquita brillante de latón con las iniciales ANB grabadas.

Vi un frasco de colonia en el pequeño tocador, pero no olía en absoluto como las almohadas.

—¿Axel tiene muchas novias? —pregunté a mi guía hippie.

—Uf, sí, tío —dijo Perro Soñador—. He visto tres y cuatro mujeres aquí al mismo tiempo. Axel curraba como un loco. Y compartía también. A veces me llamaba y nos poníamos tan ciegos que nadie sabía lo que estaba haciendo ni a quién... no sé si me entiendes.

En realidad no lo sabía, pero no necesitaba ninguna explicación.

En el tocador había tres cajones. Uno contenía dos bolsas de plástico con unas hojas secas; marihuana, por el olor. En otro cajón había condones y diversos lubricantes, y en el cajón inferior, una agenda y un diario personal. Debajo había una carta mecanografiada, con encabezamiento oficial, de un hombre llamado Haffernon. También vi un sobre escrito a mano con el nombre de Axel garabateado. No había ni sello ni dirección ni matasellos en aquella carta.

—Me voy a llevar estas cartas y la agenda —le dije a mi acompañante—. Quizá pueda localizar a Axel o a Canela a través de alguno de estos papeles.

—Pero ¿te vas a dejar la droga? —Perro Soñador parecía casi decepcionado.

—No soy ningún ladrón, hermano.

El hombrecillo sonrió y me di cuenta de que su actitud hacia mí era muy distinta de la de la mayoría de los blancos. Estaba protegiendo a su amigo de la invasión, pero no importaba nada que yo fuese negro. Aquello era una experiencia muy rara para mí, en aquellos tiempos.

Había una taza de té en el tocador. También se había resecado. Por el olor, supe que la bebida que contuvo era fuerte.

11

Cuando volvimos a la acera, noté como si me hubiesen quitado un peso de encima. Había algo en la casa, como si estuviese congelada en una foto instantánea, que me hacía pensar que allí había ocurrido algo súbito y violento.

—¿Pasabas mucho tiempo con Bowers? —le pregunté al hippie.

—Daba unas cenas tremendas y tu prima también estaba y algunos otros tíos de por ahí, de Frisco. Axel compraba un vino muy bueno, en botellas grandes, y pagaba a Hannah's Kitchen para que prepararan festines vegetarianos.

Perro Soñador también debía de tener unos treinta años, pero parecía más viejo a causa del pelo de la barba y la piel desgastada por muchos días y noches a la intemperie.

Yo fumaba Parliaments por aquel entonces. Le ofrecí uno y lo cogió. Encendí los dos cigarrillos y nos quedamos allí de pie en Derby, rodeados por todo tipo de hippies y música y coches multicolores.

—Tomábamos muchos tripis —dijo Perro Soñador.

—¿Qué es eso?

—Ácido en gotas.

—Pero ¿qué tipo de ácido?

—LSD. ¿De dónde sales tú? Ácido. Tripis.

—Ah —exclamé—. O sea que tomabais drogas juntos.

—No, drogas no, tío —dijo Perro Soñador con desdén—. Ácido. Las drogas te cierran la mente. Te dan sueño. El ácido te abre los chakras. Deja que entre Dios... o el diablo.

Yo no sabía gran cosa de psicodelia, por aquel entonces. Había oído hablar de las Fiestas de Ácido que hacían en determinados clubes en el Sunset Strip, pero ese rollo no iba conmigo. Yo ya conocía demasiados adictos a la heroína, gente que aspiraba pegamento y fumetas. Aquello, en cambio, parecía distinto.

—¿Y qué ocurría cuando tomabais uno de esos trepis? —pregunté.

—Tripis —me corrigió.

—Vale. ¿Qué ocurría?

—Una vez fue muy extraño. Él puso un álbum de Yusef Lateef, *Rites of Spring*, pero en plan jazz. Y luego estaba esa chica, que se llamaba Polly o Molly... algo así. Los tres hicimos el amor y nos comimos unas magdalenas que vendía por las casas. Recuerdo que hubo un momento en que Axel y yo le chupábamos un pezón cada uno y yo me sentía como si fuese un bebé, y ella era grande como la luna. Yo me eché a reír y quería irme pero tenía que ir a gatas porque era un bebé y todavía no sabía andar.

Perro Soñador recordaba las alucinaciones. Su mueca desdentada era beatífica.

—¿Y qué hizo Axel? —le pregunté.

—Entonces empezó su mal viaje —dijo Perro Soñador. Su sonrisa se desvaneció—. Se acordó de algo de su padre y se puso fatal. Estaban su padre y dos amigos de su padre. Les llamaba buitres, que se alimentaban de carroña. Corría por el *ashram* con un palo. Me rompió estos dientes. —Perro Soñador encogió el labio y señaló el hueco.

—Pero ¿por qué se puso tan mal? —le pregunté.

—Siempre es por algo que tienes dentro —explicó el hippie—. O sea, que siempre está ahí, aunque tú nunca lo mires, o quizá con el tripi ves lo que siempre habías sabido de una manera distinta.

»Cuando me pegó, Polly le echó los brazos y le besó la cabeza. Ella le empezó a decir que las cosas iban a ir bien, que podía apartar a los buitres y enterrar a los muertos...

—¿Y él se calmó?

—Hizo una regresión, tío. Todo el camino de vuelta al feto en el útero. Hizo todo el viaje, como si volviera a nacer. Salió y empezó a llorar y yo y Polly lo cogimos. Pero entonces ella y yo empezamos a tocarnos y antes de que te dieras cuenta ya estábamos otra vez haciendo el amor. Y entonces Axel se quedó sentado sonriendo. Nos dijo que se le había ocurrido un plan.

—¿Qué plan?

—No lo explicó —Perro Soñador meneó la cabeza y sonrió—. Pero estaba feliz, y todos nos fuimos a dormir. Dormimos veinticuatro horas, y cuando me desperté, Axel estaba tranquilo y seguro. Fue entonces cuando empezó a viajar y todo el rollo.

—¿Cuánto tiempo hace de eso? —le pregunté.

—Un año quizás. Un poco más.

—¿Más o menos cuando murió su padre? —inquirí.

—Ahora que lo dices... sí. Su padre murió dos semanas antes... por eso nos tomamos los tripis.

—¿Y dónde está esa tal Polly o Molly?

—¿Ella? Y yo qué sé, tío. Iba por las casas vendiendo *brownies*. Axel y yo estábamos a punto de comernos los tripis y le preguntamos si quería también. Axel le dijo que si lo hacía, le compraba todas los *brownies*.

—Pero pensaba que decías que estabais en ese otro lugar, ¿cómo has dicho? ¿*Asham*?

—El *ashram* —dijo Perro Soñador—. Es el templo de plegarias que construyó Axel allá detrás de los árboles, en su patio trasero. Es su lugar sagrado.

—¿Dónde vives? —le pregunté a Perro Soñador.

—En esta manzana, sobre todo.

—¿En qué casa?

—Bueno, hay cinco o seis que me dejan dormir de vez en cuando. Ya sabes, depende de cómo vaya el rollo y si llevo el dinero suficiente para la sopa.

—Si quiero encontrarte, ¿hay alguien por aquí que sepa dónde puedo ponerme en contacto contigo?

—Sadie, ahí en la casa morada, al final de la manzana. Llaman a ese sitio la Playa de Derby, por la calle y porque mucha gente acaba recalando ahí. Ella normalmente sabe dónde estoy. Sí, Sadie.

La mirada de Perro Soñador vagó por la calle, y acabó prendida en una joven que llevaba un vestido rojo cruzado y un pañuelo color morado. Iba descalza.

—¡Eh, Ruby! —la llamó Perro Soñador—. Espera.

La chica sonrió y le saludó con la mano.

—Una cosa más —dije, antes de que él se alejase.

—¿Qué quieres, Dupree?

—¿Sabes dónde está el despacho de Axel en San Francisco?

—En el Centro Popular de Ayuda Legal. Baja por ahí hasta Haight-Ashbury y luego pregunta a cualquiera.

Le tendí a Perro Soñador un billete de veinte dólares y la mano. Él sonrió y me dio un oloroso abrazo. Luego corrió a unirse a Ruby, la del vestido rojo.

La idea del karma todavía me bailaba por la cabeza. Pensaba que quizá si era amable con Perro Soñador, alguien, en algún lugar, sería amable con mi niña.

Di la vuelta alrededor de la manzana cuando Perro Soñador se hubo ido. No quería que ni él ni nadie más me vieran investigar el *ashram*, de modo que me metí por uno de los caminitos de los vecinos y me dirigí hacia el patio trasero de Axel Bowers.

Era un pabellón de jardín que se alzaba entre dos sauces llorones. Casi no se veía hasta que tropezabas con el edificio, porque las paredes y las puertas estaban pintadas de verde como las hojas y el césped.

La puerta estaba abierta.

El lugar sagrado de Axel era una sola habitación con los suelos de pino desnudo y sin barnizar, y un hueco en una de las paredes donde se encontraba un enorme elefante de latón con seis brazos. De la barba le sobresalían muchísimos palitos de incienso a medio quemar. Su aroma dulzón llenaba la habitación, pero, aun así, apestaba.

Una alfombrilla de bambú de metro y medio en cuadro marcaba el centro exacto del suelo; aparte de eso, no había ningún mueble.

Todos los olores, tanto los buenos como los malos, emanaban del elefante de latón. Medía metro y medio de alto, y lo mismo de ancho. A sus pies se encontraba un baúl de viaje con los adhesivos de muchos países pegados.

Alguien había abierto ya el cerrojo y lo único que tuve que hacer fue abrir la tapa. A causa del espantoso hedor que se escondía debajo del dulzón olor a incienso, había pensado que encontraría un cuerpo en el baúl. Era demasiado pequeño para contener un ser humano, pero quizá, pensé, hubiese algún animal sacrificado en el *ashram* sagrado.

Y si no era ningún cadáver de animal, pensaba que encontraría quizás algún otro objeto artístico, como las piezas que decoraban la casa.

Lo último que esperaba encontrar era un montón de recuerdos nazis.

Y no sólo las típicas baratijas de cuadros de Adolf Hitler y banderas nazis. Había una daga con una esvástica de granates incrustada en la empuñadura, y un ejemplar encuadernado en piel del *Mein Kampf*, firmado por el propio Hitler en persona. El contenido del baúl estaba todo revuelto, cosa que abonaba la teoría de que alguien ya lo había registrado. Bobby Lee decía que había enviado a alguna gente a buscar a Philomena... quizás aquello fuese obra de los suyos.

Había un par de guantes de motorista en el baúl. Agradecí la previsión y me los puse. Me había asegurado de tocar las menos superficies posibles en la casa, pero era mucho mejor ir con guantes.

Había una caja con una baraja de cartas que en lugar de las figuras del póquer mostraba fotos de un hombre a quien no reconocí posando con Mussolini, Hitler, Goering y Hess. Por un momento pensé en el chico que maté en Alemania después de que asesinaran a los americanos blancos que se habían burlado de mí. También recordé el campo de concentración que liberamos y los cuerpos esqueléticos y hambrientos de los escasos supervivientes.

Había un puñado de cartas escritas en alemán, dirigidas a un hombre llamado J. Ponzell. Me las guardé en el bolsillo.

El olor pútrido era mucho peor en el interior del baúl, pero no había ni rastro de nada, ni siquiera de una rata muerta. Había un uniforme nazi de capitán y varias armas, incluyendo una Luger bien aceitada con tres recambios de munición. También encontré, escondidas debajo de un paquete que parecía contener jabón, un grueso fajo de postales pornográficas caseras. Eran fotos del mismo hombre robusto que posaba con los líderes nazis. Allí aparecía en diversas posturas sexuales con mujeres jóvenes y chicas. Tenía un pene muy grande, y en todas las fotos se le veía penetrando a las mujeres por delante o por detrás. Una foto se centraba en el rostro adolescente de una chica... chillaba de dolor mientras él la penetraba desde atrás.

Cogí la Luger y los recambios de munición e intenté desplazar el baúl, pero vi que estaba sujeto al suelo de alguna manera. Me arrodillé y olisqueé un poco la base. El hedor, definitivamente, procedía de debajo. Después de mirar en torno a la base, decidí apartar la alfombra que rodeaba el baúl. Allí vi un cerrojo de latón. Lo levanté y el baúl se deslizó hacia atrás, revelando el cadáver de un hombre apretado en un rectángulo casi perfecto, el tamaño del espacio que había debajo del baúl.

La cabeza del hombre quedaba con la cara hacia arriba, enmarcada por los antebrazos.

Era la cara del joven que abrazaba a su madre... Axel Bowers.

12

Yo ya había visto una buena cantidad de cadáveres. Muchos de ellos habían muerto en circunstancias violentas. Pero nunca había visto nada parecido a Axel Bowers. Su asesino había tratado el cuerpo, sencillamente, como una cosa que hay que ocultar, no como un ser humano, en absoluto. Los huesos estaban rotos, y la frente aplastada por el baúl que se había colocado encima.

El hedor era espantoso. Pronto los vecinos empezarían a detectarlo. Me preguntaba si la persona que había registrado el baúl habría encontrado también a Axel. Pero no tenía por qué ser así. Si fue unos días atrás, es posible que no oliera todavía, y por tanto no había motivo alguno para sospechar que había un compartimento secreto.

La visión era horripilante. Pero aun así, en presencia de aquella espantosa violencia y aquella voluntad maligna, pensé en Feather echada en la cama. Quise huir de allí corriendo lo más rápido que pudiera. Pero, por el contrario, hice un esfuerzo por quedarme, esperar y pensar en cómo podía ayudarla aquel espanto.

El cuchillo no valía nada, y no creía tener el tipo de contactos necesarios para vender la firma de Hitler. Además, podía tratarse perfectamente de una falsificación.

Consideré la posibilidad de llevarme un par de los cuadros de Klee de la casa, pero la verdad era que no sabía dónde venderlos tampoco. Y si me pillaban intentando vender cuadros robados, acabaría en la cárcel antes de obtener el dinero que necesitaba.

Durante un rato pensé en quemar todo el *ashram*. Quería librarme de las pruebas del crimen para no verme implicado por Perro Soñador o cualquier otro hippie de los alrededores.

Incluso llegué a sacar una lata de gasolina del garaje. También cogí unas velitas de la casa para usarlas como mecha lenta. Pero luego decidí que el fuego atraería la atención hacia el crimen, en lugar de desviarla. ¿Y si se extendían las llamas y mataban a alguien del vecindario?

El hedor hacía que me llorasen los ojos y sentía náuseas. Había limpiado bien todos los lugares que había tocado en el *ashram* y en la casa. Perro Soñador se lo pensaría dos veces antes de informar acerca del allanamiento de la casa de Axel. Además, ni siquiera sabía mi nombre.

En un momento dado me di cuenta de que me resultaba

duro irme. Una parte de mí quería ayudar a Axel a encontrar algo de paz. La humillación de su confinamiento me ponía muy nervioso. Quizá fuese el recuerdo del chico alemán al que maté, o la fragilidad de la vida de mi hija adoptiva. Quizá fuese algo más profundo que me habían instilado cuando era niño, entre la gente supersticiosa de Louisiana.

Finalmente, decidí que lo único que podía hacer por Axel era hacerle una promesa.

—No puedo ofrecerle un entierro decente, señor Bowers —dije—. Pero juro que averiguaré quién le hizo esto, y haré todo lo posible para asegurarme de que pague por su crimen. Descanse en paz, y repose en la fe con la que vivió.

Una vez pronunciadas aquellas palabras, cerré el baúl y me alejé del hogar del hombre blanco, más feliz de ser un pobre negro en América de lo que había sido Axel Bowers con toda su piel blanca y su riqueza.

Bajé por Telegraph hacia Oakland y la parte negra de la ciudad. Allí encontré un motel llamado Sleepy Time Inn. Estaba ubicado en una colina con las pequeñas habitaciones de estuco escalonadas como si fuesen los peldaños que condujesen a algún gigante hacia el cielo.

Melba, la conserje nocturna, me dio la habitación de arriba por dieciocho dólares en metálico. No aceptaban tarjetas de crédito en el Sleepy Time. Cuando miré el dinero en efectivo recordé la aguja que llevaba Bonnie en el bolso. Durante un momento no fui capaz de oír lo que me decía Melba. Veía moverse su boca. Era una mujer bajita, con la piel realmente negra. Pero sus rasgos eran más caucásicos que negroides. Labios finos, ojos redondos, pelo planchado y nariz recta.

—... fiestas en las habitaciones —estaba diciendo.

—¿Cómo?

—Que no queremos juergas ni fiestas en la habitaciones —repitió—. Puede traer a algún invitado, pero estas habitaciones son residenciales. No queremos multitudes ruidosas.

—Sólo el ruido que yo haga roncando —aseguré.

Ella sonrió, indicando así que me creía. Aquel sencillo gesto casi me puso al borde de las lágrimas.

El televisor tenía una ranura para las monedas. Costaba un cuarto de dólar por hora. Si Feather hubiese estado allí, me habría ido pidiendo monedas para ver sus series y habría cogido refrescos de la máquina de abajo. Metí una moneda y cambié de canal hasta que encontré *Gigantor*, sus dibujos animados favoritos de la tarde. Si ponía los dibujos era un poco como si ella estuviese allí conmigo.

Aquello me calmó lo suficiente como para pensar en el lío en el que me había metido.

El hombre al que buscaba Robert E. Lee había sido asesinado. Las iniciales del maletín vacío de su habitación podían pertenecer a él o a alguien relacionado con él. Pero quizás hubiese cambiado de maletín después de sacar los documentos de aquel que había robado.

En otro momento quizás hubiese cogido los mil quinientos y hubiese corrido a casa con Bonnie. Pero yo ya no podía volver a casa, y aunque lo hiciese, Feather necesitaba cerca de treinta y cinco mil dólares, y no mil quinientos.

No podía llamar a Lee. A lo mejor me sacaba del caso si sabía que Axel estaba muerto. Y luego estaba Canela, Philomena, a quien debía encontrar. Quizás ella supiera dónde estaban los documentos. Tenía que encontrar aquellos documentos porque diez mil dólares eran un buen pellizco.

Hojeé la agenda de teléfonos de Axel. No reconocí ningún nombre. Luego leí la carta mecanografiada bajo el encabezamiento de Haffernon, Schmidt, Tourneau y Bowers, una empresa de abogados de San Francisco.

Querido Axel:

He leído tu carta del 12 de febrero y debo decir que la encuentro intrigante. Por lo que yo sé, tu padre no tenía ningún negocio en El Cairo durante el período que tú indicas, y esta firma desde luego no lo tenía. Por supuesto, no estoy al tanto de todos los negocios personales de tu padre. Cada uno de los socios tiene su propia cartera desde antes de la formación de nuestro grupo de inversión. Pero debo decir que tus miedos parecen exagerados, y aunque no lo fuesen, Arthur está muerto. ¿Cómo puede tener algún resultado positivo una investigación semejante? Sólo tu familia, al parecer, tendrá que pagar algún precio.

En cualquier caso, no tengo ninguna información que darte respecto al asunto del maletín que sacaste de la caja de seguridad. Llámame si tienes alguna otra pregunta, y por favor, piensa lo que haces antes de meterte en algún lío.

Tuyo affmo.,
Leonard Haffernon

Algo había ocurrido con el padre de Axel, algo que podía causar todavía dolor al hijo y quizás a otros. Quizás Haffernon supiera algo de ello. Quizás hubiese matado a Axel por ese motivo.

Lee me había dicho que Axel había robado un maletín, pero esa carta indicaba que lo había recibido legalmente. Podía tratarse de otro caso...

La carta escrita a mano tenía un aire totalmente distinto. No había encabezamiento.

> Realmente, Axel, no veo motivo alguno para que sigas investigando por ahí. Tu padre ha muerto. Cualquier persona que tuviese algo que ver con ese asunto o bien ha muerto o bien es tan vieja que realmente ya no importa. No puedes juzgarles. No sabes cómo eran las cosas por entonces. Piensa en tu despacho legal en San Francisco. Piensa en todas las cosas buenas que has hecho, y que podrás hacer en el futuro. No lo tires todo por la borda simplemente por algo que ya está muerto y enterrado. Piensa en tu generación. Te lo ruego. Por favor, no saques esos asuntos tan sucios a la luz.
>
> N.

Quienquiera que fuese «N», tenía algo que ocultar. Y ese algo estaba a punto de ser expuesto al mundo por Axel Bowers.

Si hubiese tenido una sensación positiva con Bobby Lee, yo le habría llevado las cartas y adiós muy buenas. Pero no nos gustábamos el uno al otro, y yo no estaba seguro de que él no decidiese coger lo que yo le entregaba, sin más, y dejarme sin mi pago. Mi segunda opción era contárselo a Saul, pero él entonces se habría sentido dividido entre su lealtad hacia mí y hacia el aficionado a la guerra civil. No. Yo tenía que seguir solo en aquello durante un tiempo más.

Aquella misma noche pedí a la operadora que hiciese una

llamada a cobro revertido a una central de Webster en Los Ángeles Oeste.

—¿Diga? —respondió Bonnie.

—Llamada a cobro revertido de parte de Easy —dijo la operadora rápidamente, como si temiese que yo pudiese pasar un mensaje antes que ella y colgar.

—Acepto, operadora. ¿Easy?

Intenté hablar, pero no podía sacar el aire de mis pulmones.

—¿Easy, eres tú?

—Sí —dije, sólo un susurro.

—¿Qué pasa?

—Estoy cansado —dije—. Sólo eso. ¿Qué tal está Feather?

—Se ha sentado un rato y ha estado viendo *Gigantor* esta tarde —dijo Bonnie, esperanzada, con la voz llena de amor—. Ha intentado permanecer despierta hasta que llamases.

Tuve que ejercer un autocontrol extraordinario para no golpear la pared con el puño.

—¿Has conseguido el trabajo? —me preguntó.

—Sí, sí. Todo va bien. Hay algunos problemillas, pero creo que podré solucionarlos si lo intento.

—Me alegro mucho —dijo ella. Parecía que realmente lo pensaba—. Cuando fuiste a verte con Raymond tenía miedo de que hicieses algo que luego pudieras lamentar.

Me eché a reír. Lamentaba muchas cosas.

—¿Qué ocurre, Easy?

No podía contárselo. Toda mi vida había pasado de puntillas en torno a las dificultades, porque sabía que mi mejor defensa era mantenerme tranquilo. Necesitaba que Bonnie salvase a mi pequeña. Nada podía interponerse en el camino de aquel hecho. Tenía que adoptar un comportamiento civilizado. Tenía que mantenerla de mi lado.

—Estoy muy cansado, cariño —dije—. Este caso va a ser un poco tocapelotas. No hay nadie en quien pueda confiar por aquí.

—Puedes confiar en mí, Easy.

—Ya lo sé, cariño —mentí—. Ya lo sé. ¿Está despierta todavía Feather?

—¿Tú qué crees? —exclamó Bonnie.

Había instalado un cable largo en el teléfono para que el receptor pudiese alcanzar la habitación de Feather. Oí el sonido de pasos de Bonnie dirigiéndose hacia las habitaciones y luego su voz que hablaba suavemente con Feather.

—¿Papá? —susurró al otro lado de la línea.

—Hola, peque. ¿Qué tal va eso?

—Bien. ¿Cuándo vuelves a casa, papi?

—Mañana, cariño. Pero no sé cuándo. Igual antes de que te vayas a dormir.

—Soñaba que te estaba buscando, papá, pero tú te habías ido y Juice también. Estaba sola en una casita muy pequeña y no había ni tele ni teléfono ni nada.

—Era sólo un sueño, cariño. Un sueño nada más. Tienes una casa muy grande y mucha gente que te quiere. Te quiero —tuve que repetir las palabras dos veces.

—Ya lo sé —dijo ella—. Pero el sueño ese me ha asustado, y pensaba que a lo mejor te habías ido de verdad.

—Estoy aquí, cielo. Vuelvo a casa mañana. Te lo aseguro.

El teléfono hizo un ruido raro y Bonnie se puso otra vez.

—Está muy cansada, Easy. Casi se ha dormido ya, una vez que ha hablado contigo.

—Será mejor que me despida —dije yo.

—¿Quieres hablar del trabajo? —me preguntó Bonnie.

—Estoy derrotado. Mejor me voy a la cama —dije.

Antes de apartar el receptor de mi oído, oí que Bonnie exclamaba: «oh...».

13

El Haight, como lo llamaban, hervía de vida hippie. Pero no era como Derby. La mayoría de la gente de aquella manzana de Berkeley todavía tenía un pie en la vida real, un trabajo o la universidad. Pero la mayoría de la gente de Haight ya había salido por completo de los límites. Había más suciedad allí, pero no era eso lo que hacía las cosas diferentes. Allí se podían distinguir varios tipos de hippies. Estaban los «limpitos», que se lavaban el pelo y se planchaban los vestidos hippies. Estaban los barbudos y sucios montados en motos Harley-Davidson. Estaban los drogadictos, los violentos. Estaban los pilluelos jóvenes (muy jóvenes) que habían llegado allí para adherirse a la filosofía del amor libre. Colores vivos y mucho pelo es lo que recuerdo, por encima de todo.

Un joven que llevaba sólo un taparrabos se colocó en medio de un cruce de calles con un letrero en el que ponía: ACABAD CON LA GUERRA. Nadie le prestaba demasiada atención. Los coches le sorteaban.

—Eh, míster, ¿tiene algo de suelto? —me preguntó una jovencita encantadora con el pelo negro como ala de cuervo. Llevaba un vestido morado que apenas le llegaba a los muslos.

—Lo siento —dije—. Voy mal de pasta.

—Vale, hombre —replicó ella y siguió andando.

En las paredes había pegados carteles psicodélicos de

conciertos. Aquí y allá, aguerridos grupitos de turistas pasaban y se maravillaban ante la contracultura que estaban descubriendo.

Me recordaba un día que estalló un proyectil de mortero en la tienda de munición de nuestro campamento base, en el norte de Italia, sin ningún motivo aparente. No murió nadie, pero la conmoción sacudió a toda la compañía. De repente nos olvidamos de todo lo que estábamos haciendo o pensando, de todo lo que había pasado. Un hombre empezó a reírse incontroladamente, otro fue a la cantina y escribió una carta a su madre. Entonces me fijé en cosas que nunca antes había visto; por ejemplo, el letrero pintado a mano encima de la enfermería donde ponía «hospital», todo en mayúsculas excepto la «t». Esa única letra estaba en caja baja. Yo había visto aquel letrero miles de veces, pero sólo después de la explosión lo miré de verdad.

El Haight era otro tipo de explosión, un brote asombroso de intuición que desmontaba todas las ideas que tenías sobre lo que debía ser la vida. En otras circunstancias me habría quedado un poco por allí y hablado con la gente, intentando averiguar cómo habían llegado hasta ese lugar.

Pero no tenía tiempo de vagabundear y explorar.

La operadora de información me había dado la dirección del Centro Popular de Ayuda Legal. En tiempos había sido una tienda con sus escaparates, donde una familia llamada Gnocci vendía verduras frescas. Ni siquiera había puerta, sólo una cortina de lona gruesa que el tendero levantaba cuando abría el negocio.

La tienda estaba abierta, y había tres escritorios instalados en el hueco. Dos mujeres muy profesionales y un hombre estaban allí sentados hablando con sus clientes. El hombre, que era blanco y tenía el pelo corto, llevaba un traje oscuro con camisa blanca y una corbata azul pizarra. Hablaba con una mamá hippie gorda que llevaba un bebé en brazos, y un niño y una niña pequeños agarrados al borde de su vestido con motivos indios.

—Me quieren desahuciar —decía la mujer con un acento texano que yo conocía y temía—. ¿Qué quieren que haga con los niños? ¿Vivir en la calle?

—¿Cuál es el nombre del propietario, señorita Braxton? —le preguntó el abogado.

—Mierda —dijo ella, y la niña soltó una risita.

En aquel momento el niño decidió correr hacia la acera y dirigirse a la calle.

—¡Aldous! —chilló la mamá hippie, intentando coger al niño infructuosamente.

Yo me agaché con un acto reflejo y cogí al niño en brazos como había hecho cientos de veces con Feather cuando era pequeña y con Jesus antes de ella.

—Gracias, señor. Gracias —dijo la madre. Había levantado su cuerpo abultado de la silla plegable del abogado y ahora me cogía al niño sonriente de los brazos. Vi en el rostro del niño que no era lo que otros texanos llamarían un niño blanco.

La mujer me sonrió y me dio unas palmaditas en el brazo.

—Gracias —me volvió a decir.

Su forma de mirarme a los ojos con profunda gratitud iba a ser el momento definitorio de mi experiencia hippie. Su mirada no demostraba ningún miedo, ni condescendencia, aunque su acento denotaba que tenía que haberse educado entre gente que se separaba voluntariamente de la mía. Ella no quiso darme una propina; simplemente, quiso tocarme.

Si hubiese sido veinte años más joven me habría hecho hippie también.

—¿En qué puedo ayudarle? —me preguntó una voz de mujer.

Era bajita y esbelta, pero había algo en ella que recordaba a una valquiria teutona, porque la mujer tenía la figura de una diosa noruega de la fertilidad. Sus ojos eran de un azul intenso, y aunque el rostro no resultaba particularmente atractivo, parecía un ser de otro mundo. En lo que respectaba a la ropa, iba vestida de forma conservadora, con un vestido color arándano que le llegaba bien por debajo de las rodillas y una chaqueta de lana color crema por encima. Llevaba también un hilo de plata en torno al cuello, del cual colgaba una perla alargada con un tono nacarado y oscuro. Sus gafas eran de montura blanca.

En conjunto, era como una Poindexter con el tipo de una Jayne Mansfield.

—Hola. Me llamo Ezekiel P. Rawlins. —Le tendí la mano.

Una sonrisa amplia se dibujó en su rostro serio, pero de algún modo, el regocijo no llegó a sus ojos. Me estrechó la mano.

—¿Y en qué puedo ayudarle?

—Soy detective privado, de Los Ángeles. Me han contratado para encontrar a una mujer que se llama Philomena Cargill... Su familia.

—Canela —dijo la mujer, sin dudar—. La amiga de Axel.

—¿Axel Bowers?

—Sí. Es mi socio aquí.

Miró al local en torno. Yo también lo hice.

—No parece un negocio muy lucrativo —especulé.

La mujer se echó a reír. Era una risa sincera.

—Eso depende de lo que vea como provecho, señor Rawlins. Axel y yo estamos comprometidos en ayudar a los pobres de esta sociedad a recibir un trato justo por parte del sistema legal.

—¿Ambos son abogados?

—Sí —replicó ella—. Yo me licencié en UCLA, y Axel al otro lado de la bahía, en Berkeley. Trabajé para el gobierno durante un tiempo, pero no me gustaba el asunto. Cuando Axel me pidió que me uniese a él, aproveché la oportunidad.

—¿Cómo se llama? —le pregunté.

—Ah, perdone, soy una maleducada. Mi nombre es Cynthia Aubec.

—¿Francesa?

—Nací en Canadá. En Montreal.

—¿Ha visto a su socio últimamente? —le pregunté.

—Venga conmigo —replicó ella.

Se volvió y pasó al otro lado de una cortina de lona que hacía de puerta, hacia la trastienda del antiguo colmado.

Allí había dos escritorios, en los extremos opuestos de la larga habitación en la cual entramos. Estaba oscuro y los suelos tenían serrín, como si todavía fuese una tienda de verduras.

—Dejamos el serrín como estaba porque en el garaje que hay en la puerta de al lado a veces usan demasiada agua, y se filtra por debajo de la pared hacia nuestro suelo —dijo ella, al notar mi inspección.

—Ya lo veo.

—Tome asiento.

Encendió una lámpara de escritorio y yo me alejé del mundo hippie de la calle Haight. No estaba en la América moderna, en absoluto. Cynthia Aubec, que era franco-canadiense, pero que no tenía acento, vivía en una época anterior a mi siglo, pisando serrín y trabajando para los pobres.

—No he visto a Axel desde hace una semana —dijo, mirándome directamente a los ojos.

—¿Y dónde está?

—Dijo que se iba a Argelia, pero nunca se sabe.

—¿Argelia? He conocido a un tipo que me ha dicho que Axel ha estado en todo el mundo: Egipto, París, Berlín... y ahora usted me dice que está en Argelia. Tiene que tener mucho dinero...

—La familia de Axel financia esta oficina. Son bastante ricos. En realidad, los padres murieron. Ahora supongo que es el dinero de Axel el que financia nuestra empresa. Pero fue su padre quien nos inició.

Ella todavía me miraba. Con aquella luz, era más Mansfield que Poindexter.

—¿Y sabe cuándo podría volver?

—No. ¿Por qué? Pensaba que estaba buscando usted a Canela.

—Bueno... he oído decir que Philomena y Axel estaban relacionados. De hecho, por eso estoy aquí.

—No lo comprendo —dijo ella, con una sonrisa que estaba muy lejos de Axel y de Philomena.

—Los padres de Philomena son racistas —expliqué—, no son como usted y yo. No creen que blancos y negros deban mezclarse. Bueno... le dijeron a Philomena que estaba expulsada de la familia a causa de la relación que tenía con su socio, pero ahora que ella lleva más de dos meses sin llamar, se lo han pensado mejor. Ella no les habla, y por eso me han contratado para que venga a convencerla.

—¿Es usted detective privado de verdad? —me preguntó ella, alzando una ceja.

Saqué mi cartera y le tendí la licencia. No se la había enseñado a Lee por puro resentimiento. Sólo le echó un vistazo pero vi que se detenía lo suficiente para leer el nombre e identificar la foto.

—¿Por qué no va sencillamente al apartamento de Canela? —sugirió Cynthia.

—Me han dicho que vivía con Axel en Derby. He ido allí, pero no había nadie.

—Tengo su dirección —me dijo Cynthia. Y luego dudó—: No me estará mintiendo, ¿verdad?

—¿Por qué iba a mentirle?

—No lo sé.

Su sonrisa era sugerente, pero sus ojos no habían decidido todavía la naturaleza de la proposición.

—No, señora —dije—. Sólo tengo que encontrar a Philomena y decirle que sus padres están deseosos de aceptarla tal y como es.

Cynthia sacó una hoja de papel y garabateó una dirección con unas letras muy grandes, ocupando casi la página entera.

—Ésta es su dirección —dijo, tendiéndome la hoja—. Yo vivo en Daly City. ¿Conoce la zona de la bahía, señor Rawlins?

—No muy bien.

—Le apuntaré mi número detrás. Quizá si está libre para la cena podría hacerle de cicerone. Bueno... mientras esté en la ciudad.

Sí, señor. Veinte años más joven, y me habría dejado crecer el pelo hasta las rodillas.

14

El piso de Philomena estaba en la calle Avery, en Post, en el distrito de Filmore, en el cuarto piso de un edificio de ladrillo que habían bautizado como El Santuario Opalino. Un letrero encima de la puerta principal decía que había apartamentos libres. No había ascensor, de modo que subí a pie hasta el cuarto piso y llamé a la puerta del apartamento 4 E, el número que me había dado Cynthia Aubec.

En el 4 E había un rótulo que rezaba APARTAMENTO EN ALQUILER, en letras rojas estarcidas. Debajo habían garabateado: preguntar al conserje en el 12.

El conserje era un hombre de color marrón café con un pelo que parecía algodón teñido. Sonreía al abrir la puerta, y una nube de humo de marihuana le escoltaba.

—¿Sí, señor? —dijo, con una sonrisa traviesa—. ¿Qué se le ofrece?

—El apartamento cuatro E.

—Son cuarenta y cinco al mes, el gas y la electricidad aparte. Tiene que limpiarlo usted mismo, y son diez extra por los perros. Puede tener un gato gratis —sonrió de nuevo y no pude evitar imitarle.

—Creo que aquí vivía una chica que se llamaba Candy o Canela o algo así...

—Canela —dijo él, sonriendo todavía como un coyote—. Esa chica tenía un buen culo, sí, señor. Y por lo que he oído, sabía cómo sacarle partido.

—¿Se ha mudado?

—Más bien se ha largado —respondió—. Llegó el primero de mes y el alquiler no estaba en mi buzón. No volvió. No sé dónde está.

—¿Ha llamado a la policía?

—¿Está loco? ¿La poli? Sólo se llama a la policía si uno es blanco o está entre rejas.

Me gustaba aquel hombre.

—¿Lo puedo ver? —le pregunté.

Buscó algo arriba a la izquierda, junto a la puerta, y sacó una llave de latón unida a un cordón plano multicolor.

Cogí la llave y le sonreí en agradecimiento. Él me sonrió también como para decir: «de nada». La puerta se cerró y volví a subir las escaleras.

Philomena Cargill había dejado el apartamento totalmente amueblado, aunque yo estaba seguro de que el conserje lo había aligerado de dinero suelto, joyas y otros objetos de valor. La mayor parte de las posesiones que a mí me interesaban seguían allí todavía. Tenía una estantería llena de libros y papeles y una pila de *The Wall Street Journal* en el suelo, junto a la estufa de dos quemadores. Había una pequeña agenda clavada con chinchetas en la pared junto al teléfono, y un montón de facturas y correo en la mesa de la cocina.

Coloqué una silla junto a la mesa y miré por la ventana hacia la calle Post. San Francisco era una ciudad mucho mejor que Los Ángeles, allá por 1966. Tenía edificios grandes y gente que iba andando si podía y que hablaban los unos con los otros.

En la mesa había un oso de cerámica. Estaba medio lleno de miel cristalizada. Había quedado allí encima una taza de té. En ella seguían los restos resecos de un té de jazmín...

nada parecido al olor que había quedado en el tocador de Axel.

También había dos libros muy gastados. *La riqueza de las naciones* y *El capital*. En la primera página de la obra de Marx, ella había escrito: «Marx parece estar en desacuerdo consigo mismo sobre el efecto que tiene el capitalismo en la naturaleza humana. Por una parte, dice que es la fuerza dialéctica de la historia la que forma el sistema económico, pero por otra, al parecer cree que ciertos seres humanos (los capitalistas) son malos por naturaleza. Pero si se ven impulsados por fuerzas empíricas, ¿no son inocentes acaso? ¿O, al menos, culpables por igual?». Me sentí impresionado por su argumentación. Yo había pensado cosas similares cuando leí acerca del capitalista, «el señor Ricachón» en la obra más importante de Marx.

Había una cama de pino y todos los platos, platillos y vasos eran de cristal rojo. El suelo estaba limpio y las ropas, al menos muchas de ellas, estaban colgadas todavía en el armario. Eso me preocupó. Era como si un día no hubiese vuelto a casa, no parecía un traslado.

La basura estaba vacía.

El armario de la cocina estaba lleno de condones y del mismo lubricante usado por Bowers.

Él había muerto al instante, entre el momento de encender un cigarrillo y la primera calada. Ella, al parecer, había desaparecido de la misma manera.

Decidí registrar todo el apartamento de arriba abajo. El conserje, supuse, seguiría allá abajo con su porro: no tenía que preocuparme, no me molestaría.

Cuanto más exploraba más temía por la seguridad de aquella mujer joven e inteligente. Encontré un cajón con maquillaje y jabones. Tenía docenas de medias y sujetadores en el cajón de la ropa interior. Había también costureros y plumas baratas, compresas higiénicas, gafas de sol... todo lo había dejado.

Afortunadamente, ningún elefante de latón me sonreía en el armario, no había ningún baúl lleno de pornografía ni guarnición bélica.

Al cabo de una hora, estaba convencido de que Philomena Cargill había muerto. Sólo entonces empecé a hurgar entre su correo. Había facturas de varias tiendas de ropa y de muebles, y un extracto bancario en el que decía que tenía doscientos noventa y seis dólares y cuarenta y dos céntimos en una cuenta a su nombre. Y también una tarjeta postal con la foto de una mujer negra sonriente. Conocía a aquella mujer, Lena Macalister. Estaba de pie delante del Rosa de Texas, un restaurante ya cerrado que estuvo de moda en Los Ángeles en los cuarenta y cincuenta.

Querida Phil,

Tu vida parece muy emocionante. Nuevo hombre. Nuevo trabajo. Y quizás algo más que toda mujer que es verdaderamente mujer desea. Mis esperanzas y plegarias están contigo, querida. Dios sabe que ambas nos merecemos un cambio de aires.

Tommy ha tenido que irse. Estaba muy bien desde las nueve hasta que salía el sol. Pero cuando salía el sol, no era capaz de hacer otra cosa que dormir. Y como ya sabes, no tengo por qué aguantar a ningún hombre que viva de mi dinero. Pero no te preocupes por mí. Sigue con lo tuyo, que vas bien.

Con cariño,

L

Ciertamente, era una postal muy cariñosa. Me dio una idea. Examiné las facturas del teléfono de Philomena y busqué todos los números de teléfono con el código de área 213.

Encontré tres. El primero estaba desconectado.

Al segundo respondió una mujer.

—Residencia Westerly —dijo—. ¿En qué puedo servirle?

—Hola —dije, buscando inspiración—. Llamo en nombre de Philomena Cargill. Ha sufrido un ataque de apendicitis repentino...

—Vaya, qué pena —dijo la telefonista.

—Sí. Sí, pero llegamos a tiempo. Soy enfermero aquí y el médico me ha dicho que llame porque se suponía que la señorita Cargill tenía que visitar a su tía en Westerly, pero ahora, ya ve...

—Claro, claro. ¿Cuál es el nombre de la tía de la señorita?

—Sólo sé su nombre —dije—. Philomena Cargill.

—Pues no hay ninguna Cargill aquí, señor...

—Avery —dije.

—Bien, señor Avery, no hay ninguna Cargill aquí, y no soy consciente de que venga a visitarnos ninguna Philomena Cargill. Ya sabe usted que nosotros tenemos una clientela muy selecta.

—Quizá sea pariente de su esposo —aventuré—, el señor Axel Bowers.

—No, no. Tampoco tenemos ninguna Bowers. ¿Está seguro de que llama al lugar correcto?

—Eso pensaba —dije—. Pero volveré a consultar con el doctor. Gracias, me ha ayudado usted mucho.

—¿Síiii...? —respondió la voz masculina del último número, arrastrando la vocal.

—Philomena, por favor —dije con un tono seguro y firme.

—¿Quién es? —preguntó la voz, ya nada juguetona.

—Miller. Miller Jones. Soy empleado de Bowers y quiere que me ponga el contacto con Canela. Me ha dado este número.

—No le conozco —dijo la voz—. Y aunque le conociera, hace meses que no veo a Philomena. Está en Berkeley.

—Estaba —corregí—. ¿Con quién hablo, por favor?

El clic del teléfono en mi oído me obligó a hacer una mueca. Tenía que haber pensado otra historia. Quizá tenía que haber dicho que había encontrado algún objeto en su apartamento.

Me senté en la silla de la cocina de la estudiante universitaria y miré hacia la calle. Aquel trabajo era muy feo, y probablemente las cosas se iban a poner más feas aún. Pero ya me parecía bien: yo tenía una sensación fea también, fea, como una llaga en la frente de un hombre muerto.

Salí del apartamento llevándome los dos libros que ella leía y la postal de Lena. Los metí en mi Ford alquilado y luego volví a devolver la llave. Di unos golpecitos, luego otros más, llamé al conserje y al final me rendí. O bien estaba inconsciente u ocupado en otros asuntos o había salido. De cualquier modo, metí la llave por debajo de la puerta envuelta en un billete de dos dólares.

15

Haffernon, Schmidt, Tourneau y Bowers ocupaba el ático de un moderno edificio de oficinas en la calle California. Había un ascensor especial que conducía solamente a sus pisos.

—¿Qué se le ofrece? —me preguntó una matrona con el pelo blanco, que no parecía ofrecer nada en absoluto. El nombre que figuraba en su placa era THERESA PONTE.

Era muy blanca. Llevaba un anillo con un granate grande en la mano derecha. La gema parecía un goterón de sangre que se hubiese coagulado en su dedo. Una taza de café humeaba junto a su teléfono. Llevaba una chaqueta gris por encima de una blusa amarilla, y estaba sentada detrás de un magnífico escritorio de caoba. Detrás de ella se encontraba una montaña de niebla que descendía perpetuamente sobre la ciudad, pero que raramente la alcanzaba.

—Leonard Haffernon —dije.

—¿Trae usted alguna entrega?

Yo llevaba la misma chaqueta y los mismos pantalones desde hacía dos días. Pero los había planchado en mi habitación del motel, y no olían mal. Llevaba corbata e incluso me había pasado una navaja de afeitar por la barbilla. No llevaba ningún paquete ni sobre.

—No señora —dije, con paciencia—. Tengo que tratar un asunto con él.

—¿Asunto?

—Sí, un asunto.

Ella movió la cabeza como un pájaro, indicando que necesitaba más explicaciones.

—¿Puedo verle? —pregunté.

—¿Qué asunto le trae?

Desde una puerta que había a mi izquierda salió un hombre grandote, rubio, color fresa. Los músculos abultaban en su pecho debajo de una chaqueta color tostado. Quizás alguno de aquellos bultos fuese un arma. Yo llevaba la Luger de Axel en mi cinturón. Pensé en sacarla, y luego pensé en Feather.

Un momento de silencio acompañó todos aquellos pensamientos.

—Dígale que se trata de Axel Bowers —dije—. Me llamo Easy Rawlins, y busco a una persona llamada Cargill.

—Cargill, ¿qué Cargill? —preguntó la recepcionista.

—Éste no es el momento adecuado para afirmar su autoridad, Theresa —le dije.

La combinación de vocabulario, gramática e intimidad desconcertó a la mujer.

—¿Hay algún problema? —preguntó el ario.

—Conmigo no —le aseguré, mirándola a ella.

La mujer cogió el teléfono, apretó un botón, esperó un poco y luego dijo:

—Un hombre llamado Rawlins está aquí, es sobre Axel y alguien llamado Cargill —escuchó y luego levantó la vista y me dijo—: Por favor, tome asiento.

El chico grande vino y se quedó de pie junto a mi silla.

El corazón me latía desbocado. Mi mente se encontraba en una encrucijada de posibles caminos. Quería preguntarle a aquella mujer qué narices pensaba al preguntarme si era un chico de los recados cuando resultaba bastante obvio que no lo era. ¿Intentaba mostrarse desagradable conmigo o acaso el color de mi piel le obnubilaba la razón? Quería preguntarle al guardaespaldas si creía necesario permanecer de pie a mi lado como si yo fuese un prisionero o un criminal, cuando no había hecho absolutamente nada más que preguntar por su jefe. Quería chillar y sacar mi arma y empezar a disparar.

Pero lo único que hice fue quedarme allí sentado mirando al techo.

Pensaba en la capa de pintura que cubría el yeso. Significaba que hubo un momento en que un hombre vestido con un mono blanco se subió a una escalera en medio de aquella habitación con un rodillo, o quizás una brocha, por encima de su cabeza. Era otra habitación y sin embargo era la misma, en otro momento en el que no había tensión, sino sólo trabajo. Aquel hombre probablemente tuviese hijos que le esperaban en casa, decidí. Su trabajo duro se convertía en comida y ropas para ellos.

Aquel techo blanco me hacía feliz. Al cabo de un momento me olvidé del guardaespaldas y de la mujer que no me veía a mí de pie ante ella sino sólo al hombre que le habían enseñado a ver.

—¿Señor Rawlins? —dijo una voz de hombre.

Era alto, esbelto, muy erguido. El traje azul oscuro que llevaba habría servido como entrada para comprar mi coche. Su corbata roja era muy bonita, y el gris de sus sienes le podía recordar a cualquiera a su padre... hasta a mí.

—¿Señor Haffernon? —me incorporé.

El guardaespaldas se puso tenso.

—Eso es todo, Robert —dijo Haffernon, sin dignarse siquiera mirar a su esbirro.

Robert se alejó sin quejarse y desapareció tras la puerta que le había escupido antes.

—Sígame —dijo Haffernon.

Me condujo más allá del ascensor, a través de unas puertas dobles. Entramos en un amplio vestíbulo. Los suelos eran de fresno pulido y las puertas que había por el camino también. Cada una de aquellas puertas se abría a unas salas donde los auxiliares, hombres y mujeres, hablaban, escribían a máquina y a mano. Detrás de cada auxiliar había una puerta cerrada, detrás de la cual, imaginé, los abogados hablaban, escribían a máquina y a mano.

Al final del vestíbulo, pasamos a través de unas puertas amplias de cristal.

Haffernon tenía tres secretarias. Una era una cuarentona bastante pechugona con gafas de concha y un vestido suelto y con vuelos, que se acercó y leyó unos datos de una tablilla que llevaba.

—Los Clark han cambiado la cita para el viernes, señor. Él ha tenido un problema dental, una emergencia. Dice que tendrá que descansar hasta entonces.

—Bien —repuso Haffernon—. Llame a mi mujer y dígale que iré a la ópera al final.

—Sí, señor —dijo la mujer—. El señor Phillipo ha decidido salir del país. Su empresa lo arreglará.

—Bien, Dina. Que no me interrumpa nadie, excepto mi familia.

—Sí señor.

Ella abrió una puerta detrás de los tres escritorios y Haffernon entró. Al pasar capté la mirada de la secretaria y le dirigí una rápida inclinación de cabeza. Ella me sonrió y movió la cabeza a un lado, haciéndome saber así que la contracultura se había infiltrado en todos los poros de la ciudad.

Haffernon tenía un enorme escritorio bajo un ventanal, pero me llevó a una esquina donde había un sofá rosa con una butaca tapizada haciendo juego. Se sentó en la butaca y me señaló el sofá.

—¿Qué quiere usted de mí, señor Rawlins? —me preguntó.

Dudé, disfrutando del hecho de que tenía cogido a aquel hombre por las pelotas. Lo sabía porque le había dicho a

Dina que no le molestaran por nada que no fuese la sangre de su sangre. Cuando los hombres blancos poderosos como aquél tienen tiempo para ti, es que está en juego algo gordo.

—¿Qué problema le planteó a usted Axel Bowers? —le pregunté.

—¿Quién es usted, señor Rawlins?

—Detective privado de Los Ángeles —dije, sintiendo que le estaba engañando, aunque sabía que no era así.

—¿Y qué tienen que ver mis... problemas privados, como los llama usted, con su cliente?

—No lo sé. Estoy buscando a Axel y apareció su nombre. ¿Ha visto usted al señor Bowers últimamente?

—¿Para quién trabaja?

—Es confidencial —dije, con la disculpa pintada en el rostro.

—¿Viene usted aquí, me pregunta por mis relaciones personales con el hijo de uno de mis mejores amigos y socio mío además, y se niega a decirme quién quiere saberlo?

—Estoy buscando a una mujer llamada Philomena Cargill —dije—. Es una mujer negra, amante del hijo de su amigo. Él ha desaparecido. Ella ha desaparecido. Me ha llamado la atención que usted y él estuviesen en negociaciones sobre algo que tenía que ver con su padre. He imaginado que si estaba por ahí solucionando ese problema, quizás usted supiera dónde estaba. Él, a su vez, podría saber algo de Philomena.

Haffernon se arrellanó en su butaca y cruzó las manos. Su mirada era algo digno de contemplar. Tenía los ojos muy azules y las cejas negras y arqueadas como aves de presa descendiendo.

Aquél era un hombre blanco al que temían otros hombres blancos. Era rico y poderoso. Estaba acostumbrado a salirse con la suya. Quizá si yo no estuviera luchando por la vida de mi hija habría notado el peso de aquella mirada. Pero tal y como estaban las cosas, me sentía a salvo de cualquier amenaza que supusiera aquel hombre. Mi mayor temor corría por las venas de una niña.

—No tiene ni idea de dónde se está metiendo —me dijo, creyendo que la mirada amenazadora había funcionado.

—¿Conoce usted a Philomena? —le pregunté.

—¿Qué información tiene sobre mí y Axel?

—Lo único que sé es que un hippie que conocí dijo que Axel había pasado un tiempo en El Cairo. Ese mismo hombre me contó que Axel le había preguntado a usted cosas sobre su padre y Egipto.

Su ojo derecho tembló. Estoy seguro de que muchos jueces del Tribunal Supremo no habrían tenido ese efecto en Leonard Haffernon. Yo mismo perdí el control y sonreí.

—¿Para quién trabaja, señor Rawlins? —me volvió a preguntar.

—¿Es usted coleccionista, señor Haffernon?

—¿Cómo?

—Ese hippie me dijo que Axel coleccionaba objetos nazis. Dagas, fotos. ¿Colecciona usted cosas de ésas?

Haffernon se puso de pie en ese momento.

—Por favor, váyase.

Yo también me puse de pie.

—Claro.

Me dirigí hacia la puerta no del todo seguro del motivo por el cual me mostraba tan duro con aquel poderoso hombre blanco. Le había lanzado el anzuelo por puro instinto. Me preguntaba si no habría sido un idiota.

Al salir de aquella oficina pedí a Dina un lápiz y un papel. Escribí mi nombre y la dirección y teléfono de mi motel y se lo tendí. Ella me miró, sorprendida, con una sonrisa en los labios.

—Ojalá fuese para usted —le dije—. Pero désela a su jefe. Cuando se calme, quizá quiera hacerme una llamadita.

16

Cené muy tarde en un puesto callejero donde servían almejas fritas, en el muelle del Pescador. Era muy bonito. El olor del océano y del mercado de pescado me recordaba a Galveston, cuando era niño. En cualquier otro momento de mi vida, esos pocos fragmentos de harina frita sobre la carne de la gelatinosa almeja me habrían resultado tranquilizadores. Pero no quería sentirme bien hasta que supiera que Feather iba a ponerse bien. Ella y Jesus eran todo lo que me quedaba.

Fui a un teléfono de pago e hice la llamada a cobro revertido.

Benny respondió y la aceptó.

—Hola, señor Rawlins —dijo, un poco jadeante.

—¿Dónde está Bonnie, Benita?

—Ha salido a comprar una silla de ruedas para llevar a Feather. Juice y yo estamos aquí cuidando a Feather. Está durmiendo. ¿Quiere que la despierte?

—No, cariño. Déjala dormir.

—¿Quiere hablar con Juice?

—¿Sabes, Benita? Te tengo mucho cariño —dije.

—Yo también a usted, señor Rawlins.

—Y sé lo mal que estabas cuando el Ratón te hizo lo que te hizo.

Ella no respondió nada a aquello.

—Y me preocupo mucho por mis hijos... —dejé que las palabras quedaran en suspenso.

Durante unos minutos la línea quedó silenciosa. Y luego, en un susurro, Benita Flag dijo:

—Le amo, señor Rawlins. Le amo. Es sólo un chico, ya lo sé, pero es mucho mejor que cualquier hombre que haya conocido. Es muy dulce, y sabe tratarme. No quiero hacer nada malo.

—Está bien, mujer —dije—. Ya sé lo que es enamorarse.

—¿Entonces no se enfada?

—Procura no herirle demasiado, si le dejas —dije—. Es lo único que te pido.

—Vale.

—Y dile a Feather que tengo que quedarme un día más, pero que cuando vuelva le llevaré un regalo enorme por haberme tenido que retrasar.

Nos despedimos y volví a mi coche.

En el camino de vuelta al hotel compré un par de periódicos para mantener la mente ocupada.

Vietnam llenaba la mitad del periódico. El ejército había ordenado la evacuación de la ciudad vietnamita de Hue, donde estaban al borde de la sublevación. Da Nang amenazaba con la revolución, y los budistas se manifestaban contra Ky en Saigón.

Jimmy Hoffa se metía con los fabricantes de camiones en nombre de los sindicatos y habían detenido a un pobre diablo en Detroit por asaltar un banco, al confundir los cajeros su coche con el coche en el que huyeron los ladrones. Era un hombre blanco con muletas.

Pero no me podía fijar en las cosas del mundo cuando mi vida estaba tan llena de emociones.

Para distraerme intenté concentrarme en el caso de Lee. El hombre con el que quería hablar estaba muerto. Los documentos que tenía habían desaparecido... no tenía ni idea de dónde estaban. Canela Cargill probablemente también estaba muerta. O quizá fuese ella la asesina. Quizá tomaban drogas juntos y él murió por accidente, y ella lo metió en aquel espacio debajo del elefante de latón.

Tenía los números de teléfono de una residencia de ancianos para gente rica, y un hombre misterioso cuya voz sonaba afeminada, y una postal.

En conjunto había muchas cosas, pero no podía hacer nada de nada hasta la mañana siguiente. Es decir, a menos que llamase a Haffernon. Haffernon sabía en qué lío estaba metido Axel. Incluso es posible que estuviera al corriente de la muerte del joven.

Saqué la Luger nazi que había robado del cofre del tesoro del hombre muerto y la coloqué en la mesita de noche, junto a la cama.

Entonces me recosté pensando en los pocos años buenos que había disfrutado con Bonnie y los niños. Tuvimos picnics familiares y veladas largas y emotivas ayudando a los niños a superar el dolor de hacerse mayor. Pero todo aquello había acabado. Un espectro se había abatido sobre nosotros, y la vida que yo conocía había desaparecido.

Intenté pensar en otras cosas, en otros tiempos. Intenté asustarme por el robo de la nómina que el Ratón quería que le ayudase a cometer. Pero en lo único que podía pensar era en la pérdida de mi corazón.

A las once cogí el teléfono y marqué un número.

—¿Hola? —dijo ella.

—Hola.

—¿Señor Rawlins? ¿Es usted?

—Es usted abogada, ¿verdad, señorita Aubec?

—Ya sabe que sí. Esta mañana ha estado en mi despacho.

—Podía ser simplemente la encargada.

—Sí, soy abogada —dijo ella. No había sueño en su voz, ni enojo por haberla llamado tan tarde.

—¿Cómo trata la ley a un hombre que comete un delito cuando se halla sometido a una gran tensión?

—Eso depende —dijo ella.

—¿De qué?

—Bueno... ¿cuál es el delito?

—Malo —dije—. Robo a mano armada, o quizás asesinato.

—El asesinato sería más sencillo —dijo ella—. Se puede matar a alguien en el acaloramiento del momento, pero un robo es otra cosa muy distinta. A menos que la propiedad que robe le caiga en las manos, como quien dice, la ley lo vería como un delito premeditado.

—Digamos que ese hombre está a punto de perderlo todo, que si no roba ese banco, alguien a quien ama puede morir.

—Los tribunales no son demasiado comprensivos en lo que respecta a los delitos contra la propiedad —indicó Cynthia—. Pero se podría ganar.

—¿En qué situación?

—Bueno, el nivel de la representación legal ayudaría mucho. Un abogado de oficio no conseguiría gran cosa.

Ya sabía lo de los tribunales y su inclinación hacia los ricos, pero su sinceridad supuso un gran consuelo.

—Y también está la raza, por supuesto —añadió.

—Los negros no tienen nunca una oportunidad, ¿no?

—No. En realidad, no.

—Ya me lo imaginaba —dije. Y sin embargo, al oírlo decir me sentía feliz—. ¿Y cómo sabe todas esas cosas una chica blanca como usted?

—He enviado a bastantes hombres inocentes a prisión.

—Ya. Supongo que hay que ser pecador para reconocer el pecado.

—¿Por qué no viene? —me sugirió.

—No sería una compañía demasiado buena.

—No me importa —dijo ella—. Parece muy solo. Y yo estoy sola también, y bien despierta.

—¿Conoce a un hombre llamado Haffernon? —le pregunté entonces.

—Era el socio comercial del padre de Axel. Las dos familias eran amigas desde el siglo XVIII.

—¿Era?

—El padre de Axel murió hace dieciocho meses.

—¿Y qué piensa de Haffernon?

—¿Leonard? Nació con un pan debajo del brazo. Siempre lleva traje, aunque esté en la playa, y la única vez que se ríe es cuando está con sus antiguos compañeros de estudios de Yale. No puedo soportarle.

—¿Y qué pensaba Axel de él?

—¿Cómo que «pensaba»?

—Sí —dije con frialdad, aunque notaba que el sudor me corría por la frente—. Antes de hoy.

—Axel tiene debilidad por su familia —dijo Cynthia, con la voz clara y llena de confianza, todavía—. Cree que todos son como una especie de realeza ilustrada. Pusieron el dinero para nuestra pequeña empresa legal.

—Pero Haffernon no es de la familia —dije—. Él no puso ningún dinero para su despacho, ¿o sí?

—No.

—No, ¿qué?

—Que no nos dio dinero. No siente demasiada simpatía por los pobres. Y no es pariente de Axel... al menos en lo que respecta a la sangre. Pero las dos familias están tan unidas que Axel le trataba como a un tío.

—Ya veo —la calma volvía a mi aliento y el sudor iba desapareciendo.

—¿Y bien? —preguntó Cynthia Aubec.

—¿Y bien qué?

—¿Viene o no?

Noté la pregunta como si fuera un puño en el estómago.

—Bueno, Cynthia, en realidad no creo que sea buena idea para mí, esta noche.

—Ya lo entiendo. No soy su tipo, ¿no?

—Querida, usted es el tipo de cualquiera... Una figura como la suya sólo se encuentra en los museos de arte y en el cine. No es que no quiera ir, es que estoy en un mal momento.

—¿Y quién es ese hombre que puede cometer un delito bajo una gran tensión, pues? —me preguntó, cambiando de tema tan fácilmente como Jesus cambiaba el rumbo de su barco.

—Un amigo mío. Un tipo que tiene muchos problemas.

—Quizá necesite unas vacaciones —sugirió Cynthia—. Unos días fuera, con una chica. Quizás en la playa.

—Sí. Dentro de unos meses eso sería estupendo.

—Estaré aquí.

—Ni siquiera conoce a mi amigo.

—¿Y me gustaría?

—¿Cómo voy a saber lo que le gusta o no le gusta?

—¿Hablando conmigo no cree que me gustaría?

Eso me hizo reír.

—¿Qué le hace tanta gracia? —me preguntó Cynthia.

—Usted.

—Vamos, venga conmigo.

Empecé a pensar que sería buena idea. Era tarde, y no había nada que me retuviera.

Sonó un golpe en la puerta. Fuerte.

—¿Qué pasa? —preguntó Cynthia.

—Alguien llama a mi puerta —dije, cogiendo la automática alemana.

—¿Quién?

—Ya la vuelvo a llamar, Cindy —dije, haciendo con toda naturalidad la abreviatura de su nombre.

—Vivo en la calle Elm, en Daly City —dijo, y luego me dio el número—. Venga a cualquier hora esta noche.

Sonó otro golpe.

—La llamaré —dije, y colgué.

—¿Quién es? —grité ante la puerta.

—El hombre de los cepillos Fuller —replicó una voz sensual.

Abrí la puerta y allí estaba Maya Adamant, envuelta en un abrigo de piel de zorro plateado.

—Vamos, entre —dije.

Ya había atado todos los cabos antes de que se cerrara la puerta.

—Así que los nazis la han sacado del cubil del señor Lee.

Ella caminó de una forma muy femenina hacia el lecho. Su forma de sentarse no la había aprendido en un internado de señoritas.

—Haffernon llamó a Lee —dijo—. Estaba muy preocupado, y ahora Lee también lo está. Yo tenía una cita y él ha llamado a mi servicio de llamadas, y ellos han avisado al club. Se suponía que estaba usted en Los Ángeles buscando a la señorita Cargill.

Me apoyé en el borde de la silla naranja como de sala de espera que había en la habitación. No pude evitar echarle una miradita lasciva. El abrigo de Maya se abrió un poco y vi la falda corta y sus largas piernas. Mi conversación con Cynthia me había predispuesto a disfrutar de una visión como aquélla.

—No había motivo alguno para pensar que Philomena había abandonado la zona de la bahía —dije—. Y aunque lo hubiese hecho, no tenía por qué dirigirse hacia el sur. Están también Portland y Seattle. Demonios, podría estar hasta en Ciudad de México.

—¿Y por qué no fue usted a Ciudad de México?

—Si sabe dónde está, ¿para qué me necesita? —le pregunté.

Levanté mis ojos hacia los suyos con gran esfuerzo. Ella sonrió, apreciando el poder de mi voluntad, con un puchero.

—¿Qué es eso de los recuerdos nazis? —preguntó.

—He conocido a un tío que me ha dicho que Axel coleccionaba cosas de ésas. Simplemente, he imaginado que Haffernon podía saber algo.

—¿Y entonces ha supuesto que Leonard Haffernon es nuestro cliente?

—No he supuesto nada, señorita Adamant. Simplemente hago preguntas y voy adonde me llevan.

—¿Con quién ha estado hablando? —Las aletas de su nariz se hincharon.

—Hippies.

Suspiró y cambió de postura encima de la cama.

—¿Ha encontrado a Philomena?

—Todavía no —confesé—. Abandonó su apartamento con mucha prisa. Dudo de que se llevase una muda de ropa interior siquiera.

—Habría sido bonito conocerle en otras circunstancias, señor Rawlins.

—En eso tiene razón.

Se puso de pie y sonrió ante mi mirada.

—¿Está dispuesto a volver a Los Ángeles?

—Mañana a primera hora.

—Bien.

Salió por la puerta. La vi bajar las escaleras. Era una visión muy agradable.

Había un coche esperándola en la calle. Se subió en el asiento del pasajero. Me preguntaba quién sería su compañero cuando arrancó el sedán oscuro.

Me fui a la cama sin llamar ni a Bonnie, ni a Cynthia, ni a Maya, a propósito. Me tapé hasta la barbilla y me quedé mirando la ventana hasta que la luz del amanecer iluminó el sucio cristal.

17

Aquella mañana me dirigí hacia el aeropuerto de San Francisco. Justo al entrar en la vía de acceso a la autopista, con el cielo entero a sus espaldas, dos jóvenes hippies sacaban el pulgar. Paré en el arcén y bajé el cristal con la manivela.

—Hey, hola —dijo un joven de unos dieciséis o diecisiete años, con la barba roja y sonriente—. ¿Adónde va?

—Al aeropuerto.

—¿Puede llevarnos hasta allí?

—Claro —afirmé—. Subid.

El chico se sentó en el asiento delantero, y la chica, muy delgadita y rubia, se metió detrás con las mochilas.

Ella era el motivo de que me hubiese parado. Era más joven que él, no mucho mayor que Feather. Sólo una chiquilla, y allí estaba, en la carretera, con su hombre. No podía pasar de largo.

Cuando me metí por el acceso un Chevy azul me tocó la bocina y luego pasó a toda velocidad. No creo que le hubiese cortado el paso, así que imaginé que estaba dando su opinión acerca de los conductores que recogen autoestopistas.

—Gracias, hombre —dijo el hippie—. Llevamos ahí fuera una hora y todo el mundo pasa de largo.

—¿Adónde vais? —pregunté.

—A Shasta —dijo la chica. Se inclinó hacia el asiento delantero, entre su novio y yo. Veía su sonrisa a través del espejo retrovisor.

—¿Vivís allí?

—Hemos oído hablar de esa comuna —dijo el chico. Olía a aceite de pachulí y a sudor.

—¿Y qué es eso?

—¿El qué?

—Una comuna. ¿Qué es?

—¿Pero nunca has oído hablar de las comunas? —preguntó el chico.

—Me llamo Easy —dije—. Easy Rawlins.

—Genial —gorjeó la chica.

Supongo que se refería a mi nombre.

—Eric —se presentó el chico.

—Como el vikingo —dije yo—. Y además tienes el pelo rojo...

Lo tomó como un cumplido.

—Yo soy Estrella —dijo la chica—. Y una comuna es un lugar donde vive todo el mundo y trabajan todos juntos y nadie posee ninguna mierda ni le dice a nadie cómo tiene que vivir.

—Como los kibbutz o las granjas rusas —dije.

—Eh, tío —dijo Eric—, no nos ralles.

—No, hombre, no te rallo nada —respondí—. Sólo intento comprender lo que me dices comparándolo con otros lugares que parecen similares a tus comunas.

—Nunca ha habido nadie como nosotros, tío —dijo Eric, lleno de orgullo por sus propios sueños—. No viviremos como vive la otra gente, como vosotros. Nos vamos a apartar de toda esa mierda de trabajar de nueve a cinco. La gente no tiene que poseerlo todo. Las tierras vírgenes son libres.

—Sí —asintió Estrella. Su tono estaba contagiado del amor de Eric por sí mismo—. En Cresta, todo el mundo vive en su propio tipi y comparte todo lo que tiene.

—¿Cresta es el nombre de vuestra comuna?

—Eso es —dijo Eric, con un entusiasmo tal que yo casi me eché a reír.

—¿Por qué no te vienes con nosotros? —preguntó Estrella, desde el asiento de atrás.

Levanté la vista a sus ojos a través del espejo retrovisor. Había anhelo en aquella mirada, pero no podría asegurar si era suyo o mío. Su sencillo ofrecimiento me conmovió. Yo podría haber seguido conduciendo hacia el norte con aquellos críos, hacia su granja hippie en medio de la nada. Sabía cómo cultivar un jardín, y cómo hacer fuego. Sabía cómo ser pobre y estar enamorado.

—¡Cuidado! —gritó Eric.

Me había desviado hacia el carril izquierdo. Sonó la bocina de un coche. Desvié mi coche alquilado justo a tiempo. Cuando volví a mirar por el retrovisor, Estrella todavía estaba allí mirándome a los ojos.

—Has estado a punto, tío —dijo Eric. Ahora su voz contenía también el orgullo de habernos salvado. En tiempos yo también fui un joven arrogante, como él.

—No puedo —dije, hacia el espejo.

—¿Por qué no? —me preguntó ella.

—¿Qué edad tienes?

—Quince... casi.

—Tengo una hija un poco más joven que tú. Está enferma. Muy enferma. Tengo que llevarla a un médico de Suiza o si no se morirá. Así que de momento no hay bosques para mí.

—¿Y dónde está tu hija? —preguntó Estrella.

—En Los Ángeles.

—A lo mejor es el *smog* lo que la está matando —dijo Eric—. A lo mejor si la sacas de allí, mejorará.

Eric nunca sabría lo muy cerca que había estado de que le rompiesen la nariz en un coche en marcha. Sólo le salvó la mirada insistente de Estrella.

—Una vez tuve un amigo —dije—. Éramos como vosotros, íbamos a correr vías en Texas y Louisiana.

—¿Correr vías? —dijo Eric.

—Saltar a los vagones vacíos, en los trenes.

—Como hacer dedo.

—Sí. Una noche en Galveston nos fuimos de jarana...

—¿Qué es eso? —preguntó Estrella.

—De juerga, a beber. Bueno, al día siguiente me desperté y Hollister no estaba por ninguna parte. Había desaparecido por completo. Esperé un día o dos, pero luego tuve que irme antes de que las autoridades locales me arrestaran por vagabundeo y me llevaran a una cuerda de presos.

Me di cuenta de que ahora Eric me veía de otro modo. Pero no me preocupaba en absoluto aquel joven idiota.

—¿Y qué le pasó a tu amigo? —preguntó Estrella.

—Veinte años después, iba conduciendo por Compton y le vi andando por la calle. Se había puesto gordo y se le había caído mucho pelo, pero seguía siendo Holly.

—¿Le preguntaste qué le pasó? —preguntó Eric.

—Había conocido a una chica después de que yo me desmayara aquella noche. Pasaron la noche juntos, y también los dos días siguientes, bebiendo todo el tiempo. Un día, Holly se despertó y se dio cuenta de que en algún momento se habían casado... ni siquiera recordaba haber dicho «sí, quiero».

—Uau —dijo Eric, en tono bajo.

—¿Y siguieron juntos? —quiso saber Estrella.

—Fui con Hollister a su casa y la conocí. Tenían cuatro hijos. Era fontanero del ayuntamiento y ella hacía pasteles para un restaurante en la misma calle. ¿Sabéis lo que ella me dijo?

—¿Qué? —preguntaron los dos chicos al unísono.

—Que la noche que conoció a Holly, fui yo quien me la ligué en el tugurio del pueblo. Congeniamos bastante bien, pero yo había bebido demasiado y me quedé inconsciente. Cuando Holly llegó al pequeño cobertizo donde nos alojábamos, Sherry (ése era el nombre de la mujer) le preguntó si podía acompañarla a casa. Y así fue como acabaron juntos.

—¿Te quitó la novia? —dijo Eric, indignado.

Eric frunció el ceño al oír aquello, y me pareció ver la primera sombra en sus maravillosas ideas de vida comunal. Me hizo sonreír.

Les dejé a la salida, a los pies de la rampa que tenía que tomar para ir al aeropuerto.

—No era mía, hermano. Aquel cobertizo era nuestra pequeña comuna privada. Lo único mío era yo mismo, y Sherry entregaba sus cosas a quien ella quería.

Mientras Eric se esforzaba por sacar las mochilas del asiento trasero, Estrella me pasó los delgados bracitos en torno al cuello y me besó en los labios.

—Gracias —me dijo—. Eres estupendo de verdad.

Le di diez dólares y le dije que tuviera cuidado.

—Dios proveerá —dijo ella.

Eric le tendió una mochila entonces y los dos cruzaron la carretera.

18

Después de dejar mi coche de alquiler Hertz en su aeropuerto, fui al mostrador de los billetes. El vuelo desde San Francisco a Los Ángeles en Western Airlines valía 24,95 dólares.

Aceptaron mi tarjeta de crédito sin problemas.

Mientras esperaba mi vuelo, llamé a casa y hablé con Jesus. Le di mi número de vuelo y le dije que fuese a recogerme. Él no hizo ninguna pregunta. Jesus habría cruzado el Pacífico por mí, sin preguntar en ningún momento por qué.

En una tiendecita del aeropuerto donde vendían caramelos, periódicos y cigarrillos, compré un osito marrón grande por 6,95 dólares.

Una vez en el avión, me senté en el asiento del pasillo junto a una mujer blanca y joven que llevaba un vestido con los colores del arco iris que le llegaba a medio muslo. Era muy guapa, pero yo no pensaba en ella.

Me abroché el cinturón de seguridad y abrí el periódico matutino.

Ky había cedido a la presión de los budistas y accedido a realizar elecciones libres en Vietnam del Sur. Sin embargo Estados Unidos, el bastión de la democracia, decía públicamente que todavía respaldaba al dictador.

Una pareja que estaba a punto de perder a un niño que intentaban adoptar había intentado suicidarse... No murieron, pero el niño sí.

Dejé a un lado el periódico.

El capitán nos dijo que nos abrochásemos el cinturón, y las azafatas nos enseñaron cómo hacerlo. El motor del enorme 707 empezó a rugir y a vibrar.

—Hola —me dijo la joven.

—Hey —le dirigí apenas una mirada.

—Me llamo Candice —me tendió la mano.

Habría sido muy poco educado por mi parte ignorar su gesto de amistad.

—Easy Rawlins.

—¿Vuela a menudo, señor Rawlins?

—De vez en cuando. Mi novia es azafata de Air France.

—Yo no. Es la segunda vez que vuelo, y me muero de miedo.

No me soltaba la mano. Yo la apreté y le dije:

—Pues vamos a pasar por todo esto juntos.

Le sujeté la mano mientras despegábamos y durante cinco minutos después del despegue. De vez en cuando ella aumentaba la presión. Yo respondía a la fuerza de su apretón. Cuando llegamos a la altitud definitiva, ella ya se había calmado.

—Gracias —me dijo.

—No hay de qué.

Cogí de nuevo el periódico, pero las palabras se emborronaban ante mis ojos. Pensaba en Perro Soñador y en el karma, luego en Axel Bowers y el humillante trato que había recibido después de la muerte. Pensaba en aquella chica blanca que necesitaba a alguien que la apoyara, fuera cual fuese su color.

Quizá los hippies tuviesen razón, pensé. Quizá debíamos salir todos en ropa interior y protestar por la forma en que funciona el mundo.

Y

La joven y yo no volvimos a dirigirnos una palabra más. No había necesidad.

Cuando salí por la puerta en Los Ángeles, Jesus me estaba esperando.

—Hola, papá —dijo, y me estrechó la mano.

Había traído mi coche hasta el aeropuerto, y le dejé conducir de vuelta a casa.

Cogió por La Ciénaga, mientras que yo habría ido por la autopista, pero me pareció muy bien.

—Feather tenía fiebre otra vez esta mañana —dijo—. Bonnie le dio la medicina de Mama Jo y le volvió a bajar.

—Bien —dije, intentando esconder mi miedo.

—¿Se va a morir, papá?

—¿Por qué me preguntas eso?

—Bonnie le contó a Benny por qué tenía que quedarse y cuidar a Feather, y Benny me lo dijo a mí. ¿Se va a morir?

Nunca hubo un hermano y una hermana más unidos que Jesus y Feather. Yo le había sacado de una situación muy mala cuando era niño, y cuando llevé a Feather a nuestra casa, él la acogió como una mamá clueca.

—No lo sé —dije—. Quizá.

—Pero si Bonnie la lleva a Suiza quizá puedan salvarla.

—Sí. Han salvado a otras personas con infecciones como la suya.

—¿Quieres que vaya con ellas?

—No. Los médicos les ayudarán. Lo que necesito es el dinero para pagar a esos médicos.

—Puedo vender mi barco.

Aquel barco lo era todo para Jesus.

—No, hijo. Creo que ya sé cómo conseguir ese dinero. Todo irá bien.

Había pensado hablar con él acerca de Benita y la diferencia de edad entre ellos. Pero cuando se ofreció a vender su barco por Feather, no creí que tuviera nada que decirle.

Y

Bonnie había preparado un baúl grande de viaje para Feather. Al parecer, se llevaba todos los juguetes, muñecas, vestidos y libros que mi niña tenía. Cuando llegué allí, ya estaban preparándose para ir al aeropuerto.

Había una silla de ruedas cromada y de lona roja en el salón.

Bonnie salió y me besó, y aunque intenté poner algo de ternura en la caricia, ella se echó atrás y me dirigió una mirada de extrañeza.

—¿Qué te pasa?

—Si te contase las cosas que he visto los dos últimos días, no me preguntarías eso —le dije, con toda sinceridad.

Bonnie asintió, aún con el ceño fruncido.

—¿Puedes meter el baúl en el maletero de mi coche? —me pidió—. La silla de ruedas es plegable, y puede ir encima.

Sabía que tenían que ir pronto al aeropuerto, y por tanto me puse al trabajo. Jesus me ayudó y me hizo ver que la silla de ruedas tendría que ir en el asiento de atrás.

Cuando volví a la casa, Feather chillaba. Yo corrí hacia su habitación y la encontré luchando con Bonnie.

—Quiero que me lleves tú, papá —me rogó.

—Vale, vale —dije, y la cogí en mis brazos.

Bonnie conducía, Feather dormía en mi regazo y yo miraba por la ventanilla preguntándome cuánto tiempo costaría ir hasta Palestine, Texas. Sabía que mi trabajo para Lee había llegado a un callejón sin salida. Axel estaba muerto. Philomena probablemente también. Los documentos habían desaparecido hacía mucho tiempo. Yo había conseguido una Luger y mil quinientos dólares. Podía usar la Luger para apoyarla en el cuello bien dispuesto de Rayford.

Y

Feather se despertó cuando aparcábamos en el parking de empleados del aeropuerto de Los Ángeles. Estaba feliz por tener una silla de ruedas y corrió delante de nosotros hacia la entrada especial de empleados de la TWA. Primero tenían que ir a San Francisco y luego hacer transbordo al vuelo de París. Las acompañé hasta la entrada especial para la tripulación.

Una mujer a quien conocía se reunió con nosotros allí, Giselle Martin.

—¡Tía Giselle! —gritó Feather.

Giselle era una amiga de Bonnie. Era alta y delgada, morena, con una belleza delicada, de porcelana, que no se percibía si uno no le dedicaba la atención suficiente. Trabajaban juntas en Air France. Ella la iba a ayudar con Feather.

—*Allô, ma chérie* —dijo la ayudante de vuelo francesa a mi niña—. Esos hombres fuertes y grandes te van a subir al avión.

Dos hombres blancos musculosos venían hacia nosotros saliendo de una puerta del edificio de la terminal.

—Quiero que me lleve papá —dijo Feather.

—Son las normas, *ma chérie* —dijo Giselle.

—Sí, no importa, cariño —dije a Feather—. Ellos te subirán, y luego yo te abrocharé el cinturón de seguridad.

—¿Me lo prometes?

—Te lo juro.

Los dos trabajadores cogieron la silla por delante y por detrás, Feather bien agarrada a los brazos, con aire asustado. Yo también estaba asustado. Les vi subir por la rampa.

Iba a seguirles cuando Bonnie me tocó el brazo y me preguntó:

—¿Qué te pasa, Easy?

Ya había pensado en aquel momento. Había pensado que si nos encontrábamos solos y Bonnie me preguntaba por mi conducta, le contaría los truculentos detalles de la muerte de Axel Bowers. Me volví hacia ella, pero cuando me miró a los ojos, como tantas otras mujeres habían hecho durante los últimos días, no pude mentirle.

—Yo leo mucho, ¿sabes? —le dije.

—Ya lo sé —su piel oscura y sus ojos almendrados eran los más hermosos que había visto jamás. Dos días antes, quería casarme con ella.

—Leo todos los periódicos, todo lo que me interesa. He leído que un grupo de dignatarios africanos ha obtenido una condecoración senegalesa simbolizada por una aguja de bronce con un pequeño dibujo esmaltado... un pájaro rojo y blanco...

No había pánico en el rostro de Bonnie. El hecho de que yo supiera que había recibido recientemente un regalo tan importante de un pretendiente sólo consiguió entristecerla.

—Era el único que podía llevar a Feather a aquel hospital, Easy...

—¿Así que no hay nada entre vosotros?

Bonnie abrió la boca pero esa vez le tocó a ella no mentir.

—Dale las gracias de mi parte... cuando le veas —dije. Pasé a su lado y subí al avión.

—¿Vendrás a verme a los Alpes, papi? —me preguntó Feather, mientras le abrochaba el cinturón.

El avión todavía estaba vacío.

—Lo intentaré. Pero ya sabes que Bonnie estará allí para cuidarte. Y antes de que te des cuenta, estarás mejor y volverás a casa.

—¿Pero intentarás venir?

—Lo intentaré, cariño.

Pasé junto a Bonnie cuando ella venía por el pasillo.

Ninguno de los dos dijo nada.

¿Qué más quedaba por decir?

19

Desde el edificio de la terminal yo podía distinguir el lazo blanco que llevaba Feather en el pelo, a través de la ventanilla del avión. Y aunque ella iba mirando afuera de vez en cuando, no me vio decirle adiós. Su piel estaba caliente cuando le abroché el cinturón, pero no tenía los ojos febriles. Bonnie llevaba la última bola de medicina de Mama Jo, yo me había asegurado de ello. Bonnie no dejaría morir a Feather, no importaba a quién perteneciera su corazón.

Los pasajeros fueron subiendo. Se anunció el fin del embarque. El jet fue rodando por la pista de despegue y finalmente, después de un largo retraso, se abrió camino por encima de la ambarina capa de contaminación que cubría la ciudad.

Me quedé junto al ventanal observando una docena de aviones que se alineaban y despegaban.

—¿Señor?

La mujer debía de tener más de sesenta años, con el pelo gris y un abrigo grande rojo de algodón: la versión del sur de California del abrigo del este. Se leía la preocupación en su cara blanca y arrugada.

—¿Sí? —mi voz raspaba.

—¿Está usted bien?

Y entonces me di cuenta de que me corrían las lágrimas por las mejillas. Intenté hablar, pero tenía la garganta cerrada. Asentí y toqué el hombro de la señora. Y me fui, tambaleante, entre las miradas de docenas de viajeros.

Y

No puse la llave en el contacto de inmediato.

—Tienes que sacudirte esto, Easy —decía una voz que sólo en parte era mía—. Ya sabes que si un hombre se rompe, el desastre total no está lejos. No tienes tiempo para regodearte. No puedes hacerlo, como si fueras un chico rico que puede compadecerse de sí mismo.

Fui conduciendo por unas calles suburbiales sin destino alguno en la mente. Al día siguiente no recordaba la ruta que seguí. Pero mi instinto era dirigirme hacia mi oficina.

Estaba en Avalon, cruzando, cuando oí dos bocinas. Levanté la vista justo cuando mi coche golpeaba el Chrysler blanco. Lo siguiente que hice fue comprobar la luz del semáforo: estaba en rojo para mí.

Salté del coche y corrí hacia el Chrysler, que era como un barco.

En el asiento delantero había una pareja negra de mediana edad. El hombre, que llevaba un traje color marrón, se agarraba el brazo, y la mujer, que era más o menos del doble de tamaño que el hombre, sangraba por un corte encima del ojo izquierdo.

—Nate —decía ella—, Nate, ¿estás bien?

El hombre se sujetaba el brazo izquierdo entre el codo y el hombro.

Yo abrí la puerta.

—Venga, le voy a sacar de ahí, hombre —dije.

—Gracias —murmuró él, con el rostro retorcido por el dolor.

Cuando le tuve fuera y apoyado en el capó de su coche di la vuelta hacia el lado del pasajero. Entonces fue cuando oí la primera sirena, un aullido distante.

—¿Está bien mi marido? —preguntó la mujer.

Ella y Nate tenían la piel oscura, y rasgos faciales amplios. La boca de la mujer era ancha, y también las aletas de su nariz. La sangre le corría por el rostro, pero ella no parecía notarlo.

—Sólo se ha hecho daño en un brazo —le dije—. Está de pie al otro lado.

Me quité la camisa y la rasgué por la mitad, y apreté la tela contra la herida de ella.

—¿Por qué me aprieta la cabeza?

—Está sangrando.

—¿Ah, sí? —exclamó ella, y el pánico fue llenando sus palabras.

Cuando se miró las manos, sus ojos, aletas de la nariz y boca crecieron hasta proporciones extraordinarias.

Lanzó un chillido.

—¡Alicia! —exclamó Nate. Iba arrastrando los pies en torno al coche.

Una mujer larguirucha vino a tranquilizarle.

Había gente a nuestro alrededor, pero la mayoría permanecían apartados.

Tres sirenas ululaban no lejos de allí.

—Está bien, señora —le informaba yo—. Ya he parado la sangre.

—¿Pero estoy sangrando? —preguntaba ella—. ¿Estoy sangrando?

—No —le dije—. Ya he parado la sangre con esta venda.

—¡Muy bien, todo el mundo atrás! —exclamó una voz.

Dos hombres blancos vestidos todos de blanco excepto los zapatos aparecieron corriendo.

—Dos, Joseph —dijo un hombre—. Una camilla para cada uno.

—Vale —exclamó el otro.

El sanitario más cercano me cogió la camisa desgarrada de las manos y empezó a hablar con la mujer.

—¿Cómo se llama, señora? —le preguntó.

—Alicia Roman.

—Tiene que echarse, Alicia, así podremos meterla en la ambulancia y curarle ese corte para que deje de sangrar.

Había autoridad en la voz de aquel hombre blanco. Alicia le dejó que la tumbara en el asfalto. El otro sanitario, Joseph, vino corriendo con una camilla. La colocó junto a ella.

La mujer delgada ayudaba a Nate a subir a la parte trasera de la ambulancia. Era muy menuda y color marrón. No había expresión alguna en su rostro. Simplemente, estaba haciendo lo que debía.

Me miré las manos. La sangre de Alicia me había manchado las palmas y los antebrazos. También me había salpicado la camiseta.

—¿Está usted herido? —me preguntó un hombre.

Era un policía que apareció entre la multitud. Vi que otros policías desviaban el tráfico y mantenían a los viandantes apartados de la calzada.

—No —le dije—. La sangre es de ella.

—¿Iba usted en el coche de ellos? —El policía era rubio, pero tenía una piel que los blancos calificarían de morena. La mezcla racial no le había sentado demasiado bien. Recuerdo que pensé que la parte superior de su cabeza parecía de Suecia, mientras que en su rostro se reflejaba Grecia.

—No —le dije—. Choqué con ellos.

—¿Se han saltado el semáforo?

—No. He sido yo.

Una mirada de sorpresa apareció en su rostro.

—Venga por aquí —dijo, indicándome la acera.

Hizo que me tocara la nariz y luego caminara en línea recta, diese la vuelta y volviese de nuevo.

—Está sobrio —me dijo.

La ambulancia se alejaba.

—¿Se pondrán bien? —pregunté.

—Pues no lo sé. Ponga las manos a la espalda.

Me quitaron el cinturón, y creo que hicieron bien. Me sentía tan desconsolado en aquella celda que me habría suicidado. Jesus no estaba en casa. Tampoco Raymond, ni Jackson, ni Etta, ni Saul Lynx. Si me quedaba en la cárcel hasta el juicio, expulsarían a Feather de la clínica y moriría. Me pregunté si Joguye Cham, el príncipe africano de Bonnie, ayudaría a mi pequeña. Sería padrino de su boda si hacía aquello por mí.

Finalmente conseguí localizar a Theodore Steinman en su zapatería, en la misma calle de mi casa. Le dije que fuese llamando a EttaMae.

—Voy ahora mismo a recogerle, Ezekiel —dijo Steinman, decidido.

—No, espere a Etta —repliqué—. Ella hace esto mismo con el Ratón una vez cada pocos meses.

—¿Un cigarrillo? —me ofreció mi compañero de celda.

No sabía si me lo estaba ofreciendo o era que quería uno, pero no contesté. No había pronunciado más de tres frases desde el arresto. La policía era sorprendentemente amable conmigo. No hubo bofetones ni insultos. Hasta me llamaban señor y me corregían con respeto cuando iba por el lugar equivocado y no comprendía sus órdenes.

El oficial que me había arrestado, Briggs, se acercó incluso a la celda para informarme de que Nate y Alicia Roman estaban bien y se esperaba que saliesen del hospital aquel mismo día.

—Aquí lo tiene —me dijo mi compañero de celda.

Me tendía un cigarrillo liado a mano. Lo cogí y lo encendí. El humo en mis pulmones devolvió mi mente a la celda.

Mi benefactor era un hombre blanco de unos diez años

menos que yo, treinta y cinco o treinta y seis. Llevaba el pelo negro desgreñado y largo hasta los sobacos, y una barba rala. Su camisa estaba hecha de diversos retales de colores vivos. También sus ojos eran de distinto color.

—Bob *el Canuto* —dijo.

—Easy Rawlins.

—¿Por qué te han cogido, Easy?

—He chocado con otro coche donde iban dos personas. Me he saltado un semáforo en rojo. ¿Y a ti?

—Me han pillado con un saco de arpillera en un campo de marihuana arriba, en las colinas.

—¿De verdad? ¿En pleno día?

—Era medianoche. Supongo que tenía que haber apagado la linterna.

Lancé una risita y luego sentí que una oleada de risa histérica me invadía el pecho. Di una honda calada al cigarrillo para frenar el impulso.

—Sí —decía Bob *el Canuto*—. He sido un idiota, pero no pueden retenerme.

—¿Por qué no?

—Porque el saco estaba vacío. Mi abogado les dirá que yo sólo buscaba el camino para salir del bosque, que soy un naturalista en busca de hongos.

Sonrió y pensé en Perro Soñador.

—Pues qué suerte tienes —dije.

—¿Quieres colocarte, Easy?

—No, gracias.

—Tengo un poco de hierba en un par de cigarrillos de éstos.

—¿Sabes, Bob? —dije—. Los polis meten espías en estas celdas. Y nada les gustaría más que cogerte aquí pasando material.

—¿Eres un espía, Easy? —me preguntó.

—No. Un espía nunca te diría lo que yo te digo.

—Me estás calentando la cabeza, tío —dijo—. Me estás calentando la cabeza.

Se agazapó en la litera inferior de nuestra celda de dos metros por tres. Yo me quedé echado de cara en la superior, mirando a través de los barrotes de acero cruzados. Recordaba el mediodía, cuando abroché el cinturón de Feather.

Axel Bowers estaba muy lejos de mi mente.

Notaba como si, de alguna manera, me hubiesen derrotado por mi falta de corazón.

Los guardias vinieron a medianoche, exactamente. La celda estaba oscura, pero llevaban linternas para indicar el camino. Cuando llegaron a la celda, Bob *el Canuto* chilló:

—¡Él ha matado a Axel! Me lo ha dicho cuando creía que no le estaba escuchando. Le ha matado y luego le ha metido en el culo de un elefante.

Me dijeron que me levantara y yo obedecí. Me preguntaron si necesitaba esposas, y yo negué con la cabeza.

Fuimos caminando por el largo pasillo hacia una luz lejana.

Cuando llegamos a la habitación me di cuenta de que era el día de mi ejecución. Me ataron a la silla de la cámara de gas. En la pared estaba el cronómetro que usaba Jesus para controlar sus carreras cuando estaba en el instituto.

Me quedaba un minuto de vida cuando cerraron la puerta de la cámara.

Un avispón zumbaba en la puerta. Volaba hacia mis ojos. Moví la cabeza a un lado y otro para evitar el aguijón en mi rostro. Cuando finalmente se alejó volando, volví a mirar el cronómetro: sólo me quedaban tres segundos de vida.

20

—¡Rawlins! —el grito del guardián me despertó de golpe.

Me había adormilado unos momentos nada más.

—¡Sí! —salté al suelo de cemento.

Bob estaba hecho un ovillo en el rincón más alejado de su litera. Me preguntaba si realmente pensaba que yo era un espía. Si era así, habría arrojado la droga al oxidado váter de metal. Le había ahorrado tres años de malos tragos.

EttaMae Harris estaba en la sala de tránsito cuando me llevaron allí.

Era una mujer grande, pero no más gorda que a finales de los años treinta, cuando nosotros nos hacíamos mayores en Fifth Ward, Houston, Texas. En aquella época era todo lo que me gustaba en una chica, excepto por el hecho de que era la mujer del Ratón.

Me abrazó y me besó la frente mientras yo me abrochaba el cinturón.

Etta no dijo más de tres palabras en la comisaría. No hablaba con los polis. Era una vieja costumbre que nunca abandonó. A sus ojos, la policía era el enemigo.

Y no andaba equivocada.

Fuera, frente al edificio de la comisaría, LaMarque Alexander, el hijo de Raymond y de Etta, estaba sentado al volante del El Dorado rojo de su padre. Era un joven larguirucho, con los mismos ojos de su padre. Pero mientras el Ratón ostentaba en su semblante una absoluta seguridad en sí mismo, su hijo resultaba enfurruñado y algo mezquino. Aunque ya rondaba los veinte, todavía no era más que un niño.

Cuando Raymond tenía la edad de su hijo ya había matado a tres hombres... que yo supiera.

Me dejé caer en el asiento de atrás. Etta subió delante y se volvió a mirarme.

—¿A tu despacho? —me preguntó.

—Sí.

Estaba sólo a unas manzanas de la comisaría. LaMarque se apartó del bordillo.

—¿Qué tal la universidad, LaMarque? —pregunté al muchacho taciturno.

—Bien.

—¿Qué estudias?

—Nada.

—Está aprendiendo cosas de electrónica y ordenadores, Easy —dijo Etta.

—Si quisiera saber algo de ordenadores, debería hablar con Jackson Blue. Jackson lo sabe todo de ordenadores.

—¿Has oído eso, LaMarque?

—Sí.

Cuando aparcó delante del edificio de mi despacho, en la esquina de 86 y Central, Etta dijo:

—Espera a que vuelva.

—Pero yo me iba a ver a Craig, mamá —se quejó.

EttaMae ni siquiera le respondió. Lanzó un gruñido y abrió la portezuela. Yo salté y la ayudé a bajar. Juntos subimos las escaleras hasta el cuarto piso.

La hice entrar en mi despacho y le acerqué la silla que tengo para los clientes.

Sólo cuando estuvimos los dos bien instalados Etta creyó que era el momento de hablar.

—¿Qué tal le va a tu niña? —me preguntó.

—Bonnie se la ha llevado a Europa. Hay unos médicos allí que tratan ese tipo de enfermedades de la sangre.

Etta percibió algo más en mi tono y me miró con los ojos entornados. Por mi parte, yo notaba como si estuviera flotando en una marea de pánico. Me quedé muy quieto, mientras el mundo parecía moverse a mi alrededor.

Etta se me quedó mirando durante medio minuto o así, y luego esbozó una sonrisa. La sonrisa se convirtió en risa.

—¿De qué te ríes? —pregunté.

—De ti —dijo, con mucho énfasis.

—No le veo la gracia.

—Ah, sí, sí que la tiene.

—¿Y dónde está?

—Easy Rawlins —dijo—, si fueses andando por un campo de minas, saldrías por el otro lado como si tal cosa. Podrías dormir con una chica llamada Tifoidea y levantarte sólo con la nariz tapada. Si te cayeras por una ventana, seguro que abajo, en el suelo, habría un arbusto y no te romperías la crisma. Sí, a lo mejor tendría espinas, pero ¿qué son unos pocos arañazos comparados con la muerte?

Tuve que echarme a reír. Viéndome a mí mismo a través de los ojos de Etta, me quedaba una pequeña esperanza en medio del vacío. Supongo que yo tenía suerte, comparado con aquellos a quienes conocía y que habían muerto de enfermedad, heridas de bala, linchamiento y alcoholismo. Quizá me protegiese una buena estrella. Débil... pero estrella, al fin y al cabo.

—¿Qué tal le va a ese tipo, Peter? —pregunté.

Peter Rhone era un hombre blanco a quien yo había salvado de la policía de Los Ángeles cuando querían colgarle un asesinato de alguien de su mismo color. Su único crimen era haber amado a una mujer negra. Aquel amor la había matado. Y cuando todo acabó, Peter sufrió una crisis nerviosa y Etta se hizo cargo de él.

—Pues mejor —dijo ella, con un rastro de sonrisa todavía en los labios—. Ha estado viviendo en el porche de atrás. Me hacía la compra y las chapuzas que yo necesitaba.

—¿Y al Ratón no le importaba?

—Bah. El primer día, cuando lo llevé a casa, él llamó a Raymond «señor Alexander». Ya sabes que Ray siempre ha tenido debilidad por los chavales blancos bien educados.

Ambos nos echamos a reír.

Etta rebuscó en su bolso y sacó la Luger que yo tenía debajo del asiento del Ford. La dejó encima del escritorio.

—Primo ha sacado tu coche del depósito. Ha dejado su Pontiac aparcado ahí fuera —sacó una llave plateada y la colocó junto a la pistola—. Dice que tendrá listo tu Ford dentro de dos semanas.

Yo tenía buenos amigos en este mundo. Por un momento, tuve la breve sensación de que las cosas podían salir bien.

Etta se puso de pie.

—Ah, bueno —dijo—. Espera.

Buscó otra vez en su bolso y sacó un rollo con veinte billetes de dólar.

—Raymond me ha dicho que te dé esto.

Cogí el dinero aunque sabía que se lo tomaría como un adelanto para el golpe que pretendía que diese con él.

El Pontiac del 56 que me había dejado Primo era de color verde agua con unas llamas rojas pintadas en el asiento del pasajero y por el capó. No era el tipo de coche con el que pudiera pasar inadvertido, pero al menos tenía ruedas.

Sentado muy erguido en el asiento del pasajero iba el osito de peluche que yo había comprado en San Francisco. Se me había olvidado con el follón del aeropuerto. Primo debió de encontrarlo junto con la pistola.

Cuando volví a casa, había una nota en la mesa de la cocina de Benny. Ella y Jesus se iban dos días a la isla Catalina. Dormirían en el barco, pero me dejaban el número del capitán de puerto del muelle donde iban a atracar. Podía llamarles si había alguna emergencia.

Me duché y me afeité, me limpié los zapatos y me hice unos huevos revueltos con salchichas ahumadas cortadas a rodajas. Después de comer y de una buena limpieza me sentía ya preparado para encontrar cualquier rastro que pudiese haber dejado Canela Cargill. Me puse unos pantalones negros y una camisa hawaiana color melocotón y me senté junto al teléfono.

—¿Dígame? —respondió ella después de tres timbrazos.

—¿Alva?

—Ah —hubo una breve pausa.

Sabía lo que significaba aquella duda. Yo había salvado a su hijo evitando que muriera en una emboscada policial, unos años atrás. Por aquel entonces estaba casada con John, uno de mis más viejos y queridos amigos.

Para salvar a Brawly tuve que dispararle en la pierna. Los médicos dijeron que le quedaría una cojera para el resto de su vida.

—Hola, señor Rawlins. —Ya había dejado por imposible intentar que me llamase Easy.

—Tengo que hablar con Lena Macalister. Es amiga suya, ¿verdad?

Más silencio al otro lado de la línea. Y luego:

—Pues no suelo dar los números de mis amigos sin su permiso, señor Rawlins.

—Necesito su dirección, Alva. Es un asunto grave.

Ambos sabíamos que ella no podía negarse. Su chico había sobrevivido e iba por ahí zumbando gracias a mí.

Ella carraspeó y dudó unos minutos más, pero al final me dio la dirección.

—Gracias —dije, cuando finalmente transigió—. Salude a Brawly de mi parte.

Me colgó sin más.

Me dirigía hacia el coche trucado del este de Los Ángeles cuando me llamó el vecino de la puerta de al lado, Nathaniel Pulley.

—Señor Rawlins...

Era un hombre blanco y bajito, con el vientre redondo y ningún músculo visible. Su cabello rubio había mantenido el color, pero de todos modos le iba clareando. Nathaniel era subdirector del Banco de Palms en Santa Mónica. Era un puesto modesto en una institución financiera minúscula, pero Pulley se veía como un león de las finanzas. Era liberal, y debido a su gran generosidad, me trataba como a un igual. Estoy seguro de que alardeaba ante su mujer y sus hijos de lo maravilloso que era tener un conserje entre sus amigos.

—Buenas tardes, Nathaniel —dije.

—Ha venido un hombre preguntando por usted hace unas horas. Daba un poco de miedo.

—¿Era negro?

—No. Blanco. Llevaba una chaqueta de piel de serpiente, me parece. Y los ojos... No sé. Parecía malo.

—¿Y qué ha dicho?

—Sólo si sabía cuándo iba a volver. Le he preguntado si tenía algún mensaje. Pero ni siquiera me ha contestado. Se ha ido como si yo no estuviera ahí.

A Pulley le asustaba hasta el petardeo de un tubo de escape. Una vez me dijo que no podía ver películas del oeste porque esa violencia le producía pesadillas. Aquel que le había asustado podía ser un agente de seguros o un vendedor.

Sin embargo, me llamaron la atención sus palabras: «como si yo no estuviera ahí». Pulley era nuevo en el barrio.

Llevaba en aquella casa sólo un año o así. Yo llevaba más de seis años... arraigado por completo, según los cánones de Los Ángeles. Pero seguía siendo un nómada porque todo el mundo a mi alrededor estaba siempre yéndose o viniendo. Aunque yo me quedase en el mismo sitio, mi vecindario cambiaba sin cesar.

—Gracias —le dije—. Ya le buscaré.

Nos estrechamos la mano y me fui pensando que nada en el sur permanece siempre igual.

21

Mi primer destino fue el supermercado Safeway en Pico. Compré tortitas, chuletas de cerdo, hígado de ternera, brécol, coliflor, lechuga, dos botellas de leche y tomate frito en lata. Luego fui a la tienda de licores y compré una botella de Johnny Walker Black de tres cuartos.

Después de comprar, volví a LA sur.

Lena Macalister vivía en un edificio de pisos de un rosa

sucio, a tres manzanas de Hooper. Subí las escaleras y llamé a su puerta.

—¿Quién es? —preguntó una dulce voz con acento de Houston.

—Easy Rawlins, Lena.

Sonó una cadena, tres cerrojos se descorrieron. La puerta se abrió y la restauradora de rostro ancho me sonrió como la había visto hacer muchas veces en el Texas Rose.

—Vamos, entre.

Se apoyaba en un bastón retorcido y sus gafas llevaban unos cristales de grosor diferente. Pero su presencia todavía resultaba majestuosa.

La casa olía a medicamentos.

—Siéntese.

La alfombra era azul y roja, con dibujos de flores entretejidas. Los muebles pertenecían a un barrio mejor, a una habitación mayor. En una pared colgaban unos cuadros al óleo de sus padres de las Indias Occidentales, del marido de Tennessee, ya fallecido, y del hijo. La mesita baja estaba muy cuidada y la luz del sol procedente de la ventana lo bañaba todo.

Cuando hube dejado los comestibles en la mesa me di cuenta de que me había olvidado el whisky en el asiento trasero de mi coche.

—¿Qué es esto? —me preguntó, señalando la bolsa.

—Me he tropezado con su nombre recientemente y me he dado cuenta de que tenía que hacerle un par de preguntas. Así que he pensado, mientras venía hacia aquí, que igual necesitaba algunas cosas.

—Qué bueno es usted.

Ella se apoyó en la silla tapizada para asegurarse bien mientras estaba de pie, y luego se sentó.

—Ya lo guardaremos todo más tarde —dijo, con un profundo suspiro—. ¿Sabe?, últimamente me cuesta mucho hasta abrir la puerta.

—¿Está enferma?

—Si llama enfermedad a hacerse vieja, pues sí, estoy enferma —sonrió y yo dejé el tema.

—¿Cuánto tiempo hace que cerró el Rose?

—Ocho años —dijo ella, sonriendo—. Qué tiempos aquéllos. Hubert estaba vivo todavía, y Brendon creció en la cocina. Todos los negros importantes del país, y del mundo, venían a comer a nuestro restaurante.

Hablaba como si fuese un reportero o un biógrafo que relatase la historia de su vida.

—Sí —afirmé—. Era algo especial.

Lena sonrió y suspiró.

—El Señor sólo te deja respirar durante un tiempo breve. Tienes que aprovecharlo mientras dura.

Asentí, pensando en Feather y luego en Jesus por ahí en su barco con Benita.

—Alva me ha llamado hace un rato. ¿Por qué viene a verme, señor Rawlins?

Espiré y pensé en mentirle. Aspiré con fuerza y luego solté el aire.

—Creo que Philomena Cargill está en peligro. Unas personas me contrataron para encontrarla en Frisco, y aunque no la encontré, lo que encontré me hace pensar que ella podría necesitar ayuda.

—¿Por qué busca esa gente a Cindy? —preguntó Lena.

—Su jefe se largó con algo que no le pertenecía. Al menos, eso es lo que me han contado. Él desapareció y ella, dos días después, también.

—¿Y por qué viene a verme a mí?

—Encontré una postal suya en el apartamento de Philomena.

—¿Se coló en su piso?

—No. De hecho, ése es uno de los motivos por los que estoy preocupado por ella. Su apartamento se alquila. Ella se lo dejó todo allí.

Dejé que aquellas palabras fuesen penetrando en su ánimo. Lena me miró por encima de las gafas, como para obtener una visión más precisa de mi corazón. No tengo ni idea de lo que vieron sus ojos casi ciegos.

—No sé dónde está, Easy —dijo Lena—. Lo último que supe de ella es que estaba en San Francisco trabajando para un hombre llamado Bowers.

—¿Están aquí sus padres?

—Cuando su padre murió, su madre se trasladó a Chicago a vivir con una hermana suya.

—¿Hermanos? ¿Hermanas?

—Sus hermanos están en el ejército, en Vietnam. Su hermana se casó con un chino y se fueron a Jamaica.

Lena no me lo contaba todo.

—¿Cómo es ella, Canela?

—Mire en ese cajón, en la mesa de ahí —dijo, señalando con la mano en aquella dirección.

El cajón estaba lleno de papeles, bolígrafos y lápices.

—Debajo de todo —dijo—. Está enmarcada.

El pequeño marco dorado contenía una foto de nueve por doce de una jovencita muy guapa con la toga y el birrete de la graduación. Sonreía como me habría gustado que lo hiciese mi hija el día de su graduación. La foto era en blanco y negro, pero casi se podía distinguir el tono rojizo de su piel por debajo del sombreado. En sus ojos había una gran certeza. Ella sabía muy bien lo que quería.

—Es de ese tipo de mujer al que los hombres odian porque no tiene miedo de salir ahí, al mundo de los hombres. Rompió todos los récords del Instituto Jordan. Era la primera de su clase en la Universidad de California, en Berkeley. Esa chica está dispuesta a volar...

—¿Y es... honrada?

—Déjeme decirle algo, jovencito —dijo Lena—. El motivo por el que la conozco es que trabajó en mi restaurante los últimos dos años. Era sólo una cría, pero inteligente y honrada. Le encantaba trabajar y aprender. Me habría gustado que mi propio hijo fuese tan inteligente como ella. Cuando cerró el restaurante venía a verme cada semana para aprender todo lo que yo sabía. No era ninguna sinvergüenza.

—¿Tiene algunos amigos aquí?

—Yo no conocía a sus amigos. Salía con chicos, pero nunca era nada serio. Los jóvenes de por aquí no valen la pena para una mujer con cerebro y talento.

—¿Sabe cómo puedo encontrarla? —pregunté, abandonando toda sutileza.

—Pues no.

Quizás estuviese mintiendo, porque lo único que podía ver era la superficie reflectante de sus gafas.

—Si tiene noticias de ella, ¿le dirá que estoy buscando los documentos que se llevó Bowers?

—¿Qué documentos?

—Lo único que sé es que se llevó unos documentos que llevaban sellos rojos. Pero no me preocupan, lo que me preocupa es la seguridad de la señorita Cargill.

Lena asintió. Si sabía dónde se encontraba Philomena, estaba seguro de que le daría el recado. Le escribí los números de mi casa y del despacho. Y luego ayudé a Lena a guardar los comestibles.

Su nevera estaba vacía, sólo contenía dos huevos duros.

—Tengo las piernas tan mal que me cuesta mucho ir a comprar —dijo, disculpándose por sus menguadas provisiones.

Yo asentí y sonreí.

—Yo vengo a mi despacho al menos dos veces a la semana, Lena. Puedo traerle cosas del supermercado siempre que venga.

Ella me dio unos golpecitos en el brazo y dijo:

—Dios le bendiga.

Hay muchos tipos de libertad en América: libertad de expresión, derecho a poseer armas... pero cuando los años se han acumulado en tal cantidad a su espalda que no pueden mantenerla ya recta, muchos americanos averiguan que también tienen la libertad de morirse de hambre.

Busqué un número de teléfono en una cabina que había debajo de casa de Lena e hice una llamada.

—¿Diga? —contestó un hombre.

—¿Billy?

—Hey, Easy. No, ella no está.

—¿Sabes cuándo podré encontrarla?

—Esta trabajando, tío.

—¿En sábado?

—Le pagan por estar sentada en la oficina mientras los músicos van allí a ensayar. Abre el estudio a las nueve y lo cierra a las tres. Así se saca un dinerillo extra.

—Está bien —dije—. Iré a verla allí.

—Ok, Easy. Cuídate.

El Instituto Jordan tenía un campus muy extenso. En él estudiaban más de tres mil estudiantes. Yo entré por la puerta de atletismo y me dirigí hacia la habitación de la caldera. Allí era donde tenía su despacho privado Helen McCoy. Era la supervisora de conserjería del instituto, un cargo dos grados por encima del que yo acababa de dejar.

Helen era bajita y con el pelo rojo, más lista que el hambre y más dura que muchos hombres. Yo la había visto matar a un hombre en Third Ward una noche. Le dio un bofetón en la cara y luego un puñetazo. Cuando le metió diez centímetros de cuchillo texano en el pecho, el otro se quedó sentado en el suelo... muriéndose.

—Hola, Easy —dijo, con una sonrisa.

Estaba sentada a una larga mesa junto a la caldera, escribiendo en una tarjeta blanca pequeña. Tenía un montón de tarjetas en blanco a su izquierda y otra pila más pequeña a la derecha. Las de la derecha ya estaban escritas.

—¿Una fiesta? —le pregunté.

—Mi hija Vanessa se casa. Son las invitaciones. Te daré una.

Me senté y esperé.

Cuando Helen acabó de escribir la tarjeta, se arrellanó en su asiento y sonrió indicando que ya tenía toda su atención.

—Philomena Canela Cargill —dije—. Me han dicho que estudió aquí hace unos años.

—Un poco joven para ti —indicó Helen.

—Es mi otro trabajo —dije—. La estoy buscando por cuenta de alguien.

—Grapevine dice que has dejado el trabajo.

—Año sabático.

—No me jodas, Easy. Lo has dejado.

No discutí con ella.

—Una chica muy lista, Philomena —dijo Helen—. Muy

buena en atletismo y tiro con arco. Hizo el discurso de su graduación. También era bastante alocada.

—¿Cómo que alocada?

—Bueno, no era tímida con los chicos, precisamente. Una vez la encontré en el vestuario de taquillas a deshora con Maurice Johnson. Con las bragas bajadas y las manos ocupadas. —Helen sonrió. Ella misma también había sido alocada.

—Me han dicho que su padre murió y su madre se fue a Chicago —dije—. ¿Conoces a alguien con quien pudiera estar en contacto?

—Tenía un amigo llamado Raphael Reed. Era un chico rarito, bueno, ya me entiendes, o sea que nunca se ponía celoso por las correrías de ella.

—¿Y eso es todo?

—Lo único que se me ocurre.

—¿Crees que podrías conseguir que alguien me buscara los datos de Reed en la oficina principal? Me gustaría hablar con él.

Helen consideró mi petición.

—Nos conocemos hace mucho tiempo, ¿verdad, Easy?

—Pues claro.

—Fuiste tú quien me consiguió este trabajo.

—Y tú me superaste en categoría en dos años.

—No tengo un trabajo extra que me distraiga —dijo ella.

Yo asentí, cediendo a su lógica.

—Sabes que se supone que no debo dar información sobre los estudiantes o el personal.

—Ya lo sé.

Ella se rio entonces.

—Supongo que todos hacemos cosas que se supone que no deberíamos hacer, a veces.

—No podemos evitarlo —accedí.

—Espera aquí —dijo, dando unos golpecitos en la mesa con el mango del cuchillo—. Volveré dentro de unos minutos.

22

Le dije a la madre de Raphael (una mujer bajita y oscura con unos enormes ojos castaños llenos de esperanza) que era el tío de Philomena Cargill y que necesitaba hablar con su hijo sobre un negocio de pastelería que mi sobrina y yo íbamos a montar en Oakland. Lo único que quería era un número de teléfono, pero Althea estaba tan contenta de que existiese una oportunidad de trabajo para su hijo que me dio también su dirección.

Aquello me llevó a un edificio de apartamentos de madera de tres pisos en el bulevar Santa Bárbara. Era un edificio grande que había empezado a combarse por la parte central. Quizá por eso el propietario lo había pintado de un color turquesa vivo, para que pareciese más joven y alegre.

Subí unas escaleras que crujían al pisarlas y me condujeron al 2 A. La puerta estaba pintada a rayas como de cebra negras y turquesa, y en el centro estaban grabadas las letras RR RR.

El joven que respondió a mi llamada llevaba sólo unos vaqueros negros. Su cuerpo era esbelto y fuerte. Llevaba el pelo largo (aunque no como los hippies) y estirado... y luego rizado. No era demasiado alto, y la mueca despectiva de sus labios resultaba casi cómica.

—¿Síiiiii...? —preguntó, de una forma que parecía sugerir algo obsceno.

Supe en aquel preciso momento que aquél era el joven

que me había colgado, aquel a quien había llamado desde el apartamento de Philomena.

—¿Raphael Reed?

—¿Y usted quién es?

—Easy Rawlins.

—¿Qué se le ofrece, Easy Rawlins? —preguntó, mientras evaluaba mi estatura y aspecto.

—Creo que una amiga suya puede haber sido víctima de algún juego sucio.

—¿Qué amiga?

—Canela.

Lo vi todo en los ojos del muchacho. De repente el desparpajo y la fachada despectiva desaparecieron. De repente había un hombre de pie ante mí, un hombre dispuesto a emprender alguna acción grave, dependiendo de lo que yo dijese a continuación.

—Pase.

Era un apartamento tipo estudio. De la pared habían bajado una cama plegable. Estaba sin hacer y llena de ropa revuelta y platos sucios. Un televisor portátil en blanco y negro con una antena interior torcida estaba colocado encima de una silla de arce, a los pies de la cama. No había sofá, sólo tres butacas grandes tapizadas de verde y colocadas en círculo, unas frente a otras, en el centro de la habitación.

Ésta olía fuertemente a perfume y olores corporales. El aroma de sexo y sensualidad resultaba bastante desagradable un sábado por la tarde.

—Puedes salir, Roget —dijo Raphael.

Se abrió una puerta y apareció otro joven, casi una copia idéntica del primero. Eran de la misma estatura y llevaban el mismo peinado. Roget llevaba también unos vaqueros negros, iba sin camisa y exhibía una mueca desdeñosa. Pero mientras Raphael tenía la misma piel oscura que su madre,

Roget era del color del azúcar moreno, con pecas en la nariz y los hombros.

—Siéntate —me dijo Raphael.

Todos fuimos hacia las butacas en círculo. Me gustaba aquella disposición, pero todavía me sentía algo raro.

—¿Qué le pasa a Philomena? —preguntó Raphael.

—Su jefe ha desaparecido —dije—. Un hombre llamado Adams me contrató para encontrarla. También me dijo que Philomena había desaparecido hacía dos días. Fui a su apartamento y averigüé que se había ido sin llevarse ni siquiera la ropa.

Raphael miró a su amigo, pero Roget se estaba examinando las uñas.

—¿Y qué?

—Tú eres amigo suyo —dije—. ¿No estás preocupado?

—¿Quién dice que soy amigo suyo?

—En Jordan los dos compartíais confidencias sobre chicos.

—¿Y qué demonios quieres decir con eso? —preguntó.

Me di cuenta de que había ido demasiado lejos, que por mucho que pareciese que aquellos jóvenes eran homosexuales, no se me permitía hablar de ello.

—Sólo que ella tenía muchos novios —dije.

Roget lanzó un gruñidito malicioso. Fue lo más parecido a un comentario por su parte.

—Bueno —dijo Raphael—. Ni siquiera he hablado con ella desde el día en que se graduó.

—Hizo el discurso de despedida, ¿verdad?

—Sí, fue ella —dijo Raphael con un cierto orgullo en la voz.

—¿Roget es amigo de ella?

—¿Cómo?

—Ella llamó aquí, ¿verdad?

—Y tú eres el negro que llamó el otro día —dijo Raphael—. Ya sabía yo que me sonaba tu voz.

—Mira, tío. No quiero meterme contigo ni con tus amigos. No me preocupa nada más que encontrar a Bowers para el tipo que me contrató. Creo que Philomena tiene problemas porque, si no, no habría dejado su casa sin llevarse su ropa y sus cosas personales. Si sabes dónde está, dile que la estoy buscando.

—No sé dónde está.

—Te daré mi número. Si te llama, dáselo.

—No necesito tu número.

Entonces me enfadé. Me preguntaba si mi hija podía morir a causa de aquel chico malcriado. La simple idea me daba ganas de abofetearle. Pero me contuve.

—Estás cometiendo un error —dije—. Tu amiga puede sufrir daños... graves.

Los labios de Raphael formaron una mueca despectiva y su cabeza se echó hacia atrás, como la de una serpiente... pero no dijo ni una palabra.

Me levanté y me fui, contento de haber dejado mi Luger recién robada en casa.

23

Me dirigí a casa conduciendo con precaución y comprobando todos los semáforos dos veces.

Una vez en casa me dejé llevar por una especie de agotamiento. No es que estuviera cansado, pero no podía hacer nada. Había hecho todo lo posible por Philomena Cargill. Y aunque había removido las aguas bastante, dudaba de que estuviese viva y pudiese morder el anzuelo.

Bonnie estaba lejos, probablemente con Joguye Cham, su príncipe.

Y Feather moriría si yo no encontraba rápidamente treinta y cinco mil dólares. Y de todos modos podía morir. Igual estaba muerta ya.

No había tomado una copa desde hacía muchos años.

El licor me afectaba mucho. Pero Johnny Walker todavía estaba en el asiento trasero de mi coche, y me dirigí a la puerta principal más de una vez, decidido a recogerlo.

¿Por qué no darse de nuevo a la bebida? No había nadie allí que lo desaprobara. El olvido me llamaba. Podía dejarme llevar y navegar en aquella marea frenética; sería un Ulises negro cantando bajo las estrellas.

Era por la tarde cuando salí y me dirigí hacia mi coche prestado. Miré por la ventanilla y vi la esbelta bolsa marrón en el asiento de atrás. Quería abrir la portezuela, pero no podía. Porque aunque no había ni rastro de Feather, ella todavía seguía allí. Mirando el asiento de atrás pensé en mi hija.

Se reía, inclinándose hacia el asiento de delante, como había hecho la joven hippie, Estrella, contándonos a Jesus y a mí sus aventuras en el patio del colegio y en las aulas. A veces se inventaba historias y decía que Billy Chipkin y ella habían atravesado Olympic y habían ido al Museo de Arte del Condado. Y allí habían visto cuadros de damas desnudas y de reyes.

La recordaba sentada a mi lado en el asiento delantero, leyendo *Mujercitas*, y quejándose cuando yo la interrumpía y le preguntaba qué quería para cenar o cuándo iba a recoger su habitación.

Docenas de recuerdos se interpusieron entre aquella manilla y yo. Me mareé y me senté en el césped. Me cogí la cabeza con las manos y apreté los diez dedos bien fuerte contra el cuero cabelludo.

«Vuelve de nuevo a casa —decía aquella voz que era yo

y no era yo—. Vuelve y quédate ahí hasta que ella esté en su habitación, soñando de nuevo. Luego, cuando esté a salvo, puedes pasar toda la noche con esa botella.»

En ese momento sonó el teléfono. Era un timbre débil, casi ausente. Me puse de pie con esfuerzo, tambaleándome, como si Feather estuviese curada ya y yo estuviese borracho después de haberlo celebrado. Tenía los pantalones húmedos por la hierba.

El débil sonido del teléfono subió de volumen cuando abrí la puerta.

—Dígame.

—Bueno, ¿qué va a pasar, Ease? —preguntó el Ratón.

Me hizo reír.

—Tengo que seguir con esto, hermano —continuó—. Las oportunidades no esperan.

—Te llamaré mañana, Ray —le dije.

—¿A qué hora?

—Cuando me despierte.

—Tío, esto va en serio —me dijo.

Aquellas palabras en sus labios habían sido el preludio de la muerte de muchos hombres, pero no me preocupé.

—Mañana —dije—. Por la mañana. —Y colgué.

Puse la radio. Había una emisora de jazz de USC que emitía a John Coltrane las veinticuatro horas del día. Me gustaba el nuevo jazz, pero mi corazón todavía seguía con Fats Waller y Duke Ellington... el sonido típico de la *big band*.

Encendí la tele. Estaban poniendo alguna serie de detectives. No sé de qué iba, sólo se oían muchos gritos y coches que derrapaban, un disparo de vez en cuando y una mujer que chillaba cuando se asustaba.

Estaba releyendo a Richard Wright últimamente, de modo que cogí el libro de un estante y lo abrí en una página con las esquinas dobladas. Las palabras se confundían y la radio susurraba. De vez en cuando levantaba la vista para ver qué nuevo programa emitían en la tele. Hacia medianoche, todas las luces de la casa estaban encendidas. Las había encendido una por una al ir de vez en cuando a comprobar distintas partes de la casa.

Leía algo de un grupo de chicos que se masturbaba en un cine cuando el teléfono volvió a sonar. Por un momento me resistí a contestar. Si el Ratón se había vuelto loco, yo no sabía si podría tranquilizarle. Si era Bonnie para decirme que Feather había muerto, no sabía si podría sobrevivir.

—Dígame.

—¿Señor Rawlins? —Era Maya Adamant.

—¿Cómo ha conseguido mi número?

—Me lo ha dado Saul Lynx.

—¿Qué quiere, señorita Adamant?

—El caso Bowers se ha resuelto —dijo.

—¿Han encontrado el maletín?

—Lo único que puedo decirle es que hemos llegado a una

conclusión acerca del paradero de los documentos y del señor Bowers.

—¿Ni siquiera desean que les informe de lo que he averiguado? —pregunté.

Eso provocó un momentáneo retraso en mi despido.

—¿Qué información tiene? —me preguntó ella.

—He encontrado a Axel —dije.

—¿De verdad?

—Sí. Vino a L.A. para alejarse de Haffernon. Y también para estar más cerca de la señorita Cargill.

—¿Ella está ahí? ¿La ha visto?

—Pues claro —mentí.

Otro silencio. En aquel momento intenté descifrar la reacción de Maya al hablarle de Canela. Su sorpresa podía ser una pista que indicase que sabía que Philomena estaba muerta. Pero... quizá se le hubiese dado información contradictoria.

—¿Y qué dice el señor Bowers? —me preguntó.

—¿Estoy despedido, señorita Adamant?

—Se le han pagado mil quinientos dólares.

—A cuenta de diez mil —añadí.

—¿Significa eso que está usted reteniendo información al señor Lee?

—No estoy hablando con el señor Lee.

—Yo ostento su autoridad.

—Yo pasé un verano descargando buques de carga en Galveston, allá por los años treinta —dije—. Olía a alquitrán y a pescado, y yo sólo tenía quince años... y la nariz muy sensible. Me dolía la espalda de acarrear bultos de ropa y porcelana fina y todo lo que aquel hombre decía que debía cargar por treinta y cinco centavos al día. Yo ostentaba su autoridad, pero aun así, seguía siendo simplemente un trabajador.

—¿Qué dice Axel?

—¿Estoy despedido?

—No —dijo ella, después de una pausa muy larga.

—Que me llame Lee y me lo diga.

—Robert E. Lee no es hombre con el que se pueda tontear, señor Rawlins.

—Me gusta cuando me llama señor —dije—. Eso demuestra que me respeta. Así que escuche: si estoy despedido, entonces hemos terminado. Si Lee quiere hacerme alguna consulta sobre lo que sé, que me llame.

—Está usted cometiendo un gran error, Easy.

—El error se cometió antes de que yo naciera, querida. Llegué a este mundo llorando y me iré gritando también.

Ella colgó sin decir una palabra más. No podía culparla. Pero tampoco podía apartarme de aquello sin intentar conseguir el dinero de mi hija.

Salteé un ajo picado, un pimiento jalapeño fresco troceado y una chalota picada en manteca derretida. Añadí tres huevos batidos con sal y pimienta. Ésa fue mi cena, aquella noche.

Me dormí en el canapé con todas las luces de la casa encendidas, la tele puesta y John Coltrane gimoteando acerca de sus cosas favoritas.

24

Quité el baúl que había delante del enorme elefante de latón. Debajo estaba el cuerpo aplastado y cúbico de Axel Bowers. Lo observé, preocupado una vez más por la degradación de su cadáver. Le dije que lo sentía mucho y él movió la cabeza formando un pequeño semicírculo, como si intentase eliminar la tortícolis de su cuello. Con las manos se sacó la cabeza, y se levantó del agujero. Le costó muchísimo salir de la improvisada tumba... y mucho más aún enderezar todos los miembros ensangrentados, quebrados y destrozados. Me miró como una mariposa que acaba de salir del capullo y despliega sus alas húmedas.

Todo aquel trabajo lo hizo sin darse cuenta de que yo estaba allí. Sacó el brazo izquierdo, giró el pie a un lado hasta que el tobillo chasqueó y se colocó en su sitio; se apretó las sienes hasta que la frente volvió a ser redondeada y dura. Se estaba alineando bien los dedos de nuevo cuando levantó la vista y me vio.

—Voy a necesitar una cadera nueva —dijo.

—¿Cómo?

—Los huesos de la cadera no se regeneran como los demás —aseguró—. Tienen que ser reemplazados, o si no no podré ir demasiado lejos.

—¿Pero adónde quieres ir? —le pregunté.

—Hay un nazi escondido en Egipto. Va a asesinar al presidente.

—Al presidente lo asesinaron hace tres años —dije yo, haciendo el cálculo mentalmente.

—Hay otro presidente nuevo —me aseguró Axel—. Y si matan a éste, nos quedaremos bien hundidos en la mierda.

Sonó el teléfono.

—¿Lo vas a coger o no? —preguntó Axel.

—Debería quedarme contigo.

—No te preocupes, no me puedo ir a ningún sitio. Estoy aquí encallado con mis caderas rotas.

El teléfono seguía sonando.

Yo iba recorriendo la casa. En la cocina, Dizzy Gillespie había tomado el lugar de Coltrane. Estaba de pie frente al fregadero con las mejillas hinchadas y abultadas como un sapo, soplando la trompeta. La puerta delantera estaba abierta y fuera se estaba proyectando *La momia*. La película era como una especie de representación teatral que tenía lugar en la calle. En las aceras, hasta la esquina, actores y extras con pequeños papeles fumaban cigarrillos y hablaban, esperando que les tocase entrar en escena para representar su papel.

«Egipto», pensé yo, y sonó el teléfono.

Volví a la casa, pero el teléfono no estaba en su mesita. Arriba, en el estante de los libros, Bigger Thomas estaba estrangulando a una mujer que se reía de él.

—No me puedes matar —decía ella—. Yo soy mejor que tú. Todavía sigo viva.

El teléfono volvió a sonar.

Volví al elefante de latón para decirle algo a Axel, pero él estaba de nuevo en su agujero todo aplastado y corrompido.

—Mis caderas fueron mi perdición —dijo.

—Podrás superarlo —le dije—. Mucha gente vive en silla de ruedas.

—No quiero ser un lisiado.

El teléfono sonó y él desapareció.

Abrí los ojos. En la tele estaban poniendo *La momia*, interpretada por Boris Karloff. Coltrane no había sido sustituido, y todas las luces de la casa estaban encendidas.

Me preguntaba por la coincidencia de una película sobre un cadáver que cobra vida en Egipto y los viajes de Axel a aquel país.

Sonó el teléfono.

«Alguien debe de tener muchas ganas de hablar», me dije, pensando que el teléfono debía de haber sonado una docena de veces.

Fui al teléfono y cogí el receptor.

—¿Diga?

—¿Por qué me está buscando? —preguntó una voz de mujer.

—¿Philomena? ¿Eres tú?

—Le he hecho una pregunta.

Sentía los labios entumecidos. Coltrane tocaba una nota discordante.

—Pensaba que habías muerto —dije—. Ni siquiera te llevaste la ropa interior, por lo que pude ver. ¿Qué mujer se va sin ropa interior de recambio?

—Estoy viva —dijo ella—. Así que deje de buscarme.

—No te estoy buscando a ti, guapa. Busco a tu novio Axel, y los papeles que él robó.

—Axel se ha ido.

—¿Ha muerto?

—¿Quién dice que ha muerto? Se ha ido. Ha abandonado el país.

—¿Se fue sin más y dejó su casa sin decírselo a nadie? ¿Ni a Perro Soñador?

—¿Para quién trabaja usted, señor Rawlins?

—Llámame Easy.

—¿Para quién trabaja?

—No lo sé.

—¿Cómo que no lo sabe?

—Un hombre que conozco vino a verme con mil quinientos dólares y dijo que otro hombre, allá en Frisco, deseaba pagarme por localizar a Axel Bowers. Ese hombre dijo que estaba trabajando para otra persona, pero no me contó quién era. Después yo investigué y averigüé que Axel y tú erais amigos, y que tú habías desaparecido también. Así que aquí estoy al teléfono, sólo a un soplo de distancia.

—No estaba demasiado equivocado por lo que a mí respecta, Easy —dijo la mujer llamada Canela.

—¿En qué exactamente es en lo que he acertado?

—Creo que hay un hombre que intenta matarme. Un hombre que quiere los documentos que tiene Axel.

—¿Y cómo se llama ese hombre? —pregunté, envalentonado por el anonimato que da la línea telefónica.

—No sé su nombre. Es un hombre blanco con los ojos turbios.

—¿Lleva una chaqueta de piel de serpiente? —le pregunté, por una corazonada.

—Sí.

—¿Dónde estás?

—Escondida. A salvo.

—Iré a verte y los dos juntos arreglaremos este asunto.

—No. Yo no quiero su ayuda. Lo que quiero es que deje de buscarme.

—Nada me haría más feliz que dejar esto, pero ya estoy metido. Completamente metido —dije, pensando en las caderas de Axel—. Así que o bien lo solucionamos juntos, o bien hablo con el hombre que me paga mi salario.

—Probablemente es uno de los que han estado intentando matarme.

—No lo sabes.

—Axel me lo dijo. Dijo que la gente mataría por esos documentos. Y luego ese hombre... él...

—¿Qué?

Ella colgó el teléfono.

Me quedé con el receptor en la mano durante un minuto entero, al menos. Sentado allí, pensé de nuevo en mi sueño, en el cadáver que intentaba resucitar. Philomena había descrito a un asesino que había estado ante mi propia puerta. De repente, la perspectiva de robar un camión blindado no me parecía tan peligrosa.

Era muy divertido. Allí estaba yo, solo, de noche, y un montón de ladrones y asesinos acechando fuera, en la oscuridad.

Saqué mi 38 del armario y me aseguré de que estaba cargada. Luego fui recorriendo la casa y apagando las luces.

En la cama, me venció una sensación de vértigo. Notaba como si me hubiese librado por los pelos de sufrir un accidente fatal. Al cabo de un rato, la infidelidad de Bonnie y la grave enfermedad de Feather volverían a perturbar mi descanso, pero en aquel preciso momento me encontraba en paz en mi lecho, solo y a salvo.

Y entonces sonó el teléfono.

Tuve que ir a contestar. Podía ser Bonnie. Podía ser mi niña, que quería asegurarme que todo iba a salir bien. Podía ser el Ratón, o Saul, o Maya Adamant. Pero sabía que no era ninguno de ellos.

—Hola.

—Estoy en el Pixie Inn de Slauson —dijo ella—. Pero estoy muy cansada. ¿Vendrá por la mañana?

—¿Cuál es la habitación?

—La seis.

—¿Qué talla de vestido llevas? —le pregunté.

—La dos. ¿Por qué?

—Nos veremos a las siete.

Colgué y me sorprendí por el funcionamiento de mi propia mente. ¿Por qué acceder a verla justo en el momento en que me sentía agradecido por tener un momento de respiro?

«Porque eres hijo de un idiota y padre de nadie», dijo la voz que me había abandonado hacía tantos años.

25

Ya no pude dormir más aquella noche.

A las cuatro me levanté y me puse a cocinar. Casqué dos huevos y los revolví encima de un poco de grasa de bacon, y luego unté una rebanada de pan integral blanco con mostaza amarilla y otra con mayonesa. Rallé un poco de queso cheddar encima de los huevos, y después les di la vuelta, puse la tapadera encima de la sartén y apagué el gas. Hice un café bien fuerte y lo eché en un termo de dos litros. Con los huevos y el bacon hice un bocadillo y lo envolví en papel encerado.

Bajé con el coche por Slauson a las 5.15, con la bolsita de papel marrón a mi lado y Johnny Walker en el asiento de atrás, e intenté elaborar algún plan. Pensé en Maya y en Lee, en el muerto Axel y en la asustada Canela... y en el hombre con la chaqueta de piel de serpiente. Nada tenía sentido; no tenía objetivo hacia el cual dirigirme, excepto reunir el dinero suficiente para pagar la factura del hospital de Feather.

Aparqué frente al motel. Era de diseño moderno, de tres pisos de altura, y las puertas daban a unos balcones abiertos. La habitación número seis estaba en la planta baja. La puerta daba al aparcamiento. Supuse que Philomena querría poder saltar por la ventana de atrás, en caso necesario.

Me quedé allí sentado, preguntándome qué iba a preguntarle a la chica.

¿Qué decirle? ¿Debía contarle la verdad?

Cuando mi Timex marcó las 6.18 se abrió la puerta número seis. Salió una mujer con unos pantalones oscuros y una camiseta blanca y larga. Aun desde aquella distancia vi que no llevaba sujetador e iba descalza. Su piel tenía un tono cobrizo y llevaba el pelo largo y alisado.

Ella se dirigió a la máquina de refrescos que había junto a la recepción del motel, metió unas monedas y se inclinó para coger el refresco que salió. Las calles estaban tan tranquilas que oí el tintineo del cristal.

Ella volvió hacia la puerta, miró a su alrededor y luego entró.

Un momento después yo me dirigía hacia su puerta.

Escuché un momento. No se oía sonido alguno. Di unos golpecitos en la puerta. Seguía sin oírse nada. Di unos golpecitos más. Entonces oí un sonido como un siseo, parecido al deslizarse de una ventana.

—Soy yo, Philomena —dije, en voz alta—. Easy Rawlins.

Sólo le costó medio minuto acercarse a la puerta y abrir.

De metro ochenta de estatura, con unos rasgos muy marcados y unos ojazos enormes, allí estaba Philomena Cargill. Su piel era realmente de un color canela rojizo. La foto que tenía Lena había registrado con toda fidelidad su rostro, pero no reflejaba ni de lejos su belleza.

Le tendí la bolsa marrón.

—¿Qué es esto?

—Bocadillos de huevo y café —dije.

Aunque no se abalanzó sobre la bolsa, sí la cogió con manos ansiosas. Fue hacia una de las dos camas individuales y se sentó con ella en el regazo. Después de cerrar la puerta, yo dejé la bolsa de lona que llevaba en la cama que había frente a ella, y me senté al lado.

En la habitación había tres lámparas. Todas estaban encendidas, pero aun así la luz era débil.

Philomena abrió el bocadillo y le dio un buen mordisco.

—Normalmente soy vegetariana —dijo, con la boca llena—, pero este bacon está bueno.

Mientras ella comía, yo le serví una tacita de plástico llena de café.

—Le suelo poner leche —dije, mientras ella me cogía la taza.

—No me importa aunque le ponga vinagre. Lo necesito. Me fui de casa con sólo cuarenta dólares en el bolso. Ya me lo he gastado todo.

Ella no volvió a hablar hasta que se hubo bebido toda la taza y el bocadillo desapareció.

—¿Qué lleva en la otra bolsa? —preguntó. Creo que esperaba otro bocadillo.

—Dos vestidos, unas medias y unas zapatillas de tenis.

Ella vino a sentarse al otro lado de la bolsa, sacó la ropa y la examinó con expertos ojos femeninos.

—El vestido es perfecto —dijo—. Y las zapatillas me irán bien. ¿De dónde lo ha sacado?

—La novia de mi hijo se lo dejó en casa. También es delgadita.

Cuando Canela me sonrió, comprendí el peligro que ella representaba. Era algo más que bonita o encantadora o incluso guapa. Había en ella algo regio. Casi le hago una reverencia para demostrarle lo mucho que apreciaba su generosidad.

—Dicen que Hitler también era vegetariano —dije, y la sonrisa desapareció de sus labios.

—¿Y qué?

—¿Por qué no me lo cuentas, Philomena?

Después de mirarme un momento dijo:

—¿Y por qué tendría que confiar en ti?

—Porque estoy de tu lado —dije—. No quiero que te ocurra nada malo, y procuraré que nadie te haga daño tampoco.

—No sé nada de todo eso.

—Claro que sabes algo —dije—. Hablaste de mí con Lena. Ella te dio mi número. Ella te dijo que yo suelo hacer favores importantes por ahí, desde hace veinte años.

—Ella también me dijo que ha oído decir que alguna gente a la que has ayudado ha acabado herida, incluso muerta, a veces.

—Es posible, pero cualquier chica a la que siga un asesino con una chaqueta de piel de serpiente puede esperar algún peligro —dije—. Sería un idiota si te dijera que todo va a ir bien, y tú serías una idiota si te lo creyeras. Pero si estás metida en algo relacionado con un asesinato, entonces necesitas a alguien como yo. No importa que tengas una licenciatura en la Universidad de Berkeley, y un novio que tiene cuadros de Paul Klee colgados en las paredes. Si algo sale mal, serás la primera a quien buscarán. Y si un asesino blanco quiere matar a alguien, una mujer negra será la primera de su lista. Porque, ya sabes, la policía preguntaría si tenías un novio a quien cargarle el mochuelo, y aunque no fuera así, dirían que eras una puta y cerrarían el caso igualmente.

Philomena escuchaba mi discurso con mucha atención. Su rostro majestuoso hacía que me sintiese como si fuera un ministro de la corona o algo así.

—¿Y qué quieren de mí? —preguntó.

—¿Qué documentos robó Axel?

—No robó nada. Encontró esos documentos en una caja de seguridad que tenía su padre. Cuando el señor Bowers murió, le dejó la llave a su Axel.

—Y si es así, ¿por qué Haffernon dijo al hombre que me contrató que Axel le robó esos documentos?

—¿Quién te contrató?

Le hablé de Robert Lee y de su ayudante la amazona. Ella nunca había oído hablar de ninguno de los dos.

—Haffernon y el señor Bowers y otro hombre eran socios antes de la guerra. Trabajaban en la industria química —dijo Philomena.

—¿Quién era su socio?

—Un hombre llamado Tourneau, Rega Tourneau. Hicieron algunas cosas malas, ilegales, durante la guerra.

—¿Qué tipo de cosas?

—Traición.

—No. —Yo todavía era un buen americano en aquellos tiempos. Para mí era casi imposible creer que hombres de negocios americanos pudieran traicionar al país que los había hecho ricos.

—Los documentos son bonos al portador suizos emitidos en 1943 por un trabajo realizado por las Industrias Químicas Karnak en El Cairo —dijo Philomena—. Y aunque los bonos mismos están endosados por los bancos, hay una carta de unos oficiales nazis de alto rango que detalla las expectativas que tenían los nazis sobre Karnak.

—Uf. ¿Y Axel quería canjear los bonos?

—No. No sabía qué hacer exactamente, pero sí sabía que había que hacer algo para enmendar los pecados de su padre.

—Pero Haffernon no quería pagar el precio. ¿Y qué pasaba con ese tipo, Tourneau?

—No sé nada de él. Axel decía sólo que estaba fuera del asunto.

—¿Muerto?

—No lo sé.

—¿Y qué hacía la empresa de su padre para los nazis? —le pregunté.

—Desarrollaban un tipo de explosivos especiales que usaban los alemanes para la construcción en algunos de sus campos de trabajo de esclavos.

—¿Y tú qué sacabas de todo esto?

—¿Yo? Sólo le ayudaba.

—No. Casi no te conozco, muchacha, pero sé que piensas

en tus propios intereses cada una de las veinticuatro horas del día. ¿Qué iba a hacer Axel por ti?

Canela dejó que su hombro izquierdo se elevase levemente, cediendo un poquito pero como si no valiera la pena el esfuerzo.

—Tenía amigos en el mundo de la empresa. Me iba a conseguir un trabajo en algún sitio. Pero lo habría hecho aunque yo no le hubiese ayudado.

De pronto, me di cuenta de que notaba un ligero sopor.

—Pero eso no duele —dije—. Podías trabajar todo lo que quisieras.

—¿Cómo? —exclamó ella.

Me di cuenta de que la última frase que había dicho no tenía sentido.

Parpadeé, pero me costaba mucho abrir los ojos nuevamente.

Meneé la cabeza, pero las telarañas no se iban.

—Philomena.

—¿Sí?

—¿Te importa si me echo aquí un minuto? No he descansado demasiado buscándote y estoy cansado. Bastante cansado.

Su sonrisa era algo digno de contemplar.

—Quizá yo podría descansar también —dijo—. Tenía mucho miedo, sola en esta habitación.

—Demos una cabezadita y luego podemos seguir hablando un rato —me eché en la cama ya mientras hablaba.

Ella dijo algo. Parecía una frase muy larga, pero no comprendí las palabras. Cerré los ojos.

—Ajá —dije, por pura cortesía, y me quedé dormido.

26

En sueños yo besaba a Bonnie. Ella susurraba algo dulce y me besaba la frente, y luego los labios. Yo intentaba reprimirme, decirle lo muy furioso que estaba. Pero cada vez que sus labios tocaban los míos, mi boca se abría y su lengua se llevaba todas mis palabras enfurecidas.

—Te necesito —me decía ella, y yo tenía que contener las lágrimas.

Apretaba su cuerpo contra el mío. Yo la estrechaba tan fuerte que ella se apartaba un momento, pero luego me volvía a besar.

—Gracias a Dios —susurraba yo—. Gracias a Dios.

Bajé la mano buscando sus braguitas y ella lanzó un gemido.

Pero cuando noté su mano fría en mi polla, me di cuenta de que no era Bonnie. No era Bonnie porque aquello no era un sueño y Bonnie estaba en Suiza.

¿Quién estaba en mi cama? Nadie. Otro beso lleno de sentimiento. Yo estaba en una habitación de un motel... con Canela Cargill.

Me levanté, apartándola al mismo tiempo. Tenía la camiseta subida por el estómago. Hacía tiempo que no tenía una erección tan intensa. Ella se inclinó y me acarició ligeramente con dos dedos. El gemido surgió de mis labios contra mi voluntad.

Me puse de pie y volví a meter la polla apremiante detrás de la cremallera.

Canela se incorporó y sonrió.

—Tenía miedo —explicó—. Me eché a tu lado y me dormí.

¿Qué podía decir yo?

—Supongo que me habrás besado en sueños —dijo—. Ha sido bonito.

—Sí —me preguntaba si había sido yo el que había dado el primer beso—. Lo siento mucho.

—No hay nada que sentir. Es natural. Tengo protección.

Hasta su despreocupación sexual resultaba regia.

—¿Y de dónde lo has sacado? Te fuiste sin nada.

—Siempre llevo uno de repuesto en la cartera —dijo, y sonaba decididamente como un hombre.

—Vamos a desayunar algo —dije yo.

Una sombra de decepción oscureció sus facciones durante un momento, y luego se puso las braguitas que había dejado tiradas en el suelo, al lado de mi cama.

Yo quería desayunar, aunque eran las dos de la tarde. Philomena y yo habíamos dormido durante casi ocho horas, antes de empezar a magrearnos.

Brenda's Burgers tenía todo lo que necesitaba: un menú que se podía pedir las 24 horas del día y una mesa discreta en el fondo de su diminuto comedor, donde se podía hablar sin que te escuchase nadie. Era un restaurante pequeño con el suelo deteriorado y los muebles disparejos. El cocinero y camarero era un hombre de piel oscura y bigote, con los ojos llenos de desconfianza.

Yo pedí unos huevos revueltos y galletas de leche. Philomena quería un bistec con hojas de colinabo, puré de patatas y ensalada.

—¿No eras vegetariana? —le pregunté.

—Tengo que reponer fuerzas.

Yo estaba un poco alicaído porque la erección no había

desaparecido del todo. El corazón me latía como loco y cada vez que ella sonreía yo quería sugerirle que volviésemos a la habitación para acabar lo que habíamos empezado.

—¿Qué te pasa? —me preguntó.

—Nada. ¿Por qué lo preguntas?

—Pareces algo nervioso.

—Es que lo estoy.

—Vale.

—Cuéntame cosas del hombre con la chaqueta de piel de serpiente —dije, viendo que el cocinero nos vigilaba desde detrás de la ventana de la cocina.

—Vino un día a casa de Axel. Yo estaba en el vestíbulo que lleva al dormitorio, pero podía verle por una rendija entre las puertas dobles.

—¿Ellos no sabían que tú estabas allí?

—Axel sí, pero el otro tío no. Le dijo a Axel que necesitaba los documentos que le había dejado su padre. Axel le dijo que se los había entregado a una tercera persona que los haría públicos a su muerte.

Observarla y escuchar su historia me hacía sudar. Quizá fuese el calor que procedía de la cocina. Pero no lo creo. Ni tampoco creo que mi temperatura proviniese de nada relacionado con el sexo.

—¿Amenazó a Axel?

—Sí. Dijo: «un hombre puede sufrir algún percance si no sabe cuándo debe doblegarse».

—En eso tenía razón —dije, deseando apartar de mi mente los detalles de la muerte de Axel.

—Era un hombre que daba miedo. Axel estaba asustado, pero se enfrentó a él.

—¿Y qué ocurrió entonces?

—El hombre se fue.

—¿No le hizo ningún daño?

—No. Pero Axel estaba asustado. Me dijo que debía irme

de allí, que no fuese ni siquiera a mi casa. Me dio el dinero que llevaba en el bolsillo y me dijo que volviese a Los Ángeles hasta que él supiese qué hacer.

—¿Y por qué tú? —le pregunté—. El otro no te buscaba a ti.

—Axel y yo estábamos muy unidos. —El rostro de Canela adoptó una actitud descarada, como desafiándome a que yo cuestionase su elección de amantes.

—Así que tú tienes los documentos —le dije.

Ella no lo negó.

—Esos documentos pueden hacer que te maten.

—Llevo días intentando llamar a Axel —dijo ella, mostrándose de acuerdo conmigo con su tono—. Llamé a su primo, pero Harmon no sabía nada de él y en su casa no contestaban.

—¿Y en el despacho?

—A ellos nunca les cuenta nada.

—¿Cuántas personas saben dónde estás ahora?

—Nadie.

—¿Y Lena?

—La llamo cada dos días más o menos, pero no le digo dónde estoy.

—¿Y Raphael?

Fue la primera vez que la vi sorprendida.

—¿Cómo has sabido...?

—Soy un detective de verdad, cariño. Mi trabajo consiste en averiguar cosas.

—No. Quiero decir que sí que he hablado con Rafe, pero no le he dicho dónde me alojaba.

—¿Has visto a alguien que conoces, o te ha visto alguien?

—No lo creo.

—¿Estás dispuesta a negociar con esos documentos a cambio de tu vida? —le pregunté.

—Axel me hizo prometer que los entregaría, si se producía algún accidente.

—Axel ha muerto —le dije entonces.

—Eso no lo sabes.

—Sí, y tú también lo sabes. Éste es un asunto de mucho dinero. Tú sabes mucho más de lo que cinco licenciados de Harvard puedan contarte nunca en la vida. Axel ha jugado con el dinero de unos peces gordos y ahora está muerto. Si quieres vivir, será mejor que lo pienses bien.

—Yo... tengo que pensarlo. Al menos debo intentar encontrar a Axel una vez más.

Yo no quería implicarme en los detalles de la desaparición de Axel, así que busqué en mi bolsillo y saqué cinco de los billetes de veinte del Ratón. Me los coloqué doblados en la mano y se los pasé por debajo de la mesa. Al principio, ella pensaba que quería cogerle la mano. Agarró mis dedos y entonces notó los billetes.

—¿Qué es esto?

—Dinero. Paga la habitación y cómprate algo de comida. Pero no salgas demasiado. Intenta esconder la cara si lo haces. ¿Tienes también el número de mi despacho?

Asintió con la cabeza.

—Te llamaré esta noche, o mañana por la mañana a más tardar. Pero tienes que decidirte, cariño.

Ella asintió.

—¿Quieres volver a la habitación conmigo?

—Te acompaño, pero tengo que irme. Debo planear con mucho cuidado cómo sacarte de este lío.

Levantó un poquito el hombro otra vez, como diciendo que le habría gustado un buen revolcón en el pajar, pero que vale.

Comprendí que lo que tenía era miedo de estar sola.

Y

Me dirigí hacia mi despacho un poco antes de las cuatro.

Había tres mensajes en el contestador. El primero era de Feather.

«Hola, papi. Bonnie y yo hemos llegado aquí después de muuuuuucho tiempo en tres aviones. Estoy en una casa junto a un lago, pero mañana me van a llevar a la clínica. He conocido al doctor, y era muy simpático, pero habla muy raro. Te echo de menos, papi, y quiero que vengas a verme pronto... Ah, sí, y Bonnie dice que te echa de menos también.»

Apagué el contestador un momento después de oír aquello. Todas las frases que ella había usado daban vueltas una y otra vez en mi interior. Bonnie decía que me echaba de menos, el acento del doctor. Parecía feliz, y no una niña moribunda, de ningún modo.

Estaba tan distraído por todos aquellos pensamientos que no oí abrirse la puerta. Levanté la vista por instinto y él estaba allí de pie, a menos de dos metros de donde yo me encontraba sentado con la cabeza apoyada entre mis manos.

Era un hombre blanco alto y esbelto, con unos pantalones de un verde oscuro y una chaqueta de escamas marrones y tostadas. Su sombrero también era de un verde oscuro, con un ala pequeña. Tenía la piel olivácea y sus ojos claros parecían no tener ningún color en absoluto.

—¿Ezekiel Rawlins?

—¿Quién es usted?

—¿Es usted Ezekiel Rawlins?

—¿Y usted quién cojones es?

Estábamos a punto de enzarzarnos. Él estaba muy picado por no haberle contestado a su pregunta. Yo me recriminaba a mí mismo por no haberle oído abrir la puerta. O quizás era que no la había cerrado al entrar. De cualquier modo, me sentía idiota.

Pero entonces Piel de Serpiente sonrió.

—Joe Cicerón —dijo—. Soy agente privado también.

—¿Detective?

—No exactamente. —Su sonrisa carecía por completo de humor.

—¿Qué quiere?

—¿Es usted Ezekiel Rawlins?

—Sí. ¿Por qué?

—Busco a una chica.

—Pues inténtelo en Adams, ahí cerca... Hay una casa de putas detrás de la lavandería automática.

—Philomena Cargill.

—No la conozco.

—Ah, sí, sí que la conoce. Ha hablado con ella, y ahora yo tengo que hacer lo mismo.

Recordé el día que abrí aquel despacho, dos años antes. Hice una pequeña fiesta para celebrar la inauguración. Todos mis amigos, los que vivían todavía, habían asistido. Allí

estaba el Ratón, bebiendo y comiendo una salsa de cebolla para untar que había preparado Bonnie. Esperó hasta que todo el mundo se fue y me tendió una bolsa de papel que contenía una pistola, tela metálica y unas chinchetas en forma de U.

—Guarda el chisme este —dijo.

—¿Dónde?

—Debajo del escritorio, idiota. No querrás trabajar con todos esos negratas por ahí sin tener algo a lo que agarrarte. Mierda, hombre, imagínate que viene aquí algún hijoputa cabreado o con ganas de pelea y tú ahí, sin un orinal donde echar una meadita. No, hermano, vamos a guardar el chisme este debajo de tu mesa y si las cosas se ponen feas, al menos tú tendrás una oportunidad.

Pasé la mano en torno a la culata del regalito del calibre 25.

—No conozco a ninguna Cargill —dije—. ¿Quién dice que la conozco?

Cicerón hizo un movimiento raro con la mano y yo saqué el arma. Le apunté a la cabeza por si llevaba alguna especie de chaleco antibalas en el cuerpo.

La amenaza le hizo sonreír.

—¿Está nervioso? —dijo—. Bueno, pues a lo mejor debería estarlo.

—¿Quién dice que conozco a esa mujer?

—Tiene veinticuatro horas, señor Rawlins —replicó—. Veinticuatro, o si no las cosas se pondrán feas de verdad.

—¿Ve esta pistola? —le pregunté.

Él sonrió y dijo:

—Los padres de familia como usted deben pensar en sus responsabilidades. Yo sólo soy un soldado. Abates uno, y dos ocupan su lugar. Pero usted... usted tiene a Feather, y Jesus, y, ¿cómo se llama?, ah, sí, Bonnie. Tiene que pensar en todos ellos.

Y sin más, se volvió y se alejó hacia la puerta.

Yo ya había conocido a hombres como él: asesinos, desde luego. Sabía que sus amenazas eran serias. Le habría disparado si hubiera sabido que podía salir indemne después. Pero en mi rellano había otros cinco inquilinos, y ninguno de ellos habría mentido para salvarme el pellejo.

Dos minutos después de que Joe Cicerón saliese por la puerta, salí al vestíbulo para asegurarme de que se había ido de verdad. Comprobé las dos escaleras y luego me aseguré de cerrar bien la puerta después de entrar.

27

El segundo mensaje telefónico era del Ratón.

«He suspendido aquello, Easy —decía, con voz apagada—. He supuesto que no estabas preparado y yo todavía tengo algunos asuntillos que arreglar. Llámame cuando puedas.»

El último mensaje era de Maya Adamant.

«Señor Rawlins, el señor Lee quiere llegar a un acuerdo acerca de su información. Y aunque no está dispuesto a pagarle la cantidad total, sí que desea llegar a un entendimiento. Llámeme a mi casa.»

Pero yo llamé al capitán del Puerto Deportivo Catalina y le dejé un mensaje para mi hijo. Luego, la operadora internacional me conectó con el número que me había dejado Bonnie.

—¿Diga? —contestó una voz de hombre. Sonaba muy sofisticada y europea.

—Bonnie Shay —murmuré con el mismo tono apagado que había usado el Ratón.

—La señorita Shay no está en este momento. ¿Quiere dejarle algún mensaje?

Casi colgué el teléfono. Si hubiera sido más joven, lo habría hecho.

—¿Puede escribir lo que voy a decirle, por favor? —le pedí a Joguye Cham.

—Espere un momento —dijo. Luego, al cabo de unos instantes, dijo—: Adelante.

—Dígale que hay problemas en casa. Podría haber peligro. Dígale que no vaya allí antes de llamar a EttaMae. Y dígale que no tiene nada que ver con la conversación que tuvimos antes de irse. Son asuntos de negocios, y muy graves.

—Bien, ya lo tengo —dijo, y me lo leyó todo de nuevo.

Lo había apuntado todo bien. En su voz había un asomo de preocupación.

Colgué y di un profundo suspiro. Era toda la energía que podía gastar en Bonnie y Joguye. No tenía tiempo para estupideces.

Marqué otro número.

—Investigaciones Saul Lynx —respondió una voz de mujer.

Era la línea profesional de Saul, en su casa.

—¿Doreen?

—Hola, Easy. ¿Cómo estás?

—Si las cosas buenas fueran peniques yo no podría comprarme ni un chicle.

Doreen tenía una bonita risa. Casi veía sus bellos rasgos marrones iluminarse con aquella sonrisa suya.

—Saul está en San Diego, Easy —dijo. Y luego, más seria—: Me ha contado lo de Feather. ¿Cómo está?

—La hemos llevado a una clínica en Suiza. Lo único que podemos hacer ahora es esperar.

—Y rezar —me recordó.

—Tienes que darle un recado a Saul, Doreen. Es muy importante.

—¿De qué se trata?

—¿Tienes lápiz y papel?

—Aquí mismo.

—Dile que el caso Bowers se ha puesto muy feo, mucho, y que tuve una visita de Adamant y que ha venido un hombre que... Bueno, simplemente, dile a Saul que tengo que hablar con él enseguida.

—Se lo diré cuando me llame, Easy. Espero que todo vaya bien.

—Yo también.

Apreté el botón con el pulgar y el teléfono sonó debajo de mi propia mano. En realidad, primero vibró y luego sonó. Lo recuerdo porque me hizo pensar en el mecanismo del teléfono.

—¿Sí?

—Papá, ¿qué pasa? —me preguntó Jesus—. ¿Está bien Feather?

—Sí, está bien —dije, contento de dar al menos una buena noticia—. Pero tienes que irte de Catalina ahora mismo, y bajar a ese sitio en el que fondeas cerca de San Diego.

—Vale. Pero ¿por qué?

—Me he tropezado con un chico malo y sabe dónde vivimos. Bonnie y Feather están a salvo en Europa, pero no sé si ha entrado en casa y ha leído la nota de Benny. Así que ve a San Diego y no vuelvas a casa hasta que yo te lo diga. Y no le digas a nadie adónde vas, a nadie.

—¿Necesitas ayuda, papá?

—No. Sólo necesito tiempo. Y si tú bajas adonde te digo, lo tendré.

—¿Llamo a EttaMae si necesito hablar contigo?

—Ya sabes lo que hay que hacer.

Desconecté el contestador para que Cicerón no pudiese oír mis mensajes si entraba. Luego salí del edificio por una entrada lateral poco concurrida y di la vuelta a la manzana para llegar hasta mi coche. Me alejé de allí y fui directo al bar Cox.

Ginny me dijo que el Ratón no había aparecido por allí aquel día, y por tanto era probable que llegase pronto. Tomé asiento en el rincón más oscuro, con una Pepsi.

Los moradores del bar Cox entraban y salían. Hombres serios, y de vez en cuando, alguna mujer desdichada. Entraban silenciosamente, bebían, luego se iban. Se sentaban encorvados en las mesas, murmurando secretos vacíos y recordando tiempos que no habían sido, en absoluto, tal y como ellos los recordaban.

En otras ocasiones yo me había sentido superior a ellos. Yo tenía trabajo, una casa en el oeste de Los Ángeles, una novia guapa que me quería, dos hijos maravillosos y un despacho. Pero ahora lo había perdido todo.

Todo. Al menos, la mayoría de la gente del bar Cox tenía un lecho donde dormir, y alguien que les soportaba.

Al cabo de una hora esperando me di por vencido y me fui en mi Chevy trucado.

EttaMae y el Ratón tenían una casita muy bonita en Compton. El jardincito iba subiendo hacia el porche, donde tenían un banco acolchado y una mesa de secuoya. Por las noches se sentaban fuera, comían codillo y saludaban a sus vecinos.

El color sepia de la piel de Etta, su cuerpo grande, su rostro encantador y su mirada de acero siempre representarían mi ideal de belleza. Ella salió hasta la mosquitera cuando llamé. Sonrió de tal forma que supe que el Ratón no estaba en casa. Y es que ella sabía, y yo sabía también, que si no hubiese existido Raymond Alexander, ella y yo estaríamos casados y tendríamos media docena de hijos ya mayorcitos. Yo siempre fui el segundo de la lista.

De joven, aquél era mi gran pesar.

—Hola, Easy.

—Etta.

—Vamos, entra.

El vestíbulo de su pequeña casita era también el comedor.

Había muchos papeles encima de la mesa y ropas colgadas en el respaldo de las sillas.

—Perdona el desorden, cariño. Estoy haciendo la limpieza de primavera.

—¿Dónde está el Ratón, Etta?

—No lo sé.

—¿Cuándo le esperas?

—Pues no dentro de poco.

—¿Se ha ido a Texas?

—No sé adónde ha ido... después de echarle de una patada en el culo.

No estaba preparado para oír aquello. De vez en cuando, Etta echaba al Ratón de casa. Nunca había sabido por qué. No era por nada que él hubiese hecho, ni por algo que ella sospechase. Era casi como si la limpieza de primavera incluyese también echar de casa a un hombre.

El problema era que yo necesitaba a Raymond, y si se había ido de casa, podía estar en cualquier sitio.

—Hola, señor Rawlins —dijo un hombre desde la puerta interior que daba al comedor.

El hombre blanco era alto, y aunque tenía ya treinta y tantos años, su rostro correspondía a un muchacho de apenas veinte. Ojos azules, cabello rubio, y la piel más blanca imaginable... Era Peter Rhone, a quien yo había librado de una acusación de asesinato después de los disturbios que arrasaron Watts. Había conocido a Etta en el funeral de una joven negra, Nola Payne, que fue su amante. La áspera Etta-Mae se había sentido tan conmovida por el dolor que mostraba aquel hombre blanco por la pérdida de una mujer negra que se ofreció a cuidar de él.

Su mujer le había dejado. No tenía a nadie.

Llevaba unos vaqueros y una camiseta, y su rostro era el más triste que podía tener un hombre.

—Hola, Pete. ¿Cómo te va?

Él suspiró y meneó la cabeza.

—Intento superarlo —dijo—. Probablemente volveré a estudiar, mecánica o algo así.

—Tengo un amigo que vive en una casa que es mía, en la Ciento Dieciséis —dije—. Se llama Primo. Es mecánico. Si se lo pido, seguro que te enseñará los trucos del oficio.

Rhone era vendedor, y hacía corretaje de contratos publicitarios con empresas que no tenían despacho en Los Ángeles. Pero ahora tenía una nueva vida, o al menos la vieja había terminado, y esperaba en el porche de Etta a que la nueva apareciese por fin.

—No te lleves al chico tan rápido, Easy —dijo Etta—. Ya sabes que se gana la vida trabajando aquí en la casa.

Peter sonrió entonces. Vi que le gustaba mucho seguir en el porche trasero de EttaMae.

—¿Sabes dónde puedo encontrar al Ratón? —pregunté.

—No —dijo Etta.

Peter negó con la cabeza.

—Bueno, pues nada. Tengo que encontrarle; si llama, decídselo. Y si llaman Bonnie o Jesus, diles que sigan alejados hasta que yo les diga que pueden volver.

—¿Qué está pasando, Easy? —preguntó Etta, suspicaz de pronto.

—Sólo que necesito una ayudita para una cosa.

—Ten cuidado —dijo ella—. Le he echado de casa, pero eso no significa que le quiera ver en un ataúd.

—Etta, ¿cómo puedes imaginar que alguien como yo sea una amenaza para él? —le pregunté, aunque una vez casi hice que matasen a su hombre.

—Tú eres el hombre más peligroso de cualquier habitación en cuanto entras en ella, Easy —dijo ella.

No discutí aquella afirmación porque sospechaba que podía tener razón.

28

Había un lugar llamado Hennie's en la calle Alameda, en el corazón de Watts. Estaba en el tercer piso de un edificio que ocupaba una manzana entera. Aquel edificio, en tiempos, albergó una tienda de muebles, pero los disturbios casi acabaron con sus existencias. Hennie's no era un bar ni un restaurante; no era un club ni una hermandad privada tampoco, pero era todas y cada una de esas cosas y más aún en diferentes momentos de la semana. Tenía una cocina en la parte de atrás y mesas redondas plegables en el vestíbulo. Una noche, Hennie's podía albergar un recital de alguna diva de la iglesia, procedente del coro local; más tarde, aquella misma noche, podía haber una timba de póquer con altas apuestas para tahúres procedentes de Saint Louis. Había fiestas de despedida para hombres mayores que se jubilaban, y también lotería clandestina. Era una sala multiuso para una clientela exclusiva.

Nunca se iba a Hennie's a menos que se estuviera invitado. Al menos, yo nunca lo hice. Para algunas personas la puerta siempre estaba abierta. El Ratón era uno de ellos.

Marcel John estaba de pie en la puerta del callejón que daba a las escaleras que conducían a Hennie's. Marcel era un hombretón grande, con el físico de un peso pesado y la cara de una viejecita. Su rostro mostraba una amabilidad triste, pero yo sabía que había matado a media docena de hombres por asuntos de dinero antes de venir a trabajar para Hennie.

Llevaba un traje de lana marrón pasado de moda, con una cadena de oro bien visible. Una flor de color morado caía mustia en su solapa.

—Marcel —dije como saludo.

Él levantó la cabeza apenas un centímetro como saludo, contemplándome con aquellos ojos suyos acuosos de abuelita.

—Busco al Ratón —dije.

Había pronunciado tantas veces aquellas mismas palabras en mis cuarenta y seis años de vida que podían ser ya como un conjuro.

—No está aquí.

—Es él quien me necesita a mí.

Las enormes aletas de la nariz de Marcel se ensancharon más aún intentando adivinar el sentido de mi frase. Aspiró aire con intensidad y luego asintió. Pasé junto a él por la estrecha escalera que subía, sin dar un solo giro, hasta la entrada del tercer piso, al otro lado del edificio.

Cuando me acercaba al piso superior, la puerta de ébano se abrió y salió Bob *el Bautista* a saludarme.

La piel de Bob *el Bautista* era como de oro oscurecido. Sus rasgos no eran ni caucásicos ni negroides. Quizá su abuela hubiese sido esquimal, o alguna deidad hindú. Bob siempre sonreía. Y yo sabía que si no hubiese recibido la señal de Marcel, me habría esperado allí dispuesto a dispararme en la frente.

—Easy —dijo Bob—. ¿Qué asunto te trae por aquí, hermano?

—Busco al Ratón.

—No está aquí.

Bob, que llevaba unos pantalones blancos sueltos y una camisa azul recta levantó un hombro como diciendo: «bueno, hasta luego».

—Él me necesita —dije, sabiendo que ni siquiera los fatuos empleados de Hennie osarían interponerse en el camino de Raymond Alexander.

Tuvo que dejarme entrar, aunque no le gustara.

—¿Vas armado? —preguntó. La mueca endiosada había desaparecido de sus labios.

—Sí, así es —afirmé.

Aspiró por la nariz calibrando si yo representaba o no una amenaza, decidió que no era así y se desplazó a un lado.

Hennie's era una enorme habitación que ocupaba todo el piso. Estaba vacío aquel día. Al pasar desde el puesto de Bob hasta el otro lado, mis pisadas hicieron eco anunciando que me acercaba.

Hennie estaba sentado en una pequeña mesa redonda situada junto a la pared más alejada. A su lado tenía una copita de brandy y el *Los Angeles Examiner* abierto en la página de deportes. Un cigarro a medio fumar se iba consumiendo en un cenicero de cristal tallado.

Era un tipo muy atildado que vestía un traje azul oscuro, una camisa de raso de color blanco roto y una corbata roja sujeta con una aguja de perla. La camisa era tan brillante que parecía resplandecer sobre su pecho. Llevaba el cabello muy corto y la piel era tan negra como mis zapatos.

Levantó la vista y me miró.

—Estoy leyendo el periódico —dijo, sin ofrecerme asiento.

—¿Has visto al Ratón por aquí? —Saqué mi paquete de Parliaments y un cigarrillo que procedí a encender.

—Raymond no me ha dejado ningún mensaje para ti, Easy Rawlins.

—El mensaje es para él —dije yo.

Finalmente acabó de levantar la vista.

—¿Y qué es? —Los ojos de Hennie no brillaban en absoluto, dando la impresión de que había visto cosas tan malas que toda su esperanza había muerto.

—Es sólo para el Ratón —dije.

Hennie me miró unos segundos y luego llamó en voz alta:

—¡Melba!

—Sí, Papi —le contestó una voz de mujer de tono agudo.

Ella se asomó por la puerta, a unos tres metros de distancia.

—Tráeme el teléfono.

—Sí, Papi.

Melba se llevaba muy bien con aquella pandilla. Tenía la piel del color del plátano macho, un castaño rojizo. Sus pechos eran pequeños, pero el culo era bastante grande. Se balanceaba precariamente sobre unos tacones altos que casi parecían zancos. El vestido negro le llegaba hasta medio muslo, y andaba con un movimiento circular, de tal modo que parecía que bailaba.

Trajo un teléfono negro con un cordón extremadamente largo. Si hubiese querido, hubiese podido llevar aquel teléfono hasta la mismísima silla de Bob *el Bautista*.

Ofreció el teléfono a Hennie.

Él declinó el ofrecimiento y dijo:

—Llama a Raymond.

Ella hizo lo que le ordenaban, aunque parecía tener algunas dificultades para mantener el equilibrio y marcar al mismo tiempo.

Los momentos iban pasando.

—¿Señor Alexander? —exclamó, con su vocecilla infantil—. No cuelgue, tengo a Papi en la línea.

Tendió el receptor a Hennie. Él lo tomó, mirándome a la frente al mismo tiempo.

—¿Raymond...? Aquí está Easy Rawlins, que dice que tú quieres verle... Ajá... Ajá... ¿Lo tienes cubierto con Julius...? Muy bien entonces. Ya hablaremos.

Tendió el receptor de nuevo a Melba y ella se alejó contonéandose.

—¿Conoces la funeraria de Denker? —me preguntó Hennie.

—¿Powell?

—Sí.

—Hay una casa roja en la puerta de al lado que da a un garaje. Raymond está en el apartamento que hay encima.

—Gracias —dije, dando una intensa calada.

—Y no vuelvas a venir por aquí si yo no te lo pido —añadió.

—¿Me estás diciendo que si busco a Raymond no te pregunte? —le dije, inocente.

Y Hennie crispó el rostro. Me gustó aquello. Me gustó mucho.

Salí de Hennie's y me fui al coche. Fui hasta la funeraria Powell y bajé por la acera hasta la puerta roja de la parte trasera. Pero allí me detuve. La puerta estaba abierta de par en par y las escaleras me estaban pidiendo que subiese. Había poca luz, y el mundo a mi alrededor se estaba fundiendo lentamente en gris. Ir a ver al Ratón por aquel problema causaría problemas a su vez. Sin exagerar, el Ratón era una de las personas más peligrosas sobre la faz de la Tierra.

Así que me detuve a pensar.

Pero no tenía elección.

Sin embargo, subía los escalones de uno en uno.

La puerta del apartamento estaba medio abierta. Era mala señal. Oí voces de mujer en el interior. Se reían y susurraban.

—¿Raymond? —dije.

—Vamos, entra, Easy.

El salón era del tamaño de un camarote de clase turista en un transatlántico. El único lugar donde poder sentarse cómodamente era un sofá de peluche rojo. El Ratón estaba en el cojín central, y dos mujeres grandes y llenas de curvas habían ocupado ambos lados.

—Bueno, bueno, bueno. Aquí llegas al fin. ¿Dónde has estado?

—Metiéndome en problemas —le dije.

El Ratón sonrió.

—Ésta es Georgette —dijo, agitando una mano hacia la mujer de su derecha—. Georgette, éste es Easy Rawlins.

Ella se puso de pie y me tendió la mano.

—Hola, Easy. Encantada de conocerte.

Era alta para ser una mujer, casi metro ochenta; color corteza de árbol. Todavía no había cumplido los veinticinco, y por eso el peso que llevaba encima parecía desafiar el tirón de la gravedad. A pesar de su tamaño, la cintura era esbelta, pero no era ésa su característica más llamativa. Georgette tenía un aroma de lo más asombroso. Era como el olor de una hectárea de tomateras... terrenal y cáustico. Cogí su mano y me la llevé a los labios para poder acercar más mi nariz a su piel.

Ella lanzó una risita y yo recordé que estaba soltero.

—Y ésta es Pinky —dijo el Ratón.

El cuerpo de Pinky era similar al de su amiga, pero era de piel mucho más clara. No se levantó, sólo me tendió la mano y me dirigió una media sonrisita.

Yo me agaché junto a la mesita que había al lado del sofá.

—¿Qué tal estáis todos? —les pregunté.

—Dispuestos a montar una fiestecita esta noche... ¿verdad, chicas? —preguntó el Ratón.

Ambas se echaron a reír. Pinky se inclinó hacia delante y dio a Raymond un beso intenso. Georgette me sonrió y movió el culo en el sofá.

—¿Y a ti qué tal te va, Easy? —preguntó el Ratón.

Planeaba una fiestecita sólo para él y las dos mujeres. En cualquier otro momento yo habría puesto cualquier excusa y me habría batido en retirada rápidamente. Pero no tenía tiempo que perder. Y sabía que tenía que explicar al Ratón por qué no colaboraba con él en el atraco, antes de pedirle ayuda.

—Tengo que hablar contigo, Ray —dije, esperando que él me dijera que tenía que esperar hasta el día siguiente.

—Muy bien —dijo—. Chicas, debemos tener buenas bebidas para la fiesta. ¿Qué tal si vais a Licores Victory, en Santa Barbara, y compráis un poco de champán?

Buscó en el bolsillo y sacó doscientos dólares en billetes.

—¿Por qué tenemos que ir tan lejos? —se quejó Pinky—. Hay una tienda ahí justo en esta calle...

—Vamos, Pinky —dijo Georgette, levantándose de nuevo—. Estos caballeros tienen que tratar de algunos negocios antes de la fiesta.

Cuando pasaba junto a mí, Georgette me tendió de nuevo la mano, esta vez con la palma hacia arriba. Besé aquella palma como si fuese la mano de mi madre, que se me acercaba desde el pasado lejano. Ella tembló. Yo también.

El Ratón había matado a hombres por ofensas menores, pero en mi estado de ánimo, el peligro era una posibilidad a la cual renunciaba.

Cuando las mujeres se fueron yo me volví hacia Raymond, que me sonreía.

—Eres un perro —me dijo.

29

Lo siento por el trabajo, Ray.

Me dirigí hacia el sofá. Él se apartó a un lado para dejarme sitio.

—No importa, Easy. Sabía que no era para ti aquel asunto. Pero querías dinero, y esos sindicatos de Chicago han sido mi gallina de los huevos de oro.

—¿Te he causado algún problema con ellos?

—No me van a tocar las pelotas —dijo el Ratón, desdeñoso.

Se echó atrás y expulsó una nube de humo hacia el techo. Llevaba una camisa de raso granate y unos pantalones amarillos.

—Y entonces, ¿qué problema hay? —pregunté.

—¿Qué quieres decir?

—No lo sé. ¿Por qué has hecho que se fueran las chicas?

—Estaba cansado de todos modos. ¿Quieres que nos vayamos?

—¿Y qué pasará con Pinky y Georgette?

—No sé. Mierda... Lo único que quieren es echarse unas risas y beberse mi alcohol.

—¿Quieres hablar?

—Ya no hay nada por lo que reír.

Viviendo mi vida me he dado cuenta de que todo el mundo tiene que hacer distintas tareas. Está el trabajo que te da de comer, las responsabilidades hacia tus hijos, tus apetitos sexuales, y luego están los deberes especiales que cada hombre y mujer va asumiendo. Algunas personas son artistas o tienen intereses políticos; otros están obsesionados por coleccionar conchas o fotos de estrellas de cine. Uno de mis deberes especiales era evitar que Raymond Alexander cayese en un humor sombrío. Porque cuando perdía el interés por pasar un buen rato era probable que alguien, en alguna parte, muriese. Y aunque yo tenía negocios muy urgentes por mi parte, le hice una pregunta.

—¿Qué ocurre, Ray?

—¿Tú tienes sueños, Easy?

Me reí en parte por los sueños que tenía, y en parte para relajarle un poco.

—Pues claro. De hecho, los sueños me han estado martirizando mucho esta última semana.

—¿Sí? A mí también —Meneó la cabeza al ir a coger una botella de escocés de tres cuartos de litro que había a un lado del sofá rojo.

—¿Qué tipo de sueños?

—Yo era de cristal —dijo, después de beber un largo trago.

Me miró. Esa vulnerabilidad, esos ojos muy abiertos, en el rostro de otro hombre hubieran podido significar miedo.

—¿De cristal?

—Sí. La gente pasaba a mi lado y no me veía porque aunque notaban algo, no sabían lo que era. Y entonces tropezaba con una pared y se me caía el brazo.

—¿Se te caía? —exclamé, como un parroquiano repetiría la frase de un pastor, por puro y simple énfasis.

—Sí. Caído del todo. Intentaba cogerlo, pero la otra mano también la tenía de cristal y resbalaba. El brazo caía al suelo y se rompía en mil pedazos. Y la gente seguía pasando a mi lado sin verme.

—Mierda —dije.

Estaba asombrado no por el contenido, sino por la sofisticación del sueño del Ratón. Siempre había pensado que el diminuto asesino era un bruto carente por completo de pensamientos sofisticados o de imaginación. Nos conocíamos desde que teníamos diez años, y hasta entonces no había visto aquella otra faceta suya.

—Sí —gorjeó el Ratón—. Di un paso y se me rompió el pie. Me caí al suelo y me rompí en pedazos. Y la gente me pasó por encima y me fue triturando hasta hacerme polvo.

—Eso es muy fuerte, tío —dije, sólo para mantener la conversación.

—Y no es todo —exclamó—. Entonces, cuando estaba ahí hecho polvo, vino el viento y se me llevó volando por los aires. Estaba por todas partes. Lo veía todo. Tú y Etta estabais casados, y LaMarque te llamaba papá. Otras personas llevaban mis joyas y conducían mi coche. Y yo seguía ahí, pero nadie podía verme ni oírme. Y a nadie le importaba.

En un momento de repentina intuición, me di cuenta de la lógica que se escondía detrás del periódico destierro del Ratón por parte de Etta. Ella sabía que él la necesitaba muchísimo, pero que no se daba cuenta de ello, y le había echado para que tuviese aquellos sueños. Entonces, cuando él volviese de nuevo, sería más agradable y apreciaría mejor su valía... sin darse cuenta exactamente del motivo.

—¿Sabes, Easy? —dijo—. He estado con dos mujeres cada noche desde que me separé de Etta. Y todavía puedo durar toda la noche. Hago que las chicas acaben hablando en idiomas que ni siquiera sabían. Pero me despierto en la cama de otras mujeres preguntándome cómo estará ella.

—Quizá deberías darle otra oportunidad a Etta —sugerí—. Sé que ella te echa de menos.

—¿Ah, sí? —me preguntó, con toda la inocencia del niño que nunca fue.

—Pues sí señor —dije yo—. La he visto hoy mismo.

—Bueno —dijo entonces el Ratón—. Quizá la haga esperar un par de días más y luego le dé otra oportunidad.

Dudaba de que el Ratón relacionase el sueño que había tenido con Etta, aunque ella había aparecido con gran facilidad en la conversación. Pero vi que se encontraba mejor por el momento. La perspectiva de volver a casa había mejorado su estado de ánimo sombrío.

Durante un rato me regaló con las historias de sus proezas sexuales. No me importó. El Ratón sabía contar historias muy bien, y yo tenía que esperar a pedirle mi favor.

Media hora después, la puerta de abajo dio un golpe contra la pared y las chillonas mujeres iniciaron su escandaloso ascenso por las escaleras.

—Será mejor que me vaya, Ray —dije—. Pero necesitaré tu ayuda mañana por la mañana.

Me puse en pie.

—Quédate, Easy —dijo él—. Le gustas a Georgette, y Pinky se pone muy celosa cuando tiene que compartir. Quédate, hermano. Y luego, por la mañana, nos ocuparemos de tus problemas.

Antes de que pudiese decir que no, las mujeres aparecieron en la puerta.

—Hola, Ray —dijo Pinky. Llevaba dos botellas de champán bajo cada brazo—. Hemos traído una botella para cada uno.

Georgette se iluminó cuando vio que yo todavía estaba allí. Se apoyó en la mesa frente a mí y me puso las manos en las rodillas.

Raymond sonrió y yo meneé la cabeza.

—Tengo que irme —insistí.

Pero la noche fue pasando y yo seguía allí. No tenía ningún sitio adonde ir. El Ratón descorchó tres tapones y las damas se rieron mucho. Era un gran cuentista. Yo raramente le había oído contar la misma historia dos veces.

Después de la medianoche, Pinky empezó a besar a Ray en serio. Georgette y yo estábamos en el sofá con ellos, sentados muy juntos. Hablábamos entre nosotros, susurrábamos en realidad, cuando Georgette levantó la vista y dio un respingo.

Me volví y vi que Pinky le había sacado la polla a Ray de los pantalones y estaba trabajándosela vigorosamente. Él se echaba hacia atrás con los ojos cerrados y una gran sonrisa en los labios.

—Vamos a la otra habitación para tener un poco de intimidad —me susurró Georgette al oído.

El dormitorio era también muy pequeño, sólo lo suficientemente grande para que cupiese una cama de buen tamaño y una solitaria cajonera de arce.

Cerré la puerta y cuando me volví para enfrentarme a Georgette, ella me besó. Fue un beso muy apasionado, más de lo que había experimentado nunca. Nuestras lenguas hablaban entre sí. Ella me decía que yo tenía toda su atención, y todo lo que estaba en su mano darme. Y yo le decía que necesitaba desesperadamente a alguien que me diese vida y esperanza.

Metí mi mano bajo su blusa color coral y apoyé la palma caliente en la base de su cuello. Ella gimió y también gimió Pinky en la habitación de al lado.

Georgette fue hacia la lámpara y la apagó.

—Vuelve a encenderla —dije yo.

Lo hizo.

Me senté en la cama y ella se puso de pie entre mis rodillas. Entonces empecé a desabrochar los botones de su blusa. Ella estaba quieta, respirando con rapidez mientras yo le quitaba la blusa de seda y la arrojaba al suelo. Luego se movió intentando sentarse junto a mí, pero yo la cogí por un brazo dejándole bien claro que debía quedarse donde estaba. Me acerqué más a ella y pasé los brazos a su alrededor para desabrochar el sujetador negro que llevaba.

Sus pezones eran largos y estaban duros. Los chupé ligeramente y ella me sujetó la cabeza y la movió para demostrarme cómo quería que se moviera mi lengua.

La minifalda negra estaba muy apretada en torno a su trasero y al bajársela mientras le besaba los duros pezones bajé también la braguita rosa. Su vello púbico era poblado y denso. Enterré la cara en él para absorber todo aquel intenso aroma a tomatera. Si había tenido en algún momento la idea de detenerme, se había evaporado ya.

Georgette era una mujer corpulenta. Y aunque su cintura era esbelta, el vientre sobresalía un poco. Su ombligo era un agujero hondo, oscuro, destacando en su piel ya oscura de por sí. Introduje curiosamente la lengua en su interior. Ella dio un respingo y saltó hacia atrás, cogiéndose el estómago con ambas manos.

—Vuelve aquí —dije.

Georgette meneó la cabeza con una mirada suplicante en el rostro.

Pinky empezó a chillar en la habitación de al lado.

—Vuelve —dije de nuevo.

—Es demasiado sensible —protestó ella.

Tendí una mano y ella me dejó que la atrajera hacia mí. Yo la coloqué entre mis rodillas de nuevo y me desplacé lentamente hacia el vientre.

Aquella vez introduje la lengua hasta lo más hondo, de modo que en la punta podía notar la piel rugosa del fondo. Moví la punta de la lengua y ella tembló, sujetándose a mi cabeza en busca de apoyo.

Al cabo de unos segundos gritó:

—¡Para!

Aparté la cabeza y la miré a los ojos.

—Es como el comer para mí, Georgette —le dije—. ¿Lo comprendes? Como el comer.

Ella replicó apretando mi rostro contra su estómago. Mi lengua salió de nuevo y ella chilló.

Al cabo de otro minuto, ella apartó mi cara.

—¿Puedo echarme ahora, cariño? —me preguntó.

Yo me desplacé a un lado y ella se echó de espaldas.

Hicimos cosas aquella noche que nunca había hecho con ninguna mujer. Me hizo cosas que incluso ahora me hacen temblar de fervor y de humillación.

Nos dormimos el uno en brazos del otro, besándonos todavía, acariciándonos aún.

Pero cuando me desperté de golpe, me encontré solo.

Busqué el lavabo y luego volví a tientas al salón. El Ratón estaba echado en el sofá, desnudo, con las manos cruzadas encima del pecho como un rey muerto al que exponen para que el público exprese su duelo. Pinky había desaparecido.

30

Al notar que aparecía yo, el Ratón se despertó de su sueño. Abrió los ojos y frunció el ceño. Luego se sentó y movió la cabeza en círculo. Los huesos de su cuello crujieron audiblemente.

—Buenos días, Easy.

—Ray.

—¿Se han ido las chicas?

—Supongo.

—Bien. Ahora vamos a ocuparnos de algunos asuntos y no podemos perder el tiempo con ellas.

Se puso de pie y se dirigió al lavabo a trompicones.

Yo me senté y me quedé dormido allí mismo.

La cadena del váter me despertó de golpe.

Cuando Raymond volvió, se puso los pantalones negros y una camiseta negra: su «ropa de trabajo».

—Aquí no hay cocina —dijo—. Si quieres café, hay que ir a Jelly, en esta misma calle.

—¿A qué hora abren? —pregunté.

—¿Qué hora es?

—Las cinco y veinte.

—Vamos.

Fuimos andando unas pocas manzanas hasta Denker. El sol era una promesa color carmesí detrás de los montes de San Bernardino.

—¿Qué tenemos, Easy? —me preguntó el Ratón cuando estábamos a mitad de camino del puesto de donuts.

—Un hombre de Frisco me contrató para encontrar a una chica negra llamada Canela. Fui a casa de su novio y lo encontré allí muerto.

—Mierda —exclamó el Ratón—. ¿Muerto?

—Sí. Entonces volví a L.A. y encontré a la chica, pero ella me contó que había un tipo con chaqueta de piel de serpiente que creía que quería matarla. Ese mismo día, un tipo con chaqueta de piel de serpiente fue a preguntar por mí a mi casa.

—¿Y encontró a Bonnie y los niños?

—Ella y Feather están en Suiza y Jesus está fuera con el barco —decidí no mencionar que la ex novia de Ray estaba con mi hijo.

—Bien.

—Así que el tipo ese apareció en mi despacho. Dice que se llama Joe Cicerón. Es un asesino despiadado, lo vi en sus ojos. Amenazó a mi familia.

—¿Y te peleaste con él?

—Saqué el arma que tú me diste y el tío se fue.

—¿Por qué no le disparaste?

—Porque había otras personas por allí. No creo que mintieran para salvarme.

El Ratón se encogió de hombros sin mostrarse de acuerdo ni en desacuerdo con mi lógica. Habíamos llegado al bar. Abrió la puerta de cristal y yo le seguí al interior.

El bar Jelly era un mostrador largo frente al cual se encontraban una docena de taburetes anclados a un suelo de cemento. Detrás del mostrador había ocho estantes inclinados largos iluminados por fluorescentes. Los estantes estaban llenos de donuts de todas clases.

Una mujer negra estaba detrás del mostrador fumando un cigarrillo y mirando al infinito.

—Millie —la saludó el Ratón.

—Señor Alexander —respondió ella.

—Café para mí y para mi amigo... —Se sentó junto a la puerta y yo a su lado—. ¿Qué tomarás tú, Ease?

—Relleno de limón.

—Dos de limón y dos de leche —dijo el Ratón a Millie. Ella ya nos estaba sirviendo los cafés en unos vasos de papel grandes.

Yo necesitaba la cafeína. Me parecía que Georgette y yo no nos habíamos dormido hasta después de las tres.

Llegaron nuestros donuts. Encendimos unos cigarrillos y nos bebimos el café. Millie nos rellenó los vasos y luego se desplazó hasta el extremo más alejado del mostrador. Me pareció que estaba acostumbrada a dejar intimidad a mi amigo.

—Gracias por hablar conmigo anoche, Easy —dijo el Ratón.

—Claro. —No estaba acostumbrado a recibir gratitud por su parte.

—¿Cómo se deletrea el nombre de ese tío?

—El romano es ce, i, ce, e, erre, o, ene; pero éste no me lo deletreó.

—Voy a llamar desde un teléfono que hay en la parte de atrás y hacer unas averiguaciones —dijo—. Tú quédate aquí.

—Un poco temprano para ir llamando a la gente, ¿no crees?

—Para un hombre que trabaja por cuenta de otro, sí. Pero alguien que trabaja por su cuenta se levanta cuando canta el gallo. —Y sin decir más, se dirigió hacia la parte trasera de la tienda y entró por una puerta verde.

Me quedé allí sentado fumando y pensando en Joe Cicerón. Realmente, no tenía sentido que trabajase para Lee. ¿Por qué me iba a despedir éste y luego poner a un hombre que me siguiera? Pero parecía haber un enfrentamiento entre Lee y su ayudante. Quizás ella había puesto a Cicerón en mi busca. Pero ¿por qué no dejarme seguir trabajando para Lee y que les llevase toda la información que obtuviese? Ella era mi único contacto con aquel hombre.

Una brisa fresca sopló a mi espalda. Me volví y vi entrar a un anciano negro. Sus ropas estaban arrugadas, como si hubiese dormido con ellas puestas, y desprendía un olor a polvo al pasar. Se sentó a dos asientos de distancia de mí e hizo un gesto a Millie (que no sonreía nunca) y murmuró su petición.

Yo apagué el cigarrillo y pensé en Haffernon. Quizás hubiese contratado él a Cicerón. Podía ser. Era un hombre poderoso. Y luego estaba Philomena. Pero ella decía que tenía miedo del asesino de la piel de serpiente. Eso me hizo sonreír. El día que empezase a creerme lo que me contara la gente probablemente sería el día de mi muerte.

El hombre que estaba cerca de mí le dijo algo a la camarera. «Hace buen día», creo.

¿No había dicho algo Philomena acerca de un primo? Y por supuesto, estaba también Saul. Quizás él supiese algo más de lo que estaba ocurriendo. Quizás él hubiese encontrado algo y estuviese intentando dejarme a un lado. No. Saul no. Al menos, todavía no.

—Hay festival allá en Watts. —Oí decir al hombre a Millie. Ella no respondió o quizá susurró su respuesta, o sólo afirmó con la cabeza.

Por supuesto, cualquiera que estuviese implicado en el asunto de Egipto podía haber contratado a Cicerón. Cualquiera que estuviese interesado en aquellos bonos al portador.

—Así que tienes demasiados humos para hablar conmigo, ¿eh? —estaba diciendo aquel hombre a Millie.

Su ira captó mi atención, y por tanto miré hacia ellos.

Millie estaba en el extremo más alejado del mostrador, y el hombre arrugado me miraba.

—¿Perdón? —le dije.

—¿Demasiados humos para hablar? —me preguntó.

—No sabía que estaba hablando conmigo, buen hombre —le dije—. Pensaba que hablaba con la señorita.

—Bah —dijo él, sin responder—. Yo he pasado mucho tiempo en el mar con hombres de todas clases. Sólo porque mi ropa sea vieja no significa que sea sucio.

—No quería decir eso... Es que estaba pensando.

—En la Marina Mercante yo he visto de todo —decía él—. Guerras, motines, y tanto dinero como para ahogar a un elefante. Tengo hijos por todo el mundo. Por Guinea y Nueva Zelanda. Tuve una mujer en Noruega, blanca como la porcelana y tan guapa que te haría llorar.

Mi mente estaba bien dispuesta para asombrarse. Sencillamente, trasladé mis pensamientos a aquel hombre y todos sus hijos y todas sus mujeres.

—Easy Rawlins —le dije. Y le tendí la mano.

—Briny Thomas —me cogió la mano y la sujetó mientras me escrutaba los ojos—. Pero ¿sabe cuál es la cosa más importante que he aprendido en todos mis viajes?

—¿Cuál es?

—La única ley que importa es ser fiel a lo tuyo. Tienes que aferrarte a lo que crees que es justo, y cuando llegue el día, te sentirás satisfecho.

El Ratón ya salía por la puerta verde.

Aparté mi mano de la de Briny.

Raymond se situó entre los dos.

—Vaya al asiento siguiente, hombre —le dijo al de la Marina Mercante—. Vamos.

El viejo sabía calibrar bien a las personas. Ni siquiera vaciló un momento; cogió su café y se desplazó cuatro asientos más allá.

—Tenías que haber matado a ese hijoputa, Easy. Tenías que haberlo matado.

—¿Cicerón?

—Mi gente me dice que es un mal hombre... un hombre muy, muy malo. Dicen que es un asesino. Trabajaba para el gobierno, dicen, y luego se puso por su cuenta.

El Ratón estaba con el ceño fruncido mientras me hablaba de Cicerón, pero luego, repentinamente, sonrió.

—Pero todo irá bieeeeen. Un tío como ése consigue que uno demuestre de qué está hecho.

—De carne y hueso —dije.

—Eso no basta, hermano. Necesitarás también algo de hierro y pólvora, y quizás un poco de suerte para salir adelante con un hijoputa como ése.

Raymond estaba feliz. El desafío de Joe Cicerón le hacía revivir. Y debo decir que yo tampoco estaba demasiado preocupado. No es que me tomase a la ligera a un asesino entrenado por el gobierno. Pero tenía otras cosas que hacer, y mi supervivencia no era lo más importante de la lista. Si moría salvando a Feather, el trato valdría la pena. Así que sonreí como mi amigo.

Por encima de su hombro, vi a Briny levantar su café como para brindar.

Ese gesto también me dio confianza.

31

Después de seis tazas de café, cuatro donuts por persona y medio paquete de cigarrillos, volvimos al picadero del Ratón. Entonces él se quedó en el dormitorio y yo me eché en el sofá. Faltaba poco para las siete.

No me levanté hasta casi las once.

Dormí muy bien. Para empezar, no había luz en aquel salón pequeño como un camarote, y el sofá era suave pero firme, relleno de espuma de goma. Nadie sabía dónde estaba yo, y tendría al Ratón como compañero cuando finalmente tuviera que salir al mundo. Debía creer que los médicos de Feather la mantendrían con vida, y Bonnie no aparecía en absoluto en mis pensamientos. No es que tuviera ya superado lo suyo, sólo que había demasiado follón en mi vida para que mi corazón se centrase en ella.

Bonnie era un problema que tendría que resolver más tarde.

Mientras me vestía, oí la cadena del váter. El Ratón dormía más ligero que una manada de leones. Una vez me dijo que era capaz de oír a una hoja que pensaba en caer de un árbol.

Salió con una camisa azul de vestir y encima una chaqueta de espiguilla. Los pantalones eran negros. Fui al baño. Allí me afeité y me lavé el cuerpo con una manopla, porque el escondite del Ratón no tenía ni ducha ni bañera.

En la puerta, al salir, me preguntó:

—¿Vas armado?

—Tengo un 38 en el bolsillo, una Luger en el cinturón, y la 25 que me diste metida en el calcetín.

Me dirigió un gesto de aprobación y empezó a bajar por las escaleras.

En 1966 el centro de Los Ángeles era sobre todo de ladrillo y mortero, yeso y piedra. Había algunas torres de acero y cristal, pero más que nada eran los edificios rojos y marrones y más bajos los que albergaban la comunidad de negocios.

Tenía que recoger determinada información financiera y la mejor forma de hacerlo, me pareció, era a los pies del genio cobarde, Jackson Blue.

Jackson había dejado su trabajo en la oficina de Tyler Machines cuando acudió a resolver un problema de mantenimiento del grupo Proxy Nine Insurance, un consorcio internacional de aseguradores bancarios. Jackson fue a reparar su lectora de tarjetas de ordenador y luego (casi como quien no quiere la cosa, por lo que contaba él) modernizó todo el sistema que utilizaban para llevar los asuntos cotidianos. El presidente, Federico Bignardi, se sintió tan impresionado que le ofreció a Jackson doblar su salario y ponerle a cargo del nuevo departamento de proceso de datos.

Fui en mi coche hasta la distancia de una manzana más o menos del despacho de Jackson y entré en una cabina telefónica. Buscaba el número en las páginas blancas cuando el Ratón se asomó por la puerta.

—Easy —me dijo, como advertencia.

Yo miré a tiempo para ver el coche de policía que aparcaba junto a la acera.

Había encontrado el número de la empresa de Jackson pero sólo tenía una moneda. No metí la moneda pensando que quizá tuviese que hacer la llamada más tarde, desde la celda.

El otro motivo que me retuvo fue que tenía que prestar mucha atención a los acontecimientos que se iban desarrollando. Siempre existía la posibilidad de un tiroteo cuando uno mezclaba a Raymond Alexander y la policía en el mismo saco. Él les veía como el enemigo. Ellos le veían como el enemigo. Y ninguno de los dos bandos habría dudado en abatir al otro.

Cuando los dos policías blancos, de casi dos metros de alto (podrían haber sido hermanos) se dirigieron hacia nosotros, ambos con la mano en la culata de sus pistolas, no pude evitar pensar en la guerra fría que tenía lugar en el interior de las fronteras de Estados Unidos. La policía estaba a un lado, y Raymond y los suyos al otro.

Salí de la cabina telefónica con las manos bien visibles.

Raymond sonreía.

—Buenos días —dijo uno de los dos blancos. A mis ojos, sólo su bigote le distinguía de su compañero.

—Oficial —saludó el Ratón.

—¿Qué están haciendo por aquí?

—Llamar al señor Blue —dije yo.

—¿Al señor Blue? —exclamó el policía.

—Es un amigo nuestro —repliqué a su pregunta parcial—. Es experto en ordenadores, pero queríamos hacerle una consulta sobre bonos al portador.

—¿Bonos? —exclamó el policía con el labio desnudo.

—Pues sí —replicó el Ratón—. Bonos.

Tal y como lo dijo parecía algo peligroso y no unos simples documentos.

—¿Y qué quieren saber acerca de los bonos? —preguntó uno de los policías, no recuerdo cuál.

Yo tenía que conseguir que aquellos policías sintieran que Raymond y yo teníamos un motivo legítimo para estar en aquella cabina telefónica y en aquella esquina de la calle. La mayoría de los americanos no entendería por qué dos hombres bien vestidos tienen que explicar por qué están sin hacer nada en una calle pública. Pero la mayoría de los americanos no comprende el escrutinio al que se ha sometido a los negros desde los días en que nos arrastraron hasta aquí, encadenados. Aquellos dos policías se sentían plenamente autorizados para detenernos sin motivo alguno y sin garantía alguna. Creían que podían interrogarnos y registrarnos y arrastrarnos a una celda si existía la menor vacilación en la forma en que explicábamos nuestros asuntos.

A pesar de la urgencia de la situación, sentí en aquel momento que me quedaba un pequeño espacio para odiar lo que aquellos policías representaban en mi vida.

Pero podía odiarles todo lo que quisiera: aun así, seguía sin poder permitirme el lujo de desafiar su autoridad.

—Soy detective privado, oficial —dije—. Trabajo para un hombre llamado Saul Lynx. Tiene su oficina en La Brea.

—¿Detective? —exclamó Bigotes. Era el rey de las preguntas escuetas.

Saqué mi licencia del bolsillo de mi camisa. Al ver aquella autorización emitida por el estado, quedaron tan desconcertados que volvieron a su coche para hablar por la radio.

—¿Bonos? —preguntó el Ratón.

—Sí. El hombre que te dije había cogido unos bonos suizos. Quizá fuese dinero nazi. No lo sé.

—¿Cuánto dinero? —preguntó.

¿Por qué no le había hecho yo aquella pregunta a Canela? La única respuesta que se me ocurrió fue el beso de Canela.

Los policías volvieron y me devolvieron mi licencia.

—Hemos hecho las comprobaciones —dijo uno de ellos.

—Entonces, ¿podemos continuar? —pregunté.

—¿A quién están investigando?

—Es una investigación privada. No puedo hablarles de ella.

Y aunque no recuerdo con cuál de los dos policías hablaba, sí que recuerdo sus ojos. Había odio en ellos. Odio auténtico. Es una continua revelación llegar a comprender que lo único que puedes esperar, por tu propia dignidad, es el odio en los ojos de los demás.

—Blue —dijo Jackson cuando la telefonista de Proxy Nine le pasó mi llamada.

—Estoy aquí abajo con el Ratón, Jackson —dije—. Tenemos que hablar.

Noté su vacilación en el silencio de la línea. Suele ser la forma de actuar entre la gente pobre que finalmente ha conseguido salir de las penalidades y privaciones. Lo único que puede hacer alguno de tus antiguos amigos es empujarte de vuelta hacia abajo o dejarte seco. Si hubiese sido otro y no yo, él se habría inventado cualquier excusa. Pero Jackson tenía una deuda demasiado grande conmigo para hacer oídos sordos a mi llamada, a pesar de su ingrata naturaleza.

—En la McGuire Steak House, en Grant —dijo, con frases cortadas—. Nos reunimos allí a la una y cuarto.

Eran las 12.55. Raymond y yo fuimos andando hasta McGuire a paso tranquilo. Él estaba de buen humor ante la perspectiva de volver con Etta.

—¿No te importa que ese chico blanco se quede allí mientras tú no estás? —le pregunté cuando se acercaba el momento de nuestro encuentro.

—No, tío. Yo lo veo como el perrito que Etta no ha tenido nunca. Ya sabes... un perrito blanco.

Había algo muy feo en aquellas palabras y la forma en que las dijo. Pero la vida que nos había tocado vivir era muy fea.

Y

El maître frunció el ceño cuando entramos en el restaurante del segundo piso, pero cambió de actitud cuando mencionamos a Jackson Blue.

—Ah, el señor Blue —dijo, con ligero acento francés—. Sí, les está esperando.

Con un chasquido de los dedos captó la atención de una encantadora jovencita blanca que llevaba una minifalda negra y una camiseta.

—Son los invitados del señor Blue —dijo, y ella nos sonrió como si fuésemos primos lejanos suyos y nos viese por primera vez.

La puerta por la que nos condujo daba a un comedor privado ocupado por una mesa redonda en la que se podían sentar cómodamente ocho personas.

Jackson se puso de pie, nervioso, cuando entramos. Llevaba un elegante traje negro y las gafas sin graduar que, según aseguraba, le hacían parecer menos amenazador ante los blancos.

A mí no me cabía en la cabeza cómo alguien podía sentirse intimidado por Jackson. Era bajito y delgado, con una piel casi color azabache. Su boca siempre estaba dispuesta a sonreír y daba un salto al oír una simple puerta cerrarse. Pero desde el momento en que se puso aquellas gafas, todo el mundo en L. A. empezó a ofrecerle trabajos. Se me ocurrió que cuando se ponía las gafas se convertía en otra persona, con unos modales mucho más suaves. De todas maneras, ¿yo qué sabía?

—Jackson —le saludó el Ratón.

Jackson forzó la sonrisa y estrechó la mano del asesino.

—Ratón, Easy. ¿Cómo estáis, chicos?

—Con un hambre del carajo —dijo el Ratón.

—Ya he pedido —le tranquilizó Jackson—. Bistecs y vino Beaujolais.

—Estupendo, chico. Mierda, en ese banco te tratan bien.

—Es una compañía de seguros.

—Pero aseguran a los bancos, ¿no?

—Sí. Bueno, Easy. ¿Qué ocurre?

—¿Puedo sentarme primero, Jackson?

—Ah, sí, sí, sí, claro. Siéntate, siéntate.

La habitación también era redonda y con escenas pastoriles pintadas en las paredes. Pinturas al óleo auténticas, y un jarrón con rosas de seda en un pedestal junto a la puerta.

—¿Qué tal te va la vida, Jackson?

—Bien, supongo.

—Parece mejor que eso. Este sitio es muy bonito, y saben tu nombre en la puerta.

—Sí... supongo que sí.

Me di cuenta de que Jackson había estado conteniéndose, muy tenso. Su rostro estaba cansado y había rastros de dolor en torno a sus ojos y su boca.

—¿Qué te pasa, chico? —le pregunté.

—Nada.

—¿Es Jewelle?

—No, ella está bien. Ahora dirige un motel en Malibú.

—¿Pues qué es, entonces?

—Nada.

—Vamos, Jackson —dijo el Ratón entonces—. Easy y yo tenemos asuntos graves que resolver, así que dilo de una vez. Parece como si el médico te acabase de dar seis meses de vida.

Durante un momento pensé que el genio con gafas iba a derrumbarse y echarse a llorar.

—Es una cinta de ordenador —dijo.

—¿La has jodido o algo?

—No. O sea, que sí, que está jodido. Es la cinta TXT que me dejan en mi escritorio cada mañana a las tres y veinticinco.

—¿Qué es una cinta TXT? —le pregunté.

—Transmisión de transacciones de todo el mundo... transacciones financieras.

—¿Y qué pasa con ella?

—Proxy tiene cien bancos como clientes, sólo en Estados Unidos, y dos veces más en bancos europeos. Transfieren inversiones en acciones para clientes especiales por menos de lo que suele hacer un broker.

—¿Y qué pasa?

—Van desde trescientos mil a cuatro millones de dólares en transacciones cada día.

Al oír eso el Ratón soltó un largo silbido.

Jackson se puso a sudar.

—Sí —dijo—. Cada vez que miro esa cosa el corazón se me pone a cien. Es como si una chica con un culo de primera se quitara la ropa y se te metiera en la cama y luego dijese: «no pensarás aprovecharte de mí ahora, ¿verdad?».

El Ratón se echó a reír. Yo también.

—Escucha, Jackson —dije—. Tengo que preguntarte algo sobre unos bonos suizos al portador.

—¿De qué tipo?

Le di toda la información que había obtenido de Canela.

—Pues sí —comentó, de tal forma que supe que todavía estaba pensando en aquella cinta—. Sí, si me traes uno, yo podría hacer el historial. La gente con la que trabajo usa bonos de ésos constantemente. Yo tengo acceso a todo lo que hacen ellos. Si un bono al portador tiene un origen especial, probablemente yo podría rastrearlo.

Nuestros bistecs llegaron poco después. El Ratón comió por dos. Jackson ni siquiera tocó la comida. Cuando acabamos, Jackson se hizo cargo de la cuenta. Le conocía desde hacía treinta años, y era la primera vez que pagaba una comida de buen grado.

Estuvimos hablando un rato más. El Ratón puso al día a

Jackson de lo que hacían nuestros amigos comunes. Quién estaba bien, quién había muerto. Al cabo de cuarenta y cinco minutos o así, Jackson miró su reloj y dijo que tenía que volver al trabajo.

En la puerta, el Ratón le cogió por el brazo.

—¿Te gusta esa chica, Jewelle? —le preguntó.

—La amo —dijo Jackson.

—¿Y tu coche, y las ropas, y el trabajo que tienes?

—Estupendo. Nunca había sido tan feliz. Mierda, hago cosas que la mayoría de la gente ni siquiera sabe que existen.

—Entonces, ¿por qué te alteras tanto por unos pocos dólares en una cinta? Que le den a la puta cinta, tío. Ese dinero no te va a chupar la polla. Mierda, si eres feliz, pues sigue con lo que estás haciendo y no dejes que el negro que llevas dentro te joda y alborote.

Las palabras de Raymond transformaron a Jackson al oírlas. Hizo un leve gesto afirmativo y la desesperación que se veía en sus ojos disminuyó un poco.

—Sí, tienes razón —dijo—. Tienes razón.

—Pues claro que sí —afirmó el Ratón—. No somos perros, tío. No tenemos que ir olisqueando detrás de ellos. Mierda. Tú y yo y Easy también hacemos cosas que nuestras mamás y nuestros papás no soñaron jamás que podríamos hacer.

Aprecié mucho que me incluyera en el grupo, pero me di cuenta de que el Ratón y Jackson estaban viviendo en un plano superior. Uno era un maestro en el crimen, y el otro simplemente un genio, pero ambos veían el mundo más allá del salario y el alquiler. Estaban al margen del mundo del trabajo cotidiano. Me pregunté en qué momento me habían dejado atrás.

32

Dejé al Ratón en su apartamento de Denker. Él me dijo que iba a investigar a Cicerón, sus costumbres y sus amigos.

—Si tienes suerte, Ease —me dijo—, ese hijoputa estará muerto cuando volvamos a vernos.

Otras veces, la mayoría, habría intentado calmar al Ratón. Pero yo había mirando a lo más hondo de los ojos de Joe Cicerón y sabía que, aunque en lo demás éramos iguales, él era el asesino y yo la presa.

Saul Lynx y Doreen vivían en Vista Loma en View Park, por aquel entonces. Sus niños tenían un jardín donde jugar y vecinos de color a los que, en general, no les importaba el matrimonio interracial.

Doreen salió a la puerta con un bebé llorando en brazos.

—Hola, Easy —me dijo.

Teníamos una relación bastante buena. Yo respetaba a su marido, y no tenía ningún problema con su unión.

—¿Ha llamado ya Saul?

—No. Bueno... sí que ha llamado, pero ha contestado George y no me ha avisado. Yo estaba tendiendo la ropa ahí fuera.

Vi cómo afectaba mi decepción a su rostro.

—Estoy segura de que volverá a llamar muy pronto —dijo—. Llama cada tarde sobre las seis.

Eran algo más de las tres.

—¿Te importa si vuelvo hacia las cinco y media o así? Es que tengo que hablar con él, de verdad.

—Claro, Easy. ¿Puedo ayudarte?

—No, no lo creo.

—¿Qué tal está Feather?

—Volveré dentro de un par de horas. —No tenía ánimos para hablar de Feather una vez más.

Como Canela no contestó a mis golpecitos en la puerta, pensé que o bien había muerto o estaba fuera comiendo. Si la habían matado, no podría averiguar nada a partir de su cadáver. Si era ella quien escondía los bonos, éstos se habrían perdido, de modo que lo único que podría conseguir entrando sería una posible acusación de asesinato. Así que decidí aparcar mi coche al otro lado de la calle y esperar hasta que volviese o fuese el momento de volver para hablar con Saul.

En el coche pensé en mi plan de acción. La supervivencia era la prioridad. Estaba convencido de que Joe Cicerón quería matar a Canela y a cualquiera que se interpusiese en su camino. Por tanto, tenía que actuar... de una forma u otra. La policía no me ayudaría. No tenía ninguna prueba contra él. Axel Bowers estaba muerto, pero yo no podía probar quién le había matado. Lo único que podía hacer era decirles a los polis dónde estaba escondido su cuerpo... y con eso conseguiría que me señalasen a mí.

El dinero era lo siguiente que aparecía en mi mente. Tenía que pagar lo de Feather. Fue entonces cuando recordé la última llamada de Maya Adamant.

Había una cabina telefónica en la misma calle del Pixie Inn. Llamé a mi vieja amiga, la operadora de larga distancia, y pedí otra llamada a cobro revertido.

—Investigaciones Lee —contestó Maya.

—Tengo una llamada a cobro revertido de un tal Easy Rawlins. ¿La acepta usted?

—Sí, operadora.

—¿Cuánto? —pregunté.

—Se suponía que tenía que llamarme ayer... a mi casa.

—Llamo ahora.

—¿Dónde está?

—En la misma calle del apartamento donde está Canela Cargill.

—¿Y cuál es su dirección?

—¿Cuánto? —volví a preguntar.

—Tres mil dólares por las direcciones de Cargill y Bowers.

—Es la misma dirección —dije.

—Bien.

No sabía si se había enterado de la muerte de Bowers, de modo que decidí intentar otra aproximación.

—Dígame algo de Joe Cicerón —dije.

—¿Qué pasa con ése? —preguntó ella con la mitad del volumen de su voz habitual.

—¿Le mandó a perseguirme?

—No sé de qué me habla, señor Rawlins. Conozco el nombre y la reputación de ese hombre, Joe Cicerón, pero nunca he tenido ningún trato con él.

—¿Ah, no? Entonces, ¿qué hacía Joe Cicerón en mi despacho preguntando por Canela Cargill?

—No tengo ni idea. Pero hay que tener mucho ojo si uno busca a un hombre como ése. Es un asesino, señor Rawlins. Lo mejor que puede hacer es darle al señor Lee la información que quiere, coger el dinero y dejar la ciudad un tiempo.

Tuve que sonreír. Normalmente, cuando trabajaba, era yo quien manipulaba los miedos de las demás personas. Pero entonces era Maya quien intentaba manipularme.

—Treinta mil dólares —dije.

—¿Cómo?

—Treinta de los grandes y les daré todo lo que quieren. Pero tienen que ser treinta, y tiene que ser hoy. Mañana serán treinta y cinco.

—A un hombre muerto no le sirve para nada el dinero, Ezekiel.

—Le sorprendería, Maya.

—¿Por qué cree que el señor Lee va a estar dispuesto a pagar una suma tan desorbitada?

—En primer lugar, no creo que el señor Lee sepa nada de esta conversación. En segundo lugar, conozco el importe exacto de esos bonos al portador.

—¿Qué bonos al portador?

—No juegue conmigo, Maya. Conozco el asunto de los bonos porque he hablado con Philomena. Así que, tal y como iba diciendo... no sé exactamente cuánto valen, pero estoy dispuesto a apostar que aun después de pagar los treinta mil, a usted y a Joe Cicerón les quedará lo suficiente para que yo parezca un idiota.

—Yo no tengo ningún asunto con Cicerón —insistió ella.

—Pero conoce el tema de los bonos.

—Llámeme esta noche a mi casa —dijo—. Llámeme entonces y hablaremos.

Veinte minutos después Canela entró en la habitación de su hotel. Llevaba una bolsa marrón de supermercado. Me gustó ver que intentaba ahorrar dinero, comprando comestibles en lugar de comida preparada del restaurante.

—Señorita Cargill —la llamé desde el otro lado de la acera.

Ella se volvió y me saludó con la mano como si fuese un viejo amigo.

Metió la llave en la cerradura y entró, dejando la puerta abierta para que yo pasase. Estaba sacando una caja de donuts recubiertos de chocolate cuando yo entré.

—¿Sabes algo de Axel? —Fueron las primeras palabras que pronunció.

—Todavía no. Pero he recibido una visita de tu amigo, el de la chaqueta de piel de serpiente.

Había miedo en sus ojos, sin duda. Pero no por ello parecía inocente, sino sencillamente sensata.

—¿Y qué dijo?

—Quería saber dónde estabas.

—¿Qué le dijiste?

—Le apunté con un revólver al ojo y lo único que hizo fue encogerse de hombros. Es un hombre malo, que ni siquiera se asusta cuando le apuntan con un arma a la cara.

—¿Le disparaste? —susurró.

—Eso ya me lo ha preguntado otra persona —repliqué—. Espero que no seas como él.

—¿Le disparaste o no?

—No.

El miedo se extendió por su rostro como la noche por una amplia llanura.

—¿Qué vas a hacer, Philomena?

—¿Qué quieres decir?

—No le interesas a nadie. Lo único que quieren son esos bonos, y la carta.

—Le prometí a Axel que se los guardaría.

—¿Le has llamado? —pregunté.

—Sí. Pero no le encuentro por ninguna parte.

—¿Sabe él cómo ponerse en contacto contigo?

—Sí. Tiene el número de Lena.

—¿Y qué te sugiere eso, Philomena? —le pregunté, sabiendo que su novio estaba muerto desde hacía mucho tiempo.

—¿Cómo puedo estar segura?

—Esos bonos son como una diana pintada encima de ti, chica —le dije—. Tienes que usarlos para conseguir salir de este peligro.

No me sentía culpable por el hecho de que conseguir aquellos bonos me permitiera obtener treinta mil dólares además. Intentaba salvar también la vida de Philomena. No se puede poner precio a eso.

—Pues no lo sé —dijo ella, tristemente, dejando caer la cabeza. Se sentó en la cama—. Le prometí a Axel que me aseguraría de que el mundo supiese lo de esos bonos, si él no lo conseguía.

—¿Para qué?

—Porque hicieron mal al coger ese trabajo. Axel sentía que era como una sombra que le había caído encima, tener que vivir sabiendo que su padre había negociado con los nazis.

—Pero su padre murió, y él probablemente también. ¿De qué servirá que tú te unas a ellos?

Ella retorció las manos y empezó a balancearse hacia delante y atrás.

—Escucha —le dije—. Piénsalo. Piénsalo bien. Habla con alguien en quien confíes. Voy a anotar un número en este papel del escritorio.

—¿De quién es?

—Es el número de teléfono y la dirección de un amigo mío... Primo. Vive en una casa en la Ciento dieciséis. Llámale, ve a verle, si estás asustada. Yo volveré esta noche, más tarde. Pero recuerda que si quieres seguir con tu vida, tienes que solucionar este asunto.

33

Fui a casa de Saul a las seis menos cuarto. Doreen y yo nos sentamos en el salón rodeados por sus tres hijos. Su hija Miriam, de ocho años, escuchaba un transistor rosa que llevaba colgado del cuello con un cordón del mismo color. Tenía el cabello castaño y con tirabuzones, y los ojos verdes, un regalo de su padre. George, el de cinco años, tenía la tele puesta y saltaba encima de un trozo de alfombra raído jugando a alguna aventura de capa y espada. Simon, el bebé, miraba a su hermana y luego a su hermano, emitiendo sonidos que no se podrían entender hasta al cabo de unos seis meses, más o menos.

—Entonces, ¿cuánto tiempo tendrá que estar Feather en la clínica? —preguntó Doreen.

—Pues a lo mejor hasta seis meses.

—¿Seis meses? —exclamó Miriam—. Podría ir a visitarla, por si se siente sola.

—Está en Suiza —le expliqué a la buena niña.

—Podríamos ir a Suzia —dijo George valientemente, blandiendo su imaginaria espada.

—Eso está muy muy lejos, en el valle —le dijo Miriam a su hermano.

—Ya lo sé —dijo George—. Pero podríamos ir igual.

—¿Podemos ir, mami? —preguntó Miriam a Doreen.

—Ya lo veremos.

Fue entonces cuando sonó el teléfono.

—¡Papá! —chilló George.

—No, George —dijo Doreen, pero el niño saltó a coger el teléfono que había en una mesita baja.

Doreen levantó la mano y George saltó hacia atrás y cayó de espaldas. Mientras Doreen decía «diga», George empezó a aullar. Vi que ella pronunciaba el nombre de Saul, pero no pude oír lo que decía, porque Simon también lloraba y Miriam les gritaba a los dos que se callasen.

Doreen hizo un gesto hacia la cocina. Yo sabía que tenían un supletorio, así que fui hacia allí, entré y cerré la puerta.

—¡Eh! —chillé—. ¡Ya lo tengo, Doreen!

Cuando ella colgó, el sonido de los llantos se amortiguó un poco.

—Easy —dijo Saul—. ¿Qué pasa?

—He recibido la visita de un tío hoy —dije—. Sabía que yo estaba trabajando en el caso Lee. Me ha dicho que le dijese lo que sabía o que me mataría a mí y a toda mi familia.

—¿Y cómo se llama ese tío?

—Cicerón.

—¿Joe Cicerón?

—¿Le conoces?

—No vuelvas a casa, Easy. No vayas a tu despacho, ni al trabajo. Llama a este número y ve ahí. —Me dio un código de zona y un número que apunté en un bloc decorado con conejitos rosa—. Iré tan pronto como pueda. Vuélveme a pasar con mi mujer.

Cuando volví a la sala de televisión, los niños se habían calmado.

—Saul quiere hablar contigo, Doreen —dije, y ella tomó el auricular.

—¡Papá! —chilló George.

—Dada —hizo eco Simon.

Miriam miraba los ojos de su madre. Y yo también.

Ambos vimos que el rostro de la señora Lynx pasaba de

una intensa atención al miedo. En lugar de contestar, ella movía afirmativamente la cabeza. Buscó la libretita que tenía encima de la mesa.

—Quiero hablar con papá —se quejó George.

Doreen le dirigió una severa mirada y el niño se calló en el acto.

—Está bien —decía Doreen—. Vale. Lo haré. Ten cuidado, Saul.

Colgó el teléfono y se puso de pie con un solo movimiento.

—Nos vamos de vacaciones —dijo, con una voz forzadamente alegre—. Nos vamos todos a la cabaña de la abuelita en Mammoth.

—¡Bien! —gritó George.

Simon se rio, pero Miriam tenía una expresión sombría en la cara. Se estaba haciendo mayor y comprendía que pasaba algo malo.

—Saul ha dicho que estará en el lugar de reunión esta noche a las nueve —me dijo Doreen—. Está en San Diego, pero ha dicho que venía derecho hacia aquí.

—¿Qué lugar de reunión? Sólo me ha dado un número.

—Llama y te dirán adónde tienes que ir.

—¿Está bien papá, mami? —preguntó Miriam.

—Está muy bien, cariño. Esta noche va a reunirse con el señor Rawlins y luego vendrá a la cabaña, donde podremos ir a pescar y a nadar.

—Pero mañana tengo clase de clarinete —dijo Miriam.

—Tendrás que recuperar luego —explicó Doreen.

Los dos chicos iban dando saltos y celebrando las vacaciones que habían llegado por sorpresa a su familia.

Dejé a Doreen haciendo las maletas y controlando a los niños.

De vuelta al Pixie Inn intenté no precipitarme. La reacción de Saul ante la mención de un simple nombre aumentaba mis temores. Decidí que Canela tenía que trasladarse a un lugar donde supiese que iba a estar bien segura.

Aparqué de nuevo al otro lado de la calle, por precaución. Había un Mercedes-Benz en el parking del hotel. Aquello no me gustó nada. y me gustó mucho menos aún cuando vi las palabras Fletcher's Mercedes-Benz de San Francisco escritas en la placa de la matrícula.

La puerta de la habitación de Canela estaba entreabierta. La acabé de abrir con el pie.

Él estaba boca abajo, con el traje de seiscientos dólares convertido en mortaja. Le di la vuelta boca arriba con el pie. Leonard Haffernon estaba bastante muerto. La bala había entrado en la base de su cráneo y salido por la parte superior de la cabeza.

La herida de salida era del tamaño de un dólar de plata.

Una oleada de picores me subió por el brazo izquierdo. El sudor brotaba de mis palmas.

Su maletín estaba en la cama. El contenido estaba revuelto. Había algo de dinero y un cortaúñas, un pase de visitante para un banco de San Francisco y una petaca de plata. Cualquier posible documento había desaparecido. El único posible criminal, una vez más, era yo.

Durante un breve instante me quedé allí tieso, como un gusano en una helada repentina. Intentaba deducir del rostro de Haffernon lo que había ocurrido. ¿Acaso le había matado Canela y luego había huido?

Probablemente.

Pero ¿por qué? ¿Y por qué estaba él allí?

Sonó una bocina en el exterior. Aquello me devolvió a la realidad. Salí de aquella habitación, atravesé el aparcamiento y luego la calle hacia mi llamativo coche, y me alejé de allí.

34

Conduje durante quince minutos, mirando por el espejo retrovisor cada diez segundos, antes de detenerme en una gasolinera de un bloque rodeado de edificios quemados. Había una cabina telefónica junto al lavabo de caballeros, en la parte de atrás.

—Etta, ¿eres tú? —pregunté cuando ella respondió, al noveno tono.

—¿No has marcado mi número?

—¿Has sabido algo de Raymond?

—¿Y cómo está usted esta noche, señor Rawlins? Yo muy bien. Estaba echada en la cama viendo por la tele al doctor Kildare. ¿Y tú?

—Acabo de tropezarme con un hombre blanco que ha muerto sin darse cuenta de lo que se le venía encima.

—Oh —exclamó Etta—. No, Ray no ha llamado. Espero que llame en cualquier momento. Pero no ha llamado todavía.

—Mierda.

—Pero Primo sí que ha llamado.

—¿Cuándo?

—Hace una hora. Dice que pasó un tipo por allí y dejó algo para ti.

—¿Qué tipo?

—No lo dijo.

—¿Y qué dejó?

—No me lo dijo tampoco. Sólo me dijo que diera el recado. ¿Tienes problemas, Easy?

—¿Acaso el cielo es azul?

—Pues no, la verdad. Es de noche.

—Entonces espera un poco. Voy para allá.

Etta lanzó una risita y yo también. Ella no era ajena a la muerte violenta. Una vez había disparado a un hombre blanco, un asesino, en la cabeza, porque él estaba a punto de dispararme a mí. Si no éramos capaces de reírnos ante la mismísima cara de la muerte, nosotros, los negros sureños, habríamos encontrado muy pocas ocasiones de humor.

—Ten cuidado, Easy.

—Dile al Ratón que necesito su consejo.

—Cuando le vea.

Corrí hacia la casa de Primo preocupado por haber dado su número a Philomena. Primo era un tipo duro, mexicano de nacimiento. Había pasado toda su vida viajando a un lado y otro de la frontera y hacia el sur. En un viaje a través de Panamá conoció a Flower, su mujer. Vivían en una casa de mi propiedad y tenían una docena de niños. También acogían a algunos niños descarriados, y animales de todo tipo. Si les causaba algún problema, el dolor se haría notar en mil kilómetros a la redonda.

Pero Primo estaba sentado en el jardín grande, recostado tranquilamente en una tumbona, bebiéndose una cerveza y mirando a seis o siete nietos suyos que jugaban bajo la luz decreciente. Flower estaba en el porche con un bebé en brazos. Me pregunté si sería suyo o algún nieto.

Al acercarme, una docena de perros corrieron hacia mí gruñendo y ladrando, meneando los rabos y enseñando los dientes.

—¡Eeeeh! —gritó Primo a los animales.

Los niños corrieron hacia delante, agarraron a los perros y los empujaron hacia atrás. Un dálmata de raza eludió la sujeción de un niño y me saltó encima, echándome las patas al pecho.

—Es mi perro guardián —dijo Primo.

Me tendió la mano, que estreché mientras el perro me lamía el brazo.

—Me encanta tu vecindario —dije.

A Primo le gustaba mi sentido del humor. Se rio en voz alta.

—Flower —llamó—. Tu novio está aquí.

—Mándalo a mi dormitorio cuando acabes de tirarle de las orejas —respondió ella.

—Me gustaría tener tiempo para sentarme un rato, hombre... —le dije.

—... pero quieres los documentos —acabó la frase Primo.

—¿Documentos?

Todos los niños, perros y adultos se apiñaron ante la puerta principal y entraron en la casa. Se oían gritos y risas y los pelos flotaban en el aire.

Mientras Primo iba a la habitación de atrás a buscar mi recado, Flower se acercó mucho a mí. Me miró a la cara sin decir nada.

Era una mujer muy negra, bellísima. Sus rasgos eran graves, casi masculinos la mayor parte del tiempo, pero cuando sonreía, honraba el nombre que le había regalado su padre.

En aquel momento estaba muy seria.

—¿Cómo está, Easy?

—Muy enferma —dije—. Muy enferma.

—Vivirá —me dijo Flower—. Vivirá y te dará una preciosa nieta.

Toqué la cara de Flower y ella cogió mis manos entre las suyas.

Los perros dejaron de ladrar y los niños se callaron. Levanté la vista y vi a Primo allí de pie, sonriéndome.

—Aquí está —dijo, tendiéndome un sobre marrón, lo bastante grande para contener páginas sin doblar de papel mecanografiado.

—¿Quién ha dejado esto?

—Un chico negro. Curioso, ¿no te parece?

Raphael.

—¿Y qué ha dicho?

—Que esto era lo que tú querías, y que esperaba que hicieras lo correcto.

Me quedé allí de pie pensando en todos aquellos niños morenos y aquellos perros con las lenguas rosadas que jadeaban a mi alrededor.

—Quédate a comer —dijo Flower.

—Tengo que irme.

—No. Tienes hambre. Siéntate. Sólo será un ratito, y así tendrás fuerzas para hacer lo que sea que estás haciendo.

Fue un período muy duro de mi vida. No hay duda de ello. Era fugitivo en mi propia ciudad, no tenía un hogar donde vivir. El bienestar de Feather nunca estaba lejos de mi corazón, pero el camino hacia su salvación estaba repleto de cuerpos de blancos muertos. Y además tienen que comprender el impacto de la muerte de un hombre blanco en un hombre negro nacido en el sur, como yo. En el sur, si un negro mata a un blanco, está muerto. Si la policía le ve por la calle, le disparan primero y preguntan después... o sea, nunca. Si se entrega, lo matan en la celda. Si el policía resulta no ser un asesino, entonces viene una multitud y lincha al pobre hijo de puta. Y si no pasa nada de todo eso, si algún negro llega alguna vez a juicio y es condenado por asesinar a un hombre blanco (aunque sea en defensa propia, aunque sea para salvar a otro blanco), ese convicto pasará el resto de sus días en prisión. No habrá libertad condicional, ni se le conmutará la sentencia, ni se aplicarán circunstancias atenuantes, ni redimirá condena por buena conducta.

No había lugar en mi corazón excepto para la esperanza de que Feather viviese. Cerniéndose por encima de aquella esperanza estaba la represalia que significaba para mí ver que la raza blanca había perdido a dos de sus hijos.

Pero aun con todos esos problemas, tengo que dedicar un cierto tiempo a recordar el sencillo festín de Flower.

Ella me dio un cuenco grande con lomo de cerdo cortado a trocitos y sumergido en una salsa de chile. Había hervido los chiles sin quitar las semillas, de modo que empecé a sudar ya con el primer bocado. La salsa llevaba comino y orégano, y también trocitos de aguacate. Esto iba acompañado de unas tortillas de harina de trigo caseras y un enorme vaso de limonada dulce.

Me sentía como un condenado, pero al menos mi última cena fue un festín.

Después de comer protesté un poco y dije que quería irme, pero Primo me dijo que podía usar su escondite para ocuparme de cualquier asunto que necesitase resolver.

En el pequeño estudio, me senté en la silla de cuero de Primo y abrí el sobre enviado por Raphael.

Había doce hojas de pergamino con aire muy oficial, impresas en francés, italiano y alemán. Cada página tenía una enorme cifra grabada en ella y un sello de cera roja en un rincón u otro. Todos los documentos llevaban una firma muy historiada. No fui capaz de descifrar el nombre.

Y también había una carta, en realidad una nota, escrita en alemán y firmada H. H. Göring. En algún lugar del texto aparecía el nombre de H. Himmler. La nota iba dirigida a H. Tourneau. No necesitaba saber lo que decía la carta. En cualquier otro momento la habría quemado y habría seguido adelante con mi vida. Pero había demasiadas cosas que no comprendía para eliminar un documento tan importante.

Tenía lo que deseaba Lee, pero no confiaba en que Maya le pasase la información. No sabía cuánto valían los bonos, pero sí que sabía que, según decían, eran suizos, y mi hija estaba en un hospital suizo.

Llamé a Jackson y le di toda la información que pude acerca de los bonos. Me hizo todo tipo de preguntas sobre unos códigos y símbolos en los que yo nunca me habría fijado.

—Sería mucho mejor que los pudiese ver yo mismo, Ease —dijo Jackson en un momento dado.

Pero al recordar su dilema con la cinta TXT de su escritorio, le dije:

—Es preferible que los guarde yo, Jackson. Hay una gente por ahí sedienta de sangre y dispuesta a hacer cualquier cosa por cogerlos.

Jackson se echó atrás entonces y yo hice mi segunda llamada.

Respondieron al teléfono al primer timbrazo.

—¿Easy?

—Sí. ¿Quién es?

—Navidad Black —dijo el hombre. No sabía nada de él. Ni su edad, ni su raza. Dijo—: Estoy en Riverside. En la carretera Wayfarer. ¿La conoce?

—Pues no puedo decir que sí.

Me dio instrucciones precisas que apunté en un papel.

—¿Qué tiene que ver con todo esto? —pregunté.

—Sólo soy una parada técnica —dijo—. Un lugar para reunir tropas y reagruparse.

Después de hablar con Navidad llamé a EttaMae y le dejé el recado.

—Dile al Ratón que venga cuando pueda —le dije.

—¿Qué te hace pensar que hablaré con él en breve?

—¿Es azul el cielo? —pregunté.

35

Cogí la carretera 101 hacia Riverside. El hecho de que tuviera un destino fijo me relajaba un tanto. Los miles de dólares en bonos suizos que llevaba en el asiento de al lado me daban ánimos. El cuerpo de Haffernon y la implicación de Canela con aquella muerte estaban en mi mente. Y luego estaba lo del alto mando nazi.

Como la mayoría de los americanos, yo odiaba a Adolf Hitler y su banda de asesinos sangrientos. Odiaba su racismo y su campaña para destruir a cualquiera que no fuese de los suyos. En el año 1945 fui uno de los que liberaron los campos de concentración. Mis amigos y yo matamos a un niño judío famélico al darle una chocolatina. No sabíamos que aquello podía matarle. ¿Cómo íbamos a saberlo?

Aunque yo era un negro americano, veía patriotismo en la guerra y en el papel que yo desempeñé en ella. Por eso me resultaba tan difícil comprender que unos hombres de negocios americanos ricos y blancos negociasen con semejantes villanos.

Entre Feather y Bonnie, Haffernon y Axel, Canela y Joe Cicerón, era una maravilla que yo no acabase loco. Quizá lo estuviera un poco, quizá perdiera el control al final.

Navidad Black me había dado unas instrucciones muy precisas. Evité el centro de Riverside y tomé una serie de calles laterales hasta llegar a una carretera de tierra plana que todavía era una calle de la ciudad. Las casas estaban un poco más separadas que en Los Ángeles. Los jardines eran grandes, y no había verjas entre ellos. Perros sin cadenas se lanzaban a morder mis neumáticos a mi paso.

Después de unos quinientos metros o así, llegué al final sin salida de la carretera Wayfarer. Justo donde terminaba la carretera había una pequeña casita blanca con una luz amarilla encima de la puerta. Era la encarnación misma de la paz y la domesticidad. Se podía esperar que nuestra anciana abuelita viuda viviese detrás de aquella puerta. Habría hecho un pastel y tendría jamón cocido para darnos la bienvenida.

Llamé y contestó un niño en alguna lengua asiática.

Se abrió la puerta hacia dentro y apareció un hombre alto y negro.

—Bienvenido, señor Rawlins —dijo—. Entre.

Medía al menos metro noventa y cinco, pero sus hombros habrían convenido estupendamente a un hombre un palmo más alto aún. Su piel era de un color marrón medio, y tenía una cicatriz blancuzca encima del ojo izquierdo. El castaño de sus ojos era mucho más claro que el de la mayoría de los negros. Y llevaba el pelo todo lo corto que se puede llevar sin ir con la cabeza afeitada.

—¿Señor Black?

Asintió y se apartó a un lado, dejándome pasar. A unos pasos de distancia se encontraba una niña pequeña asiática vestida con un extravagante quimono rojo. La niña me hizo una reverencia, respetuosa. No podía tener más de seis años, pero se comportaba con el porte y la actitud de ser la mujer de la casa. Al verla, supe que no había ninguna esposa ni novia en la vida de aquel hombre negro.

—Easy Rawlins, le presento a Pascua Amanecer Black —dijo Navidad.

—Encantado de conocerte —dije a la niña.

—Es un honor tenerle en nuestro hogar, señor Rawlins —dijo Pascua Amanecer, con toda solemnidad.

A su derecha se encontraba una puerta abierta que daba a un dormitorio, probablemente el de ella. En el otro lado se veía un tenebroso salón con un aire muy del oeste, casi de vaqueros. La niña hizo un gesto hacia el salón y yo seguí su indicación.

Detrás de Pascua había un espejo de bronce. En el reflejo pude ver la satisfacción en la cara de Navidad. Estaba orgulloso de su niñita, que con toda seguridad no era de su sangre.

Entonces me vino a la mente Feather, y tropecé en la manta india usada como alfombra. Me habría caído, pero Black era rápido. Corrió hacia delante y me cogió del brazo.

—Gracias —dije yo.

El techo del salón medía más de cuatro metros de altura, algo que nunca hubiese imaginado viendo la casa, pequeña al parecer, desde la carretera. Más allá de aquella habitación había una cocina con un altillo encima, y ninguna de las habitaciones se hallaba separada por paredes.

—Siéntese —dijo Black.

Me senté en uno de los dos sofás enmarcados de madera que se encontraban uno frente al otro.

Él se sentó frente a mí y esbozó una breve sonrisa.

—¿Té? —me preguntó Pascua.

—No, gracias.

—¿Café?

—No. No podría dormir.

—¿Agua fresca?

—¿Me vas a seguir ofreciendo bebidas hasta que encuentres una que me apetezca? —le pregunté.

Entonces sonrió por primera vez. La belleza de su rostro sonriente me dolió más de lo que podían dolerme Bonnie y una docena de príncipes africanos.

—¿Cerveza? —me preguntó entonces.

—Tomaré agua, gracias.

—¿Papá?

—Whisky con lima, cariño.

La niña se alejó con una pose perfecta y andares majestuosos. No imaginaba de dónde podía haber salido ni cómo había llegado hasta allí.

—Es mi hija adoptiva —dijo Black—. La recogí cuando era una cosita diminuta.

—Es una bella princesa —dije—. Yo también tengo una hija. No se parece a la suya, pero le aseguro que harían muy buenas amigas.

—Pascua Amanecer no tiene demasiados amigos. Le enseño aquí mismo, en casa. No se puede confiar en los extraños con la gente que uno ama.

Parecía que Navidad me estaba confiando un secreto muy profundo. Empecé a pensar que aquellos ojos brillantes podrían tener detrás la luz de la locura.

—¿De dónde es usted? —le pregunté, porque no tenía acento sureño.

—De Massachusetts —dijo—. Newton, junto a Boston. ¿Ha estado allí alguna vez?

—Una vez en Boston. Un compañero del ejército me llevó allí cuando nos dejaron en Baltimore, después de la guerra. ¿Su familia es de allí?

—Crispus Attucks era uno de mis antepasados —dijo Black, asintiendo con la cabeza, pero sin orgullo en su voz—. Mis primeros parientes americanos fueron sirvientes contratados. Se enorgullecían de que nadie en nuestro linaje fue jamás esclavo.

Había algo de irrevocable en cada frase que pronunciaba. Era como si también perteneciese a la realeza y no estuviese acostumbrado a las conversaciones vulgares.

—Attucks, ¿eh? —dije, intentando seguir la conversación—. Participó en la revolución, creo.

—Los hombres de mi familia participaron en todas las guerras americanas —dijo, de nuevo con un deje de inestabilidad—. La de 1812, la española y americana, y por supuesto, la guerra civil. Yo mismo luché en Europa, contra Japón, contra los coreanos y contra los vietnamitas.

—Aquí tiene, señor Rawlins —dijo Pascua Amanecer. Estaba de pie a mi lado con un vaso de refresco lleno de agua en una mano, y el whisky de su padre en la otra.

A juzgar por su rostro moreno y esbelto y sus rasgos sospeché que Pascua procedía de la última campaña de Black.

Ella le entregó el whisky a su padre.

—Gracias, cariño —dijo, de pronto humano y presente.

—¿Pascua procede de Vietnam? —pregunté.

—Es hija mía —dijo—. Es lo único que importa.

De acuerdo.

—¿Qué rango tenía? —pregunté.

—Al cabo de un tiempo, ya no importaba —dijo—. Era coronel en Nam. Pero trabajábamos en grupos de uno. Uno no ostenta ningún rango, si no hay nadie más. Cubiertos de barro y en busca de sangre, no éramos más que salvajes. ¿Cómo va a tener rango un salvaje?

Clavó sus brillantes ojos en los míos y creo que me olvidé de todos los problemas con los que había atravesado aquella puerta. Pascua Amanecer vino a su lado y se apoyó en su rodilla.

Él la miró y colocó una gigantesca mano en su cabeza. Podría asegurar que su contacto era ligero porque ella hizo presión al notar la caricia.

—La guerra ha cambiado a lo largo de mi vida, señor Rawlins —decía Navidad Black—. En tiempos, yo sabía quién era el enemigo. Estaba claro como el agua. Pero ahora... ahora nos envían a matar a hombres que no nos han hecho nada, y que no opinan nada, ni en un sentido ni en otro, de América ni del modo de vida americano. Cuando me di cuenta de que estaba asesinando a hombres y mujeres inocentes, supe que el linaje de soldados debía llegar a su fin conmigo.

Navidad Black nunca se habría llevado bien con los chicos de la calle. Cada palabra que decía era la última sobre el tema. Me gustaba el tipo, aunque sabía que estaba loco. Pero ignoraba por completo por qué me encontraba yo allí.

36

Yo me iba bebiendo el agua, intentando pensar en alguna respuesta para un hombre que acababa de confesar que había matado y que había emprendido la búsqueda de su redención.

Felizmente para mí, sonaron unos golpecitos en la puerta.

—Es el tío Saul —dijo Pascua Amanecer. No gritó exactamente, pero noté la emoción en su voz. No corrió tampoco exactamente, pero se abalanzó hacia la parte delantera de la casa.

—P. A. —dijo Navidad, con autoridad.

La niña se detuvo en seco.

—¿Qué te he dicho de abrir esa puerta? —le preguntó el padre.

—Que nunca abra la puerta sin averiguar primero quién es —dijo ella, obediente.

—Bien, entonces.

Ella corrió, seguida por su padre. Yo fui tras ellos.

—¿Quién es? —gritó Pascua Amanecer junto a la puerta.

—Es el lobo malo —contestó Saul Lynx con la voz juguetona que reservaba para los niños.

La puerta se abrió entonces y Saul entró con una caja en las manos.

Pascua Amanecer se llevó las dos manos a la espalda y se las agarró bien fuerte para contenerse y no saltar hacia él. Él se inclinó y la recogió del suelo con un solo brazo.

—¿Cómo está mi chica?

—Bien —dijo ella, evidentemente, intentando contenerse para no preguntar qué había en la caja.

Navidad se unió a ellos y puso una mano en el hombro de Saul.

—¿Qué tal te va? —preguntó el rey-filósofo negro.

—Bien —dijo Saul.

Por aquel entonces la niña ya se había desplazado hasta coger la caja.

—¿Es para mí? —preguntó.

—Sabes que sí —dijo Saul, y la dejó en el suelo—. Eh, Easy. Veo que has encontrado el sitio.

—Eso me recuerda algo —dije—. Le he dado esta dirección a Ray también. Llegará por aquí un poco más tarde.

—¿Quién es ése? —preguntó nuestro anfitrión.

—Un amigo mío. Un buen elemento, si hace falta.

—Entremos —dijo Navidad.

Pascua corrió ante nosotros, abriendo el regalo.

Saul se sentó junto al veterano de guerra y yo frente a ellos con mi agua.

—Joe Cicerón *el Garbanzo* —fueron las primeras palabras que pronunció Saul— es el tipo más peligroso que se pueda imaginar. Es un asesino profesional, pirómano, secuestrador y también torturador...

—¿Qué significa todo esto? —pregunté.

—Es bien conocido que si alguien tiene un secreto que tú quieres saber a toda costa lo que tienes que hacer es contratar al Garbanzo. Te promete una respuesta a tu pregunta al cabo de setenta y dos horas.

Eché una mirada a Navidad. Si estaba asustado, ciertamente, su rostro no lo demostraba.

—Es malo —dijo Black—. Pero no tan malo como su reputación. Pasa lo mismo con muchos hombres blancos. Sólo son capaces de ver la excelencia en uno de los suyos.

«Excelencia», pensé.

—Podría ser —aceptó Saul—. Pero de todos modos es demasiado peligroso para mí.

Pascua Amanecer trajo una cerveza. Se la ofreció a su tío Saul.

—Gracias, cariño —dijo Saul.

—Pascua, éstas son conversaciones de hombres —dijo Navidad a la niña.

—Pero yo quería enseñarle mi muñeca al señor Rawlins —se quejó.

—Vale. Pero date prisa.

Pascua salió corriendo y volvió con una esbelta figura de una mujer asiática de pie sobre una plataforma y estabilizada con una varilla de metal.

—Mira —me dijo—. Tiene los ojos como yo.

—Ya lo veo.

La muñeca llevaba un vestido rojo y dorado muy elaborado con un dragón bordado.

—Es la dama del dragón —le dijo Saul—, la mujer más importante de todo el clan.

Los ojos de la niña se abrieron mucho al examinar su tesoro.

—La vas a malcriar con todas esas muñecas —dijo Navidad.

Yo pensaba en el asesino.

—No, eso no es verdad, papi.

—¿Cuántas tienes ya?

—Sólo nueve, y tengo sitio para muchas más en los estantes que me hiciste tú.

—Vamos, ahora ve a jugar con ellas —dijo su improbable padre—. Iré a darte las buenas noches dentro de una hora.

Una vez salvadas las buenas formas, Pascua salió de la habitación y los hombres volvimos a nuestra barbarie.

—¿Y qué pinta Cicerón en este caso?

—Pues no lo sé —Saul llevaba un traje tostado con una camiseta marrón.

Navidad Black levantó la cabeza como si hubiese oído algo. Un momento después, llamaban a la puerta.

—Quédate en tu habitación, P. A. —dijo Navidad.

Fuimos juntos hasta la puerta.

Yo llevaba la mano alrededor de la Luger del bolsillo.

Black abrió la puerta y allí estaba Raymond.

—Feliz Navidad —saludó el Ratón.

—Noche de paz —replicó nuestro anfitrión.

Se estrecharon las manos y se saludaron con la cabeza el uno al otro, con mutuo respeto. Yo estaba impresionado porque la estima del Ratón era algo mucho más raro que una manifestación tropical de la aurora boreal.

De vuelta a los sofás, noté que mi carga se aligeraba. Con Raymond y alguien a quien él consideraba un igual de nuestro lado, no pensaba que nadie fuese demasiado para nosotros.

Les revelé todo lo que me pareció conveniente de la historia. Les hablé del estado de la casa de Axel, pero no les dije que había encontrado su cadáver. Confié en su imaginación al enterarse del encuentro entre Garbanzo y Axel. Les hablé de las llamadas de Maya y les dije que había encontrado a Haffernon en la habitación de Philomena. Les hablé de la existencia de los bonos y de la carta, pero no de que los tenía yo.

—¿Y qué valen los bonos? —Quiso saber Raymond.

—No lo sé —dije—. Miles.

—¿Crees que ese Haffernon es el mandamás? —preguntó Navidad.

—Quizás. Es difícil decirlo. Pero si Haffernon era el jefe,

entonces, ¿quién le mató? Fue él quien contrató a Lee. De eso estoy seguro.

—Lee tiene al menos veinte agentes a su entera disposición —dijo Saul.

—Y si hay alguien detrás de Haffernon —añadí—, tendrá también un ejército entero.

—¿Cuál es el objetivo, caballeros? —preguntó Navidad.

—Matarlos a todos —dijo el Ratón, con sencillez.

El labio inferior de Navidad sobresalió unos milímetros. Su cabeza osciló la misma distancia.

—No —dije yo—. No sabemos cuál de ellos es.

—Pero si los matamos a todos, el problema estará resuelto, sin importar quién fue.

Navidad se rio por primera vez.

Saul sonrió nerviosamente.

Yo dije:

—Está lo del dinero, Ray.

—El dinero no significa demasiado si te tumban, Ease.

—No puedo ir matando a la gente sin motivo alguno —dijo Saul.

—Hay motivos —dijo Navidad—. Te embaucaron y ahora tu vida está en peligro. La poli no puede tocar este asunto, y si lo hicieran, te meterían a ti en la cárcel. Ahí tienes el motivo.

—Sí —dije yo, porque una vez que dejas entrar a hombres como Navidad y el Ratón en la habitación, la muerte debe tener asiento a la mesa también—. Pero no antes de que averigüemos todo lo que hay.

—¿Y cómo piensas hacer tal cosa, Easy? —preguntó el Ratón.

—Vamos a meternos en la boca del lobo. Iremos a ver a Robert E. Lee. Él es quien nos ha metido en todo esto. Tiene que ser capaz de averiguar cuál es el problema.

—¿Y si el problema es él? —preguntó Navidad.

—Entonces tendremos que ser lo bastante listos para engañarle y que nos lo revele. El auténtico problema es llegar hasta él. Tengo la sensación de que Maya no quiere que esa conversación tenga lugar.

—Eso es fácil —nos dijo Saul—. Llamémosle ahora, cuando ella no está en el trabajo.

Después de una pequeña discusión estratégica, Saul marcó el número. Sonó cinco veces, diez. Quiso colgar, pero yo no le dejé. Al final, después de cincuenta timbrazos, Lee contestó a su teléfono.

—Soy Saul Lynx, señor Lee. Le llamo tan tarde porque temo que Maya no sea fiable... Tal como lo veo ahora mismo, señor, no deseo trabajar más para usted... Pero tiene que comprender que nosotros creemos... el señor Rawlins y yo creemos que Axel Bowers fue asesinado y que el señor Haffernon también... sí... Easy ha hablado con Maya algunas veces desde nuestra reunión inicial, y le ha dicho que había encontrado a la señorita Cargill y que había hablado con Axel. ¿Le ha contado eso ella...? Supongo que no... Señor, tenemos que vernos... No. En su casa no... En San Francisco no... Hay un bar llamado Mike's en Slauson, cerca de Los Ángeles. Easy y yo queremos reunirnos con usted allí...

Hubo mucha discusión acerca de aquella reunión, pero finalmente Lee accedió. Nos imaginábamos que si había algún problema entre Maya y Lee él tendría alguna idea de que existía, aparte de nuestras insinuaciones. Si él cuestionaba su lealtad, tendría que acudir a la reunión.

Como si fuera capaz de leer las vibraciones en el aire, Pascua Amanecer hizo té y nos lo trajo justo en el momento en que acababa la reunión. Su padre no la castigó por haber abandonado su habitación.

Cogí la niña en mi regazo y ella se sentó allí cómodamente, escuchando a los hombres.

—Iré contigo y con Raymond a L. A. —dijo Saul.

—No, vete con tu familia, hombre. Ray y yo podemos ocuparnos de esto.

—¿Y tú? —preguntó Navidad al Ratón.

—No, tío. No hay ninguna guerra. Sólo un tipo blanco que se cree muy malo. Si no puedo ocuparme de esto, es que estoy acabado.

Después Pascua sacó sus muñecas y todos le dijimos lo bonitas que eran. Ella se regodeaba con la atención de los cuatro hombres, y Navidad se alegraba por ella. Cuando se la llevó a dormir nos fuimos todos. El Ratón le preguntó a Navidad si podía dejar su El Dorado rojo allí durante unos días. Quería hablar de estrategias conmigo durante el viaje.

Cuando nos acercamos a mi reluciente Chevy sentí que abandonaba algo, una camaradería que nunca antes había sentido. Quizá fuese sólo tristeza al abandonar un hogar, ahora que yo carecía de él.

37

En el jardín delantero, Saul vino hacia nosotros, estrechó la mano al Ratón y luego me apartó a un lado.

—Easy, sé que yo te metí en todo este lío —dijo—. Quizá debería seguir yo solo.

—No, Saul, no. Ni tú ni yo tenemos estómago para un hombre como ese asesino. Realmente, el Ratón se hará cargo de esto mucho mejor él solo.

—Bueno, entonces, ¿por qué no recoges a Jesus y os venís con nosotros a la cabaña?

—Porque EttaMae me mataría si dejo que disparen a su marido por ahí. Ya ocurrió una vez. Yo voy a cubrirle las espaldas y tú vete con tu familia.

Saul me dirigió una mirada algo avergonzada. Era un hombre hogareño, de eso no había duda alguna. Yo le tendí la mano y me la estrechó.

—Lo siento —dijo.

—No lo sientas. Yo te pedí el trabajo, y tú te comprometiste por mí. Si tengo suerte, saldré de esto con vida y con el dinero para pagar a los médicos de Feather. Si tengo mala suerte, quizá sólo con el dinero.

Saul asintió y se volvió, dispuesto a irse. Le toqué el brazo.

—¿Por qué querías que viniese aquí? —le pregunté. Pensaba que lo sabía, pero quería ver qué me decía él.

—Una vez le hice un favor a Navidad. Es ese tipo de tíos que se toma las deudas muy en serio. Quería que le conocieras por si te encuentras en un apuro. Hará lo que sea necesario para que las cosas salgan bien.

Era ya tarde cuando volvíamos a casa por la carretera. Después de mi accidente y de chocar casi dos veces, yo prestaba muchísima atención al camino y al velocímetro. El Ratón y yo fumábamos con las ventanillas bajadas y recibíamos el azote de la brisa helada.

Al cabo de un buen rato le pregunté:

—Bueno, ¿cuál es la historia de ese Navidad Black?

—¿Qué quieres decir? —preguntó el Ratón. Comprendía perfectamente mi pregunta, pero era reservado por naturaleza.

—¿Es su nombre real?

—Creo que sí. Todos los niños de su familia recibían el nombre de alguna fiesta. Creo que eso me dijo en una ocasión.

—¿Y cuál es su historia? —pregunté de nuevo, no viendo necesidad de declinar la pregunta.

—Es un fenómeno —dijo el Ratón.

—¿Y qué significa eso?

—Una vez mató a todo un pueblo.

—¿Cómo?

—Un pueblo entero. Hombres, mujeres y niños. Todos. Hasta el último —el Ratón sonrió con desdén al pensarlo—. Mató a los perros y los búfalos de agua, y quemó todas las casas y la mitad de los árboles y las cosechas. Ese hijo de puta mató todo lo que había allí excepto un par de pollos y una niñita.

—¿En Vietnam?

—Supongo que sí. No me dijo el nombre del pueblo. Quizá fuese en Camboya o en Laos. Mierda, tal como lo contaba, podía ser en cualquier parte. Simplemente metían a ese chaval en un avión y le daban un paracaídas y un macuto lleno de armas y bombas. Donde caía, todo el mundo tenía que morir.

—¿Cómo le conociste?

—Nos vimos una vez en Compton. Había unos tíos que pensaban que les estaba jugando una mala pasada un amigo de ese hombre. Esos tíos decían que eran amigos míos, y por eso yo eché un vistazo. Cuando averigüé lo que estaban haciendo, me hice amigo de Navidad. Él les dio una lección y los dos salimos a comer cerdo agridulce con arroz.

Estaba seguro de que en aquella historia había algo más, pero Raymond ya no iba por ahí alardeando de sus crímenes.

—¿Así que dejó el ejército después de matar a los de aquel pueblo?

—Sí. Supongo que si haces una cosa así, es difícil vivir después. Para él.

—¿No te lo tomarías mal tú si tuvieses que matar así?

—Yo nunca tendría que hacer esas cosas, Easy. Nunca he estado en ningún puto ejército, ni he saltado de ningún avión ni he tenido que matar a esos pequeñajos amarillos. Si yo tuviera que matar a todo un pueblo, sería sólo por cosas mías. Y si hubiera sido por cosas mías, pues entonces ya me parecería bien.

Entonces subí mi ventanilla, porque el frío de las palabras de Raymond ya era suficiente para mí.

Durante largo rato los dos nos quedamos en silencio, incluso mentalmente.

Cuando llegamos a L. A. pregunté a Raymond adónde iba.

—A casa —dijo.

—¿Con Etta y LaMarque?

—¿Qué otra casa tengo yo?

Así fue como supe que su exilio había terminado.

—¿Sabes qué hacer en Mike's?

—¿Qué pasa, ahora también soy tonto?

—Vamos, Ray. Ya sabes que esto es muy serio para mí.

—Claro que sé qué hacer. Cuando llegues allí, estaremos ya esperando al señor Lee.

Le dejé cuando serían quizá las tres de la mañana. Él me dio las llaves de su piso en Denker. Me fui allí, subí la escalera y me metí en la cama... totalmente vestido. Las sábanas olían a Georgette. Inhalé su aroma a tomateras y de repente me sentí muy despierto. No era la vigilia de un hombre excitado por el recuerdo de una mujer. El aroma de Georgette me había alterado un poco, pero yo no me podía quitar de la cabeza la historia de Navidad Black.

Me encontraba tan cerca de la muerte por aquel entonces que todos mis sentidos estaban sintonizados con sus vericuetos. Mi país enviaba muy lejos a asesinos solitarios para que masacrasen a mujeres y niños en remotas naciones. Mientras dormía en la seguridad del escondite del Ratón, personas inocentes estaban muriendo. Y los impuestos que yo pagaba con mis cigarrillos y los impuestos que me quitaban del salario compraban las balas y el combustible para los bombarderos.

Era por mi estado mental, por supuesto, pero eso no significa que estuviera equivocado. Todos aquellos años los nuestros habían luchado y rezado por la libertad, y ahora un hombre como Navidad, que procedía de un linaje entero de héroes, era simplemente un asesino más, como lo fueron todos aquellos hombres blancos antes que nosotros.

¿Para eso habíamos trabajado tantos años? ¿Para tener el derecho de pisar el cuello a otros pobres desgraciados? ¿Éramos acaso mejores que los hombres blancos que nos linchaban por la noche, si habíamos matado al padre y la madre de Pascua Amanecer, a su hermano y su hermana, a sus primos y amigos? Si podíamos matar así, todo aquello por lo que habíamos luchado podía ponerse en cuestión. Si nos convertíamos en los hombres blancos que odiábamos y a los que odiaban, entonces no éramos nadie, nadie en absoluto.

El dolor de mi corazón finalmente fue a reposar en Feather. Pensé en su muerte y al momento cogí el teléfono y llamé a la operadora de larga distancia.

—¿Diga? —exclamó Bonnie con aquel acento francés que aparecía cuando estaba trabajando en Europa o en África.

—Soy yo.

—Ah... hola, cariño.

—Eh... ¿qué tal está Feather?

—Los médicos dicen que está mal, muy mal —hizo una pausa momentánea para controlar el dolor. Yo aspiré una gran cantidad de aire—. Pero creen que con las transfusiones y los preparados pueden detener la infección. Y no tienes que preocuparte por el dinero durante unos meses. Esperarán.

—Gracias al señor Cham por eso —dije, sin apenas amargura en aquellas palabras.

—Easy.

—¿Sí?

—Tenemos que hablar, cariño.

—Sí. Sí, tenemos que hacerlo. Pero ahora estoy muy ocupado intentando pagar las facturas del hospital de Feather sin generar yo otras facturas de hospital.

—Yo... yo recibí tu mensaje —dijo, sin identificar al hombre que respondió al teléfono—. ¿Todo va bien?

—Sí, lo único que tienes que hacer es llamar antes de volver a casa. Antes tengo que hablar con una persona.

—También ha sido muy difícil para mí, Easy. He tenido que hacer lo que he hecho para poder...

—¿Está ahí Feather?

—No. Está en el hospital, en una habitación con tres niñas más.

—¿Hay teléfono allí?

—Sí.

—¿Me puedes dar el número?

—Easy...

—El número, Bonnie. Sintamos lo que sintamos, no puede afectar a todo lo que tiene que ver con ella.

—¿Diga?

—Soy papá, cariño —dije.

—¡Papá! ¡Papá! ¿Dónde estás?

—En casa del tío Raymond. ¿Cómo estás, corazón?

—Las enfermeras son muy simpáticas, papi. Y las otras chicas que están conmigo están muy malitas, mucho más que yo. Y no hablan inglés pero yo estoy aprendiendo francés porque ellas están demasiado hechas polvo para aprender un idioma nuevo. Una chica se llama Antonieta como la reina y la otra es Julia...

Parecía feliz, pero al cabo de un rato, se cansó también.

—¿Diga?

—Soy yo, Jackson.

—Easy, ¿sabes qué hora es?

Eran las 4.47 según mi reloj.

—¿Estabas durmiendo? —pregunté. Jackson Blue era el rey del insomnio. Podía estar de fiesta hasta el amanecer y luego leer a Voltaire para desayunar.

—No, pero Jewelle sí.

—Lo siento. ¿Has hecho algún progreso con el tema de los bonos?

—He pasado por télex los números al departamento de exteriores. Son buenos, tío. Muy buenos.

—¿Cuánto?

—El que me dijiste es por ocho mil cuatrocientos ochenta y dos dólares y treinta y nueve centavos. Antes de impuestos.

Cien mil dólares, quizás un poco más. No me parecía que Haffernon fuese a arriesgar su vida por aquel dinero. De modo que tenía que ser la carta.

—Jackson.

—¿Sí, Ease?

—¿Has oído hablar de un tipo llamado Joe Cicerón? Le llaman el Garbanzo.

—Nunca había oído hablar de él, pero debe de ser bastante culto.

—¿Por qué dices eso?

—Porque al primer Cicerón, el estadista romano, le llamaban Garbanzo, que es lo que significa Cicerón en latín clásico, donde la ce sonaba como la ka, de modo que sería algo así como «Kíkero».

—Lo pronuncies como lo pronuncies, ese garbanzo es un garbanzo negro...

38

Soñaba que estaba muerto y metido en un ataúd bajo tierra. Allá abajo nadie podía tocarme, pero yo lo veía todo. Feather jugaba en el jardín, Jesus y Benny tenían un niño que se parecía a mí. Bonnie vivía con Joguye Cham en la cima de una montaña en Suiza, que, sin saber cómo, dominaba toda África. Al otro lado de la calle, frente al cementerio, había una prisión, y en ella estaba toda la gente viva y muerta que alguna vez había intentado hacer daño a mis seres queridos.

Me había quedado dormido de espaldas con las manos en los muslos. Me desperté en la misma posición. Estaba completamente descansado y feliz de que los sueños del Ratón hubiesen contaminado los míos.

Eran más tarde de las cuatro. No tenía trabajo alguno que hacer, así que el calendario y el reloj habían perdido sentido para mí. Era igual que de jovencito, cuando corría por las calles en busca de amor y de dinero para el alquiler.

Mi pasión se había enfriado en aquella tumba imaginaria. La fría tierra había filtrado todo el dolor y la rabia que hervían en mi corazón. Feather tenía una oportunidad y yo tenía cientos de miles de dólares en bonos al portador. Quizás hubiese perdido a mi mujer. Pero pensé que era como cuando un hombre se despierta después de un accidente grave. Los médicos le dicen que ha perdido un brazo. Eso es malo. Duele, y quizá derrame algunas lágrimas. El brazo no está, de acuerdo, pero él en cambio sigue allí. Es una suerte también, de algún modo.

El bar de Mike estaba en un edificio grande que ocupaba lo que en tiempos fue un depósito de cadáveres. Tenía una sala grande y cuatro más pequeñas para fiestas y reuniones privadas. En los viejos tiempos, antes incluso de que yo me trasladase a L. A., los de la funeraria tenían un bar clandestino detrás del almacén de ataúdes. Los familiares llegaban dolientes y salían con nuevas esperanzas.

El Ratón sabía lo del antiguo club porque a la gente le gustaba hablar con él. Así que ocupamos la sala privada que se usaba para almacenar ataúdes y él se ocultó detrás de la puerta secreta. Desde allí, podía espiar la reunión con Lee.

Nuestro plan tenía algunos puntos que lo hacían recomendable. En primer lugar, si Lee se ponía quisquilloso, el Ratón podría dispararle a través de la pared. El Ratón, además, tenía buen oído. Quizá Lee dijese algo que él comprendiese mejor que yo. Pero lo mejor era tener al Ratón en aquella reunión sin que Lee le viera; podía llegar un día en que Raymond tuviese que acercarse a Lee, y no debía ser reconocido.

Llegué al bar a las 6.20, diez minutos antes de que la reunión empezase.

En la máquina de discos sonaba una canción de Sam Cooke sobre una cadena de presos. Mike, un hombre color terracota, estaba de pie como una estatua detrás del mostrador de mármol de su bar.

—Easy —me dijo cuando aparecí en la puerta.

Miré a mi alrededor en busca de enemigos, pero lo único que vi fue a hombres y mujeres sentados a unas mesas pequeñas, bebiendo y hablando detrás de una neblina de humo de tabaco.

—Está ahí —me dijo Mike cuando llegué al bar.

—¿Ha dicho algo?

—No. Sólo que ibas a venir y que también vendría un hombre blanco bajito. Me ha dicho que podía aparecer por aquí otro tipo blanco con una chaqueta de piel de serpiente, y que si le veía, que le hiciera una señal.

—Cuando entre el blanco bajito asegúrate de que viene solo —le dije—. Si es así, le envías adentro.

—Ya me hago cargo —dijo Mike.

El Ratón había hecho un favor al barman hacía unos años. Mike me dijo una vez que estaba viviendo un tiempo prestado gracias a lo que había hecho Raymond por él.

—Le haré cualquier favor que me pida —había dicho Mike encogiéndose de hombros ligeramente—. Algún día hay que morir.

Recordé aquellas últimas palabras cuando entré en la pequeña habitación que en tiempos albergó unas docenas de ataúdes.

Era una habitación bien iluminada, con una mesa de pino cuadrada tratada con barniz color roble. Las sillas eran del mismo estilo más o menos, pero si se miraban de cerca, se veía que no hacían juego exactamente. El Ratón estaba embutido en la pared posterior, detrás de una placa de yeso. Me preguntaba si Lee apreciaría la justa reciprocidad de nuestro engaño. Él me contemplaba desde un muro similar en su propia casa.

Raymond no me dijo nada. Aquello eran negocios.

Encendí un cigarrillo y dejé que se quemase entre mis dedos mientras investigaba buscando seres vivos en la habitación. No había plantas en aquella habitación sin sol. Pero tampoco había ni una sola mosca, ni mosquito, ni cucaracha, ni hormiga. La única vida visible y audible en aquella habitación era yo. Aquello era más solitario que un ataúd, porque al final, en la tierra, uno tiene los gusanos para hacerle compañía.

Sonó un golpecito y antes de que pudiese responder, la puerta se abrió. Mike, el piel roja, metió la cabeza y dijo:

—Es legal, Easy.

Luego se apartó y entró Robert E. Lee.

Lee llevaba un abrigo grande de mohair y un sombrero Stetson negro de ala corta. Miró a ambos lados y luego se acercó a la mesa. Sus pasos eran muy firmes para un hombre tan bajito.

—Siéntese —dije yo.

—¿Dónde está Saul?

—Escondido.

—¿De usted?

Negué con la cabeza.

—Saul y yo somos amigos. Se esconde de nuestros enemigos.

—Saul me dijo que estaría aquí.

—Ya que está usted aquí, tome asiento y hablemos de negocios.

Él sabía que tendría que escucharme. Pero el hombre blanco dudó, fingiendo que sopesaba los pros y los contras de mi petición.

—Está bien —dijo, finalmente. Apartó la silla que estaba frente a mí, y se sentó en el borde.

—Tengo los bonos —dije—. Bowers está muerto con toda probabilidad, y también Haffernon.

—Haffernon fue quien me contrató —me dijo Lee—. Cuénteme todo lo que haya averiguado y ambos nos retiraremos de esto.

—¿Y mis diez mil?

—Ya no tengo cliente —dijo, como explicación.

—Entonces, yo tampoco.

—¿Qué quiere usted de mí, señor Rawlins?

—Hacer un trato. Yo le explico algo del asunto y usted me quita a Cicerón de encima.

—¿Cicerón? ¿Joe Cicerón?

La sinceridad de su miedo me hizo comprender que la situación era mucho más compleja de lo que yo imaginaba.

—Nunca haría tratos con un hombre como ése —dijo Lee, con absoluto énfasis, como si estuviera pronunciando un hechizo contra el mal de ojo que yo le había echado encima.

—¿Cómo es que conoce a ese tipo, si nunca ha trabajado con él? —pregunté—. Quiero decir que usted no se dedica al tipo de negocios en el que se ponen anuncios.

—Le conozco por los periódicos y por algunos amigos en la oficina del fiscal. Fue juzgado por la tortura y asesinato de un joven de la alta sociedad en Sausalito: Fremont, Patrick Fremont.

—Bueno, pues ese tío anda por ahí buscando ese maletín que usted me encomendó encontrar. Me dijo que había matado a Haffernon y a Axel y que mi familia y yo éramos los siguientes en su lista.

—Eso es problema suyo —dijo Lee. Se removía como si estuviera dispuesto a ponerse en pie y echar a correr.

—Vamos, hombre. Fue usted quien me contrató. Lo único que tengo que hacer es decirle al Garbanzos que usted tiene los bonos, que Maya los encontró por ahí en alguna parte. Y lo tendrá usted pegado al culo.

—Saul dijo algo de Maya cuando hablé con él por teléfono —dijo Lee—. ¿Sabe algo de eso?

—Anteayer me despidió —dije.

—Bobadas.

—Luego me volvió a contratar cuando le dije que había encontrado a Philomena, pero me negué a compartir mi información.

—¿Y cómo voy a creerme nada de lo que me diga, señor Rawlins? Primero me dice que Joe Cicerón va detrás de los bonos, y luego me dice que mi cliente y su presa están muertos, y que tiene los bonos que buscamos, y que Maya me ha traicionado. Pero no me ofrece ni una sola prueba de todo ello.

—Usted nunca me habló de ningún bono, Bobby Lee —dije, encontrando el tono de voz que me daba fuerzas.

—Quizás usted oyese hablar de ellos.

—Claro que sí... a la mujer que los tenía, Philomena Cargill. Ella me los dio para que evitase que Cicerón la convirtiese en difunta.

En algún momento en mitad de la conversación Lee había cambiado y de ser el bobo presumido que era pasó a ser algo más parecido a un detective... Lo veía en sus ojos.

—¿Así que usted tiene los bonos? —me preguntó.

—Desde luego.

—Démelos.

—No los tengo aquí, y aunque los tuviera, tendría que quitármelos. Porque usted no me contó ni la mitad de toda la mierda en la que me he visto metido.

—Los detectives corren riesgos.

—Pues si yo los corro —le dije—, usted también los correrá.

—No puede amenazarme, Rawlins.

—Escuche, amigo, lleva usted el nombre de un gran general. Con la mierda que he averiguado yo podría amenazar al mismísimo Ike.[1]

Fue la certidumbre que había en mi voz lo que le inclinó hacia mi lado.

—¿Y dice que Maya le despidió?

—Dijo que usted había cerrado el caso y que mis servicios ya no serían necesarios.

1. Se refiere a Dwight D. Eisenhower, popularmente conocido como Ike, que fue presidente de Estados Unidos de 1953 a 1961 y estaba muy bien considerado por la opinión pública estadounidense. *(N. de la E.)*

—Pero ¿no le dijo nada de los bonos?

—No. Lo único que dijo es que habíamos terminado, y que podía quedarme el dinero que ya tenía.

—Necesito pruebas —dijo Lee.

—Ha habido un crimen en el motel Pixie Inn esta tarde. El cadáver que han hallado allí es el de Haffernon.

—Aunque sea así, eso no prueba nada —dijo Lee—. Podría haberle matado usted mismo.

—Vale. Pues adelante. Váyase. He intentado avisarle. Lo he intentado.

Lee se quedó sentado, mirándome fijamente.

—Conozco a algunos agentes federales que podrían coger a Cicerón —manifestó—. Podrían sacarle de escena hasta que el caso quedase resuelto. Y si podemos cargarle esas muertes...

—¿Está diciéndome que podríamos ser socios?

—Necesito pruebas para lo de Maya —dijo—. Lleva conmigo muchos años. Muchos años.

—Cuando acabe todo esto, podemos ponerle un piso —me ofrecí—. O le damos los bonos, o la metemos en la cama con Canela. Creo que esas dos se gustarían. Pero yo necesito pruebas para lo de Cicerón. Ese hijo de puta haría sudar hasta a una estatua de mármol.

Lee sonrió. Aquello me tranquilizó bastante con respecto a él. A lo largo de mis muchos años, yo había llegado a comprender que el humor era la mejor prueba de inteligencia de mis congéneres los humanos. El hecho de que Lee se hubiera ganado mi respeto gracias a una simple broma me hacía albergar esperanzas de que pudiese llegar a conclusiones sensatas.

—¿Realmente fue a verle? —preguntó Lee.

—Sí, a mi despacho. Me dijo que le entregase a Canela o que alguien de mi familia moriría.

—¿Mencionó su nombre?

Asentí con la cabeza.

—Philomena Cargill.

—¿Y usted tiene los bonos?

—Claro.

—¿Cuántos?

—Doce.

—¿Y había alguna otra cosa con ellos?

—Estaban en un sobre marrón. No había maletín ni nada.

—¿Llevaban algo adjunto?

—¿Como qué? —Yo me mostraba reticente a ver cuánto estaba dispuesto a revelar.

—Nada —dijo—. Bueno, ¿qué hacemos ahora?

—Vuélvase a casa. Dígame cómo ponerme en contacto con usted y lo haré dentro de un par de días. En ese tiempo, averigüe todo lo necesario sobre Maya y hable con quien sea necesario acerca de J. C.

—¿Y usted qué hará?

—Evitar que me maten en lo posible, sentado encima de esos bonos mientras van generando intereses.

Me dio un número de teléfono privado al que sólo respondía él personalmente.

Se levantó y yo también me levanté. Nos estrechamos las manos.

Él sudaba bajo su grueso abrigo. Probablemente llevaba armas escondidas. Yo al menos lo habría hecho.

39

Treinta segundos después de que Lee se fuese, una parte de la pared que había a mi izquierda se bamboleó y luego se movió hacia atrás. El Ratón salió por la abertura, con un traje rojo y camisa negra. Sonreía.

—No me habías dicho que tenías los bonos, Ease.

—Pues claro que sí. Al mismo tiempo que se lo decía a Lee.

La sonrisa no se borraba del rostro de Raymond. No le importaba que un hombre mantuviese sus cartas bien pegadas a la chaqueta. Lo único que le importaba era que al final él obtuviese la parte que le correspondía del bote.

—¿Qué piensas? —le pregunté mientras salía del bar.

—Me gusta ese tío. Está como una cabra. Y es listo también. Lo sé porque un minuto después de que entrase, yo ya creía que tenía que pegarle un tiro en la cabeza al hijo de puta si empezaba a tocar las narices.

Y eso lo dijo sesenta segundos después de que Lee dejase la habitación. Estábamos a mitad de camino hacia el bar. El Ratón pidió un escocés y yo estaba a punto de pedir un Virgin Mary cuando sonaron seis o siete detonaciones fuera.

—¿Qué ha sido eso? —gritó Mike.

Miré a Raymond. Llevaba su pistola cuarenta y uno de largo cañón en la mano.

Entonces, en la calle, retumbaron dos explosiones. Disparos de escopeta.

Me dirigí hacia la puerta sacando la pistola del bolsillo. El Ratón iba delante de mí. Abrió la puerta moviéndose hacia abajo y hacia la izquierda. Un coche aceleró y unos neumáticos chirriaron. Vi un coche (no pude distinguir el modelo) coleando mientras se alejaba.

—¡Easy! —El Ratón se inclinó hacia Robert Lee y le abrió el abrigo y la camisa.

Había una escopeta recortada junto a la mano derecha del detective, y la sangre corría libremente por el lado derecho de su cuello. Cuando el Ratón le abrió la camisa, vi el chaleco antibalas de la policía que llevaba al menos cinco agujeros de bala.

El Ratón sonrió.

—Ah, sí. La única forma, un disparo en la cabeza.

Tapó con su mano la herida del cuello. Lee levantó la vista y nos miró, jadeante. Estaba conmocionado, pero todavía no habían acabado con él.

—Ella me ha traicionado —dijo.

—Coge el coche, Easy. Este chico necesita un médico.

Me senté con Lee en el asiento de atrás mientras el Ratón conducía el coche trucado de Primo. Tenía la cabeza y los hombros del tocayo del general apoyadas en mi regazo, y le apretaba la camisa desgarrada contra la herida.

—Me ha traicionado —repitió Lee.

—¿Maya?

—Le dije que venía a ver a Saul.

—¿Por qué hizo eso?

Sus ojos se ponían vidriosos. No estaba seguro de que me oyese.

—Ella no lo sabe, pero si lo que usted ha dicho... lo que ha dicho...

—Vamos, Bobby, calle. Vamos.

—Ella lo sabía. Sabía dónde íbamos a quedar. Yo no le expliqué lo que había hablado con Saul, pero ella lo sabía, y me ha traicionado con esa serpiente de Cicerón...

No cerró los ojos pero perdió el conocimiento. No pude sacarle ni una palabra más.

Había poco movimiento aquella noche en la sala de urgencias. Lee era el único herido de arma de fuego en el hospital. Quizá fuese a causa de eso, o quizá por el hecho de que era blanco, el caso es que le atendieron rápidamente. Le pusieron en una cama del hospital y le conectaron a tres máquinas antes de que yo hubiese acabado siquiera de rellenar los documentos.

Cinco minutos después llegó la policía.

Cuando vi entrar a los tres tipos con uniforme me volví hacia el Ratón, dispuesto a decirle que se deshiciera del arma. Pero él ya no estaba por ninguna parte. El Ratón sabía que aquellos policías llegarían antes de que apareciesen por allí. Era tan intuitivo en las calles como Willie Pepp lo había sido en el ring.

—¿Es usted quien le ha traído? —me preguntó a bocajarro el jefe de los policías, un sargento con el cabello plateado.

Los otros policías de uniforme realizaron una ensayada maniobra de flanqueo.

—Desde luego. Easy Rawlins. Nos habíamos reunido en el bar de Mike y él acababa de salir. He oído disparos y he salido corriendo... y le he encontrado tirado en el suelo. Un coche huía del lugar, pero ni siquiera puedo asegurar de qué color era.

—Hemos recibido informes de que se encontró una escopeta de cañones recortados en el suelo. ¿A quién pertenecía?

—No tengo ni idea, oficial. Vi el arma, pero no la toqué... era una prueba.

Yo estaba demasiado tranquilo para aquel hombre. Estaba acostumbrado a que la gente se agitase mucho después de un tiroteo.

—¿Y dice usted que estaba bebiendo con la víctima? —me preguntó.

—He dicho que me había reunido con él.

—¿Qué tipo de reunión?

—Soy detective, sargento. Detective privado. El señor Lee, que es la víctima, es detective también.

Le tendí mi licencia. Estudió la tarjeta con mucho cuidado, tomó un par de notas en una libretita con tapas de cuero negro y luego me la devolvió.

—¿En qué trabajaban?

—Un control de seguridad de Maya Adamant. Es una agente que trabaja con él de vez en cuando.

—¿Y por qué salió usted huyendo del escenario?

—¿Le han disparado a usted alguna vez en el cuello, sargento?

—¿Cómo?

—Espero que no, pero si alguna vez le ocurre, estoy seguro de que querrá que alguien le lleve al médico a toda velocidad. Porque como comprenderá, ningún informe policial del mundo merece que alguien muera desangrado en Slauson.

El sargento no era mal tío. Simplemente, cumplía con su obligación.

—¿Vio usted al que disparó? —me preguntó.

—No señor. Sólo el coche, como le he dicho.

—¿Y la víctima...?

—Lee —dije.

—¿Dijo algo?

—No.

—¿Recibió algún disparo el agresor?

—No lo sé.

—Encontraron sangre más allá, en la misma manzana —dijo el sargento—. Por eso se lo pregunto.

Me miró a la cara. Yo meneé negativamente la cabeza, esperando que Joe Cicerón estuviese muriéndose en alguna parte.

Un joven doctor blanco con la nariz respingona se acercó a nosotros.

—Su amigo se pondrá bien —me dijo—. No tiene graves daños vasculares. El disparo le ha atravesado.

—¿Puedo hablar con él? —preguntó el policía al médico.

—Está conmocionado y sedado —dijo el doctor. No miró al policía a los ojos. Me pregunté qué secretos tenía que ocultar—. No podrá hablar con él hasta mañana.

Al ver que por allí no había salida, el policía volvió a mí.

—¿Puede contarme algo más, Rawlins?

Le podría haber dicho que me llamase «señor», pero no lo hice.

—No, sargento. Es todo lo que sé.

—¿Cree que esa mujer a la que están investigando podría tener algo que ver con esto?

—No sabría decirle.

—Dice que la estaba investigando.

—Mis hallazgos no fueron concluyentes —dije, peleándome con la jerga.

El policía me miró un momento y luego se rindió.

—Ya tengo su información. Quizá le llamemos.

Yo asentí y el policía se llevó al doctor a algún sitio para hacer su informe.

Todo se calmó al cabo de media hora o así. La policía se fue, el médico se dedicó a otros pacientes. El Ratón se había ido hacía rato.

Yo me quedé por allí porque sabía que alguien quería a Lee muerto, y mientras estuviese inconsciente, sentí que tenía que vigilarle. No era un acto tan desinteresado como podía parecer. Todavía necesitaba que el altivo y menudo detective interviniese para librarme de Cicerón. No sabía si Lee en realidad había visto a Cicerón dispararle, si Lee le había disparado, y, si lo había hecho, si la herida había resultado fatal. Tenía que actuar como si Cicerón todavía estuviese en el juego y tan mortífero como siempre.

Lo único que valía la pena leer en los estantes de revistas de la sala de espera era una publicación de ciencia ficción llamada *Mundos del mañana.* Encontré en esa revista una historia llamada «Bajo el gaddyl». Era un cuento sobre el futuro del hombre, el futuro del hombre blanco, donde toda la humanidad blanca quedaba esclavizada bajo una raza alienígena... los gaddyl. El objetivo del personaje principal, un esclavo liberado por los gaddyl, era emancipar a su pueblo. Leí la historia con un cierto asombro. La gente blanca de todo el país comprendía los problemas a los que nos enfrentábamos yo y los míos, pero de algún modo, sentían poca compasión por nuestros padecimientos.

Yo pensaba en ello cuando una sombra cayó sobre mi página. Por el perfume supe quién era.

—Hola, señorita Adamant —dije, sin levantar la vista.

—Señor Rawlins.

Ella tomó asiento junto a mí y se inclinó hacia delante, al parecer llena de preocupación.

—Sabe que usted le traicionó. Se lo ha dicho a la policía —dije.

—¿De qué está hablando?

—Sabe que usted envió a Cicerón para que le disparase.

—Pero... yo no lo hice.

Disimulaba muy bien.

—Si no sabe nada acerca de lo de esta noche, ¿qué cojones hace aquí? ¿Cómo demonios ha sabido que estaba en esta sala de urgencias?

—He venido porque sabía que usted o Saul le hablarían de nuestras conversaciones. Quería hablar con él, explicarme.

—Entonces, ¿estaba fuera del bar viendo cómo disparaban a su jefe?

—No. Estaba en el hotel Clarendon. He oído las noticias acerca del tiroteo. Sabía dónde era la reunión.

—¿Y qué pasa con Cicerón? —pregunté.

Su rostro se puso blanco. Supongo que era la forma que tenía de concentrarse y resolver algún problema. Yo era el problema.

—Me llamó —dijo.

—¿Cuándo?

—Después de hablar con usted. Quería hablar con el señor Lee, pero yo le dije que toda la información tenía que pasar por mí. Él dijo que teníamos intereses comunes, que quería encontrar a Philomena Cargill y un documento que Axel le había entregado.

—¿Y qué dijo usted?

—Yo le dije que no sabía dónde estaba Canela.

Si hubiera podido, Maya se habría detenido ahí. Pero yo adelanté las manos como el monstruo de Frankenstein interpretado por Boris Karloff justo antes de asesinar a la niñita.

—Dijo que quería reunirse con usted y me preguntó si sabía dónde estaba —añadió.

—¿Yo?

—Dijo que si alguien podía encontrar a Philomena ése era usted.

—¿Y cómo me conocía él? —pregunté.

—No lo dijo.

—¿Usted no le habló de mí?

—No.

—¿Cómo supo cómo llamarla, en un principio?

—No lo sé.

—¿Le dijo a alguien que yo estaba trabajando para usted? —le pregunté.

—No.

—¿Y su jefe?

—Yo llevo todas las conversaciones de negocios —contestó, con un ápice de desdén en la voz.

—Y por tanto, le dijo a Cicerón dónde estaba yo, ¿no?

—Yo no lo sabía. Pero cuando el señor Lee comentó que iba a reunirse con Saul, llamé a Cicerón. Yo había intentado ponerme en contacto con el señor Lynx, pero no contestaba al teléfono. Le dije a Cicerón dónde podía estar Saul, pensando que él quizá podría ayudar a encontrarle a usted.

—¿Y qué sacaba usted de todo eso?

—Cicerón tiene una cierta reputación —replicó.

—Sí —repuse yo—. De asesino y torturador.

—Quizá. Pero también es conocido por mantener los tratos por su parte. Le dije lo que yo quería a cambio de la información y él accedió.

—Quería los bonos —dije.

—Sí.

No dije nada. Simplemente me quedé mirándola.

—Ese hijo de puta me paga siete dólares por hora sin beneficios. Él gana más de un cuarto de millón al año —dijo ella, como defendiéndose de mi mirada— y yo lo hago casi todo. Estoy de guardia las 24 horas del día. Me llama cuando estoy de vacaciones. Me hace hablar con todo el mundo, llevarle la contabilidad, hacer todos los negocios. Yo tomo todas las decisiones importantes mientras él se queda sentado detrás de su escritorio y juega con sus soldaditos.

—Parece una razón muy buena para matarle —dije.

—No. Si yo conseguía los bonos y los convertía en dinero, podía hacerme un plan de pensiones. Era lo único que quería.

—¿Y por qué iba a matar Cicerón a Lee?

—No lo sé, pero sospecho que sea cual sea el trabajo que está haciendo ahora, la muerte de Lee forma parte de él.

—Quizá la suya también —sugerí.

Ella palideció al oírme.

40

Después de nuestra conversación pedí a Maya que subiese conmigo al mostrador de enfermeras. Allí la presenté a la señora Bernard, la enfermera jefe, con gafas, y al doctor de la nariz respingona.

—Ésta es la señorita Maya Adamant —dije—. Ella les dirá que es amiga del señor Lee, pero la policía sospecha que tiene algo que ver en su tiroteo. No tienen pruebas, pero no creo que deban dejarla corretear por aquí sin vigilancia.

La asombrada expresión de sus rostros era algo que valía la pena ver.

Maya les sonrió y dijo:

—Es un malentendido. Yo trabajo para el señor Lee. En cualquier caso, esperaré hasta que esté consciente y luego pueden preguntarle si quiere hablar conmigo o no.

La mañana era helada pero yo no me sentía demasiado mal.

Echaba de menos hablar con Bonnie. Durante los años anteriores había hablado con ella de casi todo. Eso significaba una nueva experiencia para mí. Nunca antes había confiado plenamente en otro ser humano. Si eran las cinco de la mañana y yo llevaba fuera toda la noche, podía llamarla y ella estaba allí, tan rápido como podía. Nunca me preguntaba por qué, pero yo siempre se lo explicaba. Al estar con ella, comprendí lo solitario que había estado durante todos mis años de vagabundeo. Pero al encontrarme solo de nuevo también sentí que volvía a la compañía de un viejo amigo.

Me preocupaba la supervivencia de Feather, pero su voz sonaba animada por teléfono, y ya tenía sangre nueva fluyendo por sus venas.

Sangre y dinero eran las divisas con las que negociaba yo. Eran inseparables. Ese pensamiento me hizo sentir mucho más cómodo si cabe. Imaginé que si sabía dónde me encontraba, tenía muchas posibilidades de llegar al lugar adonde me dirigía.

Aparqué en la calle frente a la casa de Raphael Reed un poco después de las siete. Tomé un café en un vaso de papel. El brebaje era tan amargo como flojo, pero me lo bebí para poder permanecer despierto. Quizá Canela estuviese con el joven. Podía esperar.

Sentado allí, repasé todos los detalles que tenía ya. Sabía más del caso de Lee que nadie, pero aun así, había enormes agujeros. Cicerón era el asesino, eso estaba claro, pero ¿quién manejaba sus riendas? Él no podía ser uno de los jugadores de la partida. Tenía que trabajar para alguien: Canela, Maya, incluso Lee o Haffernon. Quizá Bowers le hubiese contratado al principio. Sería bueno conocer las respuestas, por si la policía llamaba a mi puerta.

Cerca de las nueve salió Roget por la puerta principal del edificio turquesa. Llevaba una maleta de tamaño mediano. Podía contener cualquier cosa, podía dirigirse a cualquier parte, pero me sentí intrigado. Y así, cuando el chico pecoso alto y tostado se subió a un Datsun azul claro, yo puse en marcha también mi motor. Me llevó hasta el mismo Hollywood, y aparcó frente a una casa rectangular de cuatro pisos en Delgado. Fue hasta la entrada y luego pasó a la parte de atrás. Al cabo de un momento le seguí.

Iba hacia la puerta delantera de una casita pequeña que había allí detrás. Llamó y le abrió alguien a quien no pude ver. Volví al coche. Cuando me senté, el agotamiento me venció. Me eché atrás en el asiento sólo un momento.

Dos horas después me despertó el sol que me daba en la cara.

El Datsun azul había desaparecido.

Ella llevaba una camiseta y nada más. El suave bulto de sus pezones se marcaba bajo el algodón blanco. También se transparentaba el color oscuro.

Después de responder a mi llamada, no sabía si sonreír o echarse a correr.

—¿Y ahora qué quieres de mí? —me dijo—. Ya te he dado los bonos.

—¿Puedo entrar?

Retrocedió y yo entré. Era otro camarote de transatlántico. Los muebles, de tamaño normal, abarrotaban la diminuta habitación. Había un sofá y una mesa redonda encima de la cual reposaba un televisor portátil. En la radio que había en el alféizar de la ventana sonaba Mozart. Su gusto musical no tenía por qué haberme sorprendido, pero me sorprendió.

En la mesa se veía un bote de cristal vacío que había contenido salchichas de Viena, un vasito de zumo de naranja a medio beber y una bolsa de patatas fritas con gusto a barbacoa vacía.

—¿Quieres beber algo? —me preguntó.

—Agua estaría bien —dije.

Se metió por una puertecita diminuta. Oí abrir un tapón y ella volvió con un vasito de plástico color verde lleno de agua.

Me la bebí de un trago.

—¿Quieres más?

—Hablemos —dije yo.

Ella se sentó en un extremo del sofá dorado. Yo me senté en el otro.

—¿Qué quieres saber?

—Primero... ¿quién sabe que estás aquí?

—Sólo Raphael y Roget. Y ahora tú.

—¿Y ellos se chivarán?

—No, en esto no. Raphael sabe que alguien me está buscando, y Roget hace todo lo que le dice Raphael.

—¿Por qué mataste a Haffernon?

Era un giro abrupto, brutal, calculado para desconcertarla. Pero no funcionó.

—Yo no lo hice —dijo, con toda tranquilidad—. Le encontré allí y salí huyendo, pero no le maté. No. Yo no fui.

¿Qué otra cosa podía decir? Quizá que la había atacado, que había intentado violarla.

—¿Y cómo se entiende eso? —pregunté—. ¿Encuentras a un hombre muerto en tu propia habitación y no sabes cómo le han matado?

—Es la verdad.

Meneé la cabeza.

—Pareces cansado —dijo ella, con simpatía.

—¿Cómo consiguió entrar Haffernon en tu habitación?

—Yo le llamé.

—¿Cuándo?

—Justo después de verte a ti. Le llamé y le dije que quería librarme de los bonos. Le pregunté si me los compraría por su valor nominal.

—¿Y qué hay de la carta?

—También se la quedaría él.

—¿Cuándo se suponía que iba a tener lugar esa reunión?

—Hoy. Esta tarde.

—¿Y cómo es que apareció muerto en el suelo de tu habitación ayer?

—Después de hablar contigo por última vez me di cuenta de que Haffernon podía enviar a aquel hombre de la chaqueta de piel de serpiente a matarme y a coger los bonos, de modo que fui a ver a Raphael y le pedí que llevase los bonos a tu amigo.

—¿Por qué?

—Porque aunque yo apenas te conocía, pareces la persona más fiable que he conocido, y además... —Sus palabras se fueron extinguiendo a medida que una idea mejor tomaba las riendas.

—Además, ¿qué?

—Me imaginé que tú no sabrías qué hacer con los bonos, y por lo tanto, no tenía que preocuparme de que intentases cobrarlos.

Eso me hizo reír.

—¿Qué te divierte tanto?

Le hablé de Jackson Blue, de que estaba dispuesto en aquel mismo momento a cambiarlos. Pude ver la sorpresa en su rostro.

—Mi tío Thor me dijo una vez que por cada cosa que aprendes, olvidas otra —dije.

—¿Y qué significa eso?

—Que mientras te enseñaban toda esa sabiduría y conocimientos del mundo blanco en Berkeley, olvidabas de dónde venías y cómo hemos sobrevivido todos estos años. A lo mejor fingíamos que éramos idiotas, pero ¿sabes? tú te has ido tan lejos que has empezado a pensar que lo fingido era real.

Canela sonrió. La sonrisa se agrandó de oreja a oreja.

—Dime exactamente qué le ocurrió a Haffernon —dije.

—Es tal y como te he dicho. Le llamé y le di una cita para que se reuniera conmigo en el motel.

—¿A qué hora?

—Hoy a las cuatro —dijo—. Entonces me puse nerviosa y fui a darle los bonos a Raphael para que se los entregara a tu amigo...

—¿Y qué hora era entonces?

—Justo después de hablar contigo. Volví sobre las cinco. Y entonces le vi en el suelo. Había llegado temprano, demasiado temprano.

—Pero ¿quién pudo matarle, si no fuiste tú?

—No lo sé. No fui yo. Pero cuando hablé con él, dijo que no era el único interesado, que lo que planeaba hacer Axel hundiría a muchas personas inocentes.

Pensé en la bala que había matado a Haffernon. Había entrado por la base del cráneo y salido por la parte superior. Era un hombre alto. Con toda probabilidad, le había matado o bien un hombre muy bajo o bien una mujer.

—¿Diste tu nombre auténtico en el motel?

—No. No lo hice. Me hice llamar Mary Lornen. Son los nombres de dos personas que conocí en el norte.

Las pruebas son algo extraño. Para los policías y los abogados dependen de evidencias palpables: huellas digitales, testigos presenciales, lógica irrefutable o autoincriminación. Pero para mí, la prueba es como la niebla de la mañana en un terreno difícil. Se ve el paisaje y luego no se ve. Y lo único que puedes hacer es intentar recordarlo todo y vigilar dónde pisas.

El hecho de que Philomena hubiese entregado aquellos bonos a Primo significaba algo. Me hacía dudar. Mientras yo pensaba en todo aquello, Philomena iba avanzando por el sofá.

—Bésame —me ordenó.

41

El beso de Canela era algo espiritual. Era como el rápido e inesperado entendimiento entre el este y el oeste. Cayó una barrera, el olvido inundó mi corazón y en algún lugar se me concedió la redención por todas mis transgresiones.

—Lo necesito —susurró—. No tiene que significar nada.

Apretó sus pechos contra mi cuerpo, acorralándome de tal modo que me quedé apoyado contra el brazo del sofá. Entonces me cogió por los tobillos y tiró tan fuerte que, con mi ayuda, me hizo caer completamente de espaldas.

Se levantó la camiseta blanca y se puso a horcajadas encima de mí. Cuando lo hizo, vi de refilón su vello púbico, que sobresalía. Me sentí como un niño que ve algo que se le ha mantenido oculto desde hace una eternidad.

—¿Qué... qué es lo que necesitas? —dije, violento por mi tartamudeo.

Ella bajó hasta mis espinillas y se inclinó a coger la cinturilla de mis pantalones. Con un rápido tirón me bajó tanto los pantalones como los calzoncillos hasta las rodillas. Luego se volvió a incorporar.

Justo antes de bajar de nuevo, dijo:

—Necesito tu calor.

La sensación de su sexo caliente en el mío dio a sus palabras susurradas un sentido mucho más profundo.

—Levántate la camisa —me dijo.

Empezó a moverse suavemente hacia delante y hacia

atrás y luego de lado, haciendo cosas con mi polla, que yacía plana contra mi vientre, que nunca se me habrían ocurrido a mí solo. La miraba muy atentamente, buscando pasión. Pero ella controlaba. La sensación estaba en su interior, y la mantenía allí dentro. Me puso las manos en el pecho. Vi que ponía un dedo en mi pezón erecto, pero no lo noté.

—¿Era tu amante? —le pregunté. Era lo último que se me acababa de ocurrir.

—¿Axel?

—Claro.

—Claro —repitió ella.

—¿Y qué hacíais vosotros dos?

—¿Quieres decir que cómo nos lo montábamos?

—No. Con los bonos. Con la carta.

—Él me amaba —dijo—. Quería ayudarme a pasar por encima de todo el mundo.

Yo comprendía cada palabra, cada inflexión de su voz. Se movía de lado a lado, y notaba su excitación entre mis muslos, aunque no se transparentaba en su rostro.

—¿Tú le amas?

—¿Si te hablo de él me contarás tú algo?

Yo asentí y tragué saliva.

—¿Qué quieres saber? —me preguntó.

—¿Le amas? —pregunté, aunque era otra la pregunta que me hervía en la mente.

—Es más que eso —susurró ella, con una mueca de desdén y frunciendo los labios con aire travieso—. Él me salvó la vida. Me acogió en su casa y me dejó estar allí, con todos aquellos tesoros. Me presentó a sus amigos y su familia y nunca entró en una habitación en la que yo no pudiera entrar con él. Nunca me dio ni un solo centavo que yo no me ganara, y también hacía lo que yo le decía.

La idea de que un hombre obedeciera a aquella mujer extrajo de mi pecho un sonido que nunca había oído antes, ni siquiera en un bebé que fuese todo sentimientos y deseos.

—Me dejó que le ayudara —decía ella—. Reconoció que yo era lista y educada, y que podía comprenderle mejor que todos aquellos hombres y mujeres blancos y viejos que le daban vergüenza.

—¿Le ayudaste con el tema de los bonos? —pregunté, de nuevo una pregunta que no me importaba.

—No, fue él. Eran sus propios demonios.

Se levantó de encima de mí, y una fría preocupación invadió mi rostro. Ella sonrió y volvió a bajar.

—Ahora me toca a mí —dijo.

—¿Qué?

—¿Por qué estás tan triste? —me preguntó.

Con un torrente de palabras se lo conté todo acerca de Feather y de Bonnie, que le había salvado la vida en brazos de un príncipe africano en los Alpes. Sonaba como una película mala al contárselo, pero las palabras seguían saliendo. Era casi como si no pudiera respirar hasta acabar toda la historia.

Su uña me tocaba el pezón. La conmoción me hizo saltar y apretar fuerte contra su sexo.

—¡Ah! —dijo ella, y luego cogió de nuevo el pezón.

Había encontrado otra forma de darnos placer a ambos. Mi respiración se volvía más pesada.

Entre sus balanceos y pellizcos, dijo:

—Todos los hombres sienten que las mujeres les engañan. Siempre están con eso. Pero es una tontería. Ahí tienes a una mujer que lo da todo por salvar a tu niñita, y lo único que se te ocurre pensar es en un capricho pasajero o incluso en un amante. ¿Qué crees que estarán haciendo en este mismo momento?

Levanté la mano y pellizqué uno de sus pezones, y luego el otro.

Le gustó, pero sólo lo demostró respirando profundamente.

Y para demostrarme que no era demasiado abrumador, empezó a hablar de nuevo.

—Es como cuando la prima de Axel, Nina, se puso celosa de que yo me metiera en su cama. Ella le amaba de otra manera: como Bonnie te ama a ti. No deberías sentir celos por ella. Deberías sentirte feliz de que pueda darle vida a tu hija.

Ésas eran las palabras que yo quería oír, que necesitaba oír desde hacía días. Abrí la boca, pero ella habló primero.

—No —dijo, pellizcando muy fuerte mis pezones y luego echándose hacia delante, con su sexo encima del mío—. No, más no. Córrete dentro de mí.

Yo me corrí enseguida, antes de estar preparado siquiera. Ella sonrió, pero no bajó el ritmo de su golpeteo contra mi pene. Dolía, pero no la aparté a un lado, ni me quejé. Y al cabo de unos segundos, tuve otro orgasmo. Supongo que fue eso. Ocurrió en algún lugar en el interior de mi cuerpo. De repente, había un dique que yo no conocía, y ese dique se rompió, y todo lo que había en su camino quedó anegado.

Cuando me desperté, la mujer que podía ser una asesina yacía a mi lado con la cabeza apoyada en mi hombro. Yo no sabía casi nada acerca de Philomena Cargill, y sin embargo, me había tocado en un lugar que ni siquiera había imaginado que existiera. ¿Era así ella con todos los hombres? ¿Una diosa de la fertilidad venida de algún lugar de África para atormentar a los mortales con algo que nunca conocerían sin ella? Sus manos estaban en mi sexo flácido. Pero en cuanto vi la escena, empezó a ponerse duro de nuevo.

—Deberíamos lavarnos —dijo ella, despertándose al notar mi excitación.

—Sí. Sí.

Había una ducha provisional sujeta a la pared encima de la pequeña bañera del cuarto de baño. Nos lavamos el uno al otro. Físicamente yo estaba tan excitado como en el sofá, pero mi mente se sentía libre.

—¿Dónde vive la prima de Axel? —le pregunté.

—En algún lugar de L. A. —Mentalmente ella seguía en Berkeley.

—¿Y está relacionada de algún modo con los negocios de la familia?

—El padre de Nina era el hombre que fundó la empresa. Se llama Tourneau, Rega Tourneau.

—¿Formaba parte de la empresa antes de la guerra?

—Sí.

—¿Y dónde vive?

Empezó a enjabonar mi vello púbico, trabajando diestramente en torno al pene.

—No lo sé. Ni siquiera sé si está vivo. Creo que se retiró a principios de los años cincuenta. Eso significa que tiene ochenta años o más.

Después de la ducha yo todavía estaba muy excitado. Canela se me plantó enfrente, sonriendo, y preguntó:

—¿Vas a irte ahora?

Quería irme porque sabía que, de algún modo, perdería parte de mi alma si le dejaba que me hiciera el amor otra vez.

—No —dije—. No me voy a ninguna parte.

42

No dejé a Philomena hasta la mañana siguiente, temprano. Hacía mucho tiempo que no pasaba una noche como aquélla. Georgette era maravillosa y apasionada, pero Canela Cargill tenía todo el sabor y el condimento del sexo sin las trabas del amor. Mientras Georgette me besaba y me decía que quería llevarme a su casa para siempre, Canela se limitaba a gruñir desdeñosamente y usaba el sexo como el bisturí de un cirujano. No me dijo ni una sola cosa amable o agradable, pero me hizo el amor como si fuera el hombre de su vida.

Cuando salía de la habitación para ir al baño, parecía sorprendida de volver a verme después al regresar, pero no necesariamente feliz.

Me lo contó todo de Rega Tourneau. Era el patriarca de la familia, nacido en el siglo anterior. Se había casado con la hermana del padre de Axel y, por lo tanto, había alguna relación familiar entre ellos... aunque no de sangre. Pero todos le amaban.

—El viejo tenía mal carácter —dijo Philomena—. Cuando era un niño, le explotó una caldera en la cara que le dejó ciego y con un montón de cicatrices.

Cuando se retiró, llevó una vida recluida y retirada.

Tuvo un desacuerdo con Nina por el hombre con el que se casó. A Rega no le gustaba y, por lo tanto, repudió a su hija. Por lo que sabía Philomena, Nina todavía estaba excluida del testamento.

Después, Nina Tourneau se separó de su marido e intentó convertirse en artista en algún lugar del sur de California. Como no lo consiguió se hizo marchante de arte.

Y entonces hicimos el amor otra vez.

Philomena se habría casado con Axel si él se lo hubiese pedido. Ella habría tenido a sus hijos y habría sido la anfitriona de sus fiestas de ácido, comidas de cátering y cócteles de champán.

—Pero no me has dicho que le amases —comenté.

—El amor es un concepto anticuado —replicó ella, muy universitaria—. La raza humana ha desarrollado el amor para hacer que las familias se cohesionen. Es sólo una herramienta que puedes guardar en el armario cuando has acabado con ella.

—¿Y luego la vuelves a sacar cuando te encaprichas de otra persona?

Y volvimos a hacer el amor.

—El amor es como una cosa de hombres —dijo ella—. Se pone muy caliente y urgente durante un tiempo, pero luego, cuando se acabó, se va a dormir.

—Yo no —dije—. Esta noche no.

Ella sonrió y salió el sol.

Con gran esfuerzo me vestí y me dispuse a irme.

—¿Tienes que irte? —me preguntó.

—¿Me amas? —le pregunté.

Nunca antes había hecho aquella pregunta a ninguna mujer. No tenía ni idea de que aquellas palabras estuviesen en mi pecho, en mi corazón. Pero ésa fue mi respuesta a su pregunta. Si ella hubiese dicho «sí», yo habría tomado un camino diferente, estoy seguro de ello. Quizá la habría llevado conmigo o quizás habría cortado las amarras y habría salido huyendo. Quizás habríamos volado juntos a Suiza con los bonos al portador, y allí habría alquilado un piso junto a Bonnie y Joguye.

—Pues claro —dijo ella, encogiéndose de hombros. Lo mismo me podría haber guiñado un ojo.

Suspiré hondamente, con alivio, y salí por la puerta.

Aparqué mi coche trucado en una calle frente a un lugar de aspecto muy inocuo en Ozone, a menos de una manzana de la playa de Santa Mónica. Era poco más tarde de las siete y había alguna actividad en la calle. Había hombres con traje y ancianas con perros con sus correas, ciclistas enseñando las pantorrillas con sus pantalones cortos y vagabundos que se sacudían la arena de la ropa. Casi todo el mundo era blanco, pero no les importaba que me quedase allí sentado. No llamaron a la policía.

Me tomé un café y me comí un donut con gelatina. Intenté recordar la última vez que había comido bien: el chile en casa de Primo, supongo. Me sentía limpio. Canela y yo tomamos cuatro duchas entre nuestros brotes febriles de no-amor. Me dolía el sexo dentro de los pantalones. Pensé en la forma que tenía ella de repudiar el amor, y mi sorprendente necesidad de él. Me preguntaba si alguna vez mi vida volvería a sentir el deleite que había conocido con Bonnie y la esperanza de felicidad que había descubierto en los brazos de Canela.

Aquel pensamiento me dolió. Levanté la vista y allí estaba Jackson Blue, saliendo por la puerta principal de su casa, con sus gafas absurdas y un maletín negro colgando de la mano izquierda.

Bajé la ventanilla y le llamé por el apellido.

Se agachó detrás de un coche aparcado que había junto a él. En tiempos, verle saltar de aquella manera me habría hecho sonreír. Muchas veces en mi vida había sobresaltado a Jackson porque sabía que reaccionaba así. Se apartaba de un salto de las ventanas, se escabullía detrás de las esquinas...

pero aquel día no intentaba asustar a mi amigo, no obtuve placer alguno al presenciar su frenético salto.

—Jackson, soy yo... Easy.

Entonces apareció la cabeza de Jackson. Hizo una mueca, pero antes de que pudiera quejarse, salí del coche y levanté las manos a modo de disculpa.

—Lo siento, tío —dije—. Te he visto y he gritado sin pensar.

El pequeño cobardica se incorporó y vino andando hacia mí, mirando a su alrededor para asegurarse de que no había ningún truco.

—Hey, Ease. ¿Qué pasa?

—Necesito ayuda, Jackson.

—Parece que lo que necesitas son tres días en la cama.

—Eso también.

—¿En qué puedo ayudarte? —me preguntó Jackson.

—Sólo necesitaba que dieses un paseo en coche conmigo, Blue. Durante el resto del día, si puedes.

—¿Y adónde vas?

—Voy a buscar a una mujer blanca y a su papá.

—¿Y para qué me necesitas? —preguntó Jackson.

—Sólo para que me hagas compañía. Eso es todo. Eso y alguien a quien contarle mis ideas. Bueno, si puedes dejar el trabajo.

—Ah, sí —dijo Jackson con esa falsa chulería que siempre usaba para ocultar la cobardía de su corazón—. Ya sabes que a veces me quedo allí hasta tan tarde como el presidente. Él viene a mi despacho y me dice que me vaya a casa. Lo único que tengo que hacer es llamar y decirle que me tomo el resto del día libre y me dirá que sí.

Me dio unas palmadas en el hombro para confirmar que vendría conmigo.

—Pero primero se lo voy a decir a Jewelle —dijo—. Ya sabes que mi nenita quiere saber dónde ha ido su papaíto.

Cruzamos la calle y Jackson usó tres llaves en la puerta principal. Fuimos hasta la torre de vigía de la entrada que daba a la habitación enorme. Era como mirar hacia abajo por un pozo hecho para albergar a criaturas de cuento de hadas.

—Easy está aquí, cariño —anunció Jackson.

Ella estaba de pie junto a la ventana, mirando hacia fuera, al jardín florido que cuidaban ambos en su tiempo libre. Llevaba una bata de casa de color rosa, con rulos en el pelo como diminutos barriles de petróleo precariamente sujetos.

Jackson y yo teníamos cuarenta y tantos años; éramos hombres viejos, comparados con Jewelle, que tenía algo menos de treinta. Su piel oscura y su rostro esbelto eran bastante atractivos, pero lo que la convertía en una auténtica belleza era la fuerza que había en sus ojos. Jewelle era un genio del mundo inmobiliario. Había cogido las propiedades de mi antiguo administrador y las había convertido casi en un imperio. Los disturbios habían frenado su crecimiento, pero pronto sería millonaria y ella y Jackson vivirían con los ricos de Bel Air.

Jewelle sonrió mientras Jackson y yo bajábamos las escalerillas hacia su hogar. Las paredes medían siete metros de alto, y cada centímetro estaba cubierto con estanterías que albergaban la colección de libros de Jackson de toda la vida.

Tenía ocho enciclopedias y diccionarios de todos los idiomas imaginables, desde griego a mandarín. Era más leído que cualquier profesor de cualquier universidad, y aunque tenía todos aquellos conocimientos a su disposición, mentía con más facilidad que un pez nadaba en el agua.

—Hola, Easy —dijo Jewelle. Le gustaban los hombres mayores. Y a mí me quería especialmente porque siempre la había ayudado en lo que había podido. Es posible que fuese el único hombre (o mujer, en realidad) en toda su vida que le había dado más de lo que había tomado.

—Hola, J. J. ¿Qué tal?

—Estoy pensando en comprar una propiedad en un barrio bueno de L. A. —dijo—. Muchos coreanos se están trasladando allí. El valor va a subir.

—Easy y yo vamos a pasar el día juntos, un asunto personal —dijo Jackson.

—¿Cómo de personal? —preguntó Jewelle, suspicaz.

—Nada peligroso ni ilegal —dije yo.

Jewelle amaba a Jackson porque era el único hombre que había conocido que pensaba mejor que ella. Para cualquier cosa que le preguntase, él tenía la respuesta. Se dice que algunas mujeres se sienten atraídas por las mentes de los hombres. Ella era la única a la que yo conocía personalmente.

—¿Y tu trabajo, cariño? —preguntó ella.

—Easy quiere un poco de compañía, J. J. —le dijo Jackson—. ¿Cuándo fue la última vez que le oíste decirme a mí algo semejante?

Era obvio que habían hablado mucho de mí. Casi podía adivinar los ecos de esas conversaciones en aquella sala inmensa.

Jewelle asintió y Jackson se quitó la corbata. Cuando fue al teléfono a hacer una llamada, Jewelle se acercó a mí.

—¿Tienes problemas, Easy? —me preguntó.

—Tan graves que no te los puedes ni imaginar, J.J.

—No quiero que Jackson vaya contigo.

—No es eso, cariño —le dije—. En realidad... él sólo me va a acompañar en el coche. Quizá me dé un par de ideas.

Entonces Jackson volvió con nosotros.

—He llamado al presidente a su casa —dijo orgullosamente el niño prodigio—. Me ha dicho que me tome todo el tiempo que necesite. Ahora, lo único que tengo que hacer es tomar un buen desayuno, y estaré listo para la acción.

43

Jackson quiso que fuésemos a un pequeño café que daba a la playa.

El problema era que el sitio que eligió, el Sea Cove Inn, era donde Bonnie y yo solíamos ir por las mañanas algunas veces. Pero lo superé. Pedí un gofre salado con bacon. Jackson engulló unas tostadas con salchichas, huevos fritos y un litro entero de zumo de naranja. Tenía el cuerpo y el apetito de un muchacho.

La camarera, una mujer mayor blanca, conocía a Jackson, y estuvieron hablando de perros... ella tenía uno de una raza exótica, por lo visto. Mientras parloteaban fui al teléfono público y llamé a EttaMae.

—¿Sí? ¿Quién es?

—Easy, Etta.

—Espera.

Dejó el receptor y al cabo de un momento lo cogió el Ratón.

—¿Estás en prisión, Easy? —me preguntó, en medio de un enorme bostezo.

—En la playa.

—¿Qué tal está Jackson?

—Ahí anda.

—Tu chico, Cicerón, es lo que una novia que tuve que era doctora del coco llamaba «psicópata». Creo que así me llamaba a mí también. El caso es que lleva años matando y haciendo daño por la costa. Dicen que era rico, pero los suyos le repudiaron cuando cometió su primer crimen. Sé dónde vive aquí, pero hace días que no aparece por casa. Tengo a un tío vigilando el sitio, pero no creo que aparezca.

—Qué extraño, ¿eh?

—Todo el mundo lo dice. El hijo de puta cubre sus huellas con huesos y sangre. Sabes, le voy a hacer un favor al país exterminando a ese tío.

—Sí —afirmé, pensando que la fuerza bruta era la única forma de tratar con Joe Cicerón. Un hombre como aquél resultaba mortal, estuviera uno donde estuviese. Hasta en prisión podía alcanzarte.

—¿Qué quieres que haga, Easy?

—Quédate ahí sentado, Ray. Si sabes algo de Cicerón, hazme una llamada.

—¿Adónde?

—Llamaré a Etta esta noche a las seis, y mañana por la mañana a las nueve. Dale el recado a ella.

—Claro, hermano.

Estaba a punto de colgar cuando dije:

—Eh, Ray.

—¿Qué?

—¿No te asusta una mierda como ésta? —Sabía la respuesta. Simplemente, no quería apartarme todavía del teléfono.

—Qué va, tío. Bueno, sí, esta mierda es bastante seria. Sería mucho más fácil el tema aquel del furgón blindado. En un rollo de ésos está todo calculado, lo único que hay que hacer es seguir la línea de puntos. En cambio, esta historia te obliga a pensar. A pensar rápido. Pero tú ya sabes que eso me gusta.

—Sí —dije—. Desde luego, te hace pensar.

—Vale, entonces, Easy —dijo el Ratón—. Llámame a la hora en que hemos quedado. Estaré aquí esperándote a ti o a mi espía.

—Gracias, Ray.

Y

Acabábamos de dejar nuestras huellas en las frías baldosas junto a la bañera cuando Philomena me habló de la galería donde trabajaba Nina Tourneau. Disfrutaba dándome información después de una intensa refriega sexual. La intensidad del acto amoroso parecía darle fuerzas. Cuando acabábamos, creo que estaba mucho menos preocupada por el hecho de morir.

La galería estaba en Rodeo Drive, en Beverly Hills. Metí mis pistolas en el maletero y la licencia de detective en el bolsillo de la camisa. Aunque íbamos bien vestidos, a bordo de un coche de carreras, era por la mañana y Jackson tenía aspecto de trabajar en una gran empresa, yo tenía un aire demasiado deportivo para estar encaminándome a un trabajo respetable.

Aparqué frente a la galería, Merton's Fine Art.

Sonaron unas campanitas lejanas cuando entramos. Una mujer blanca con un traje de un color verde intenso salió por una puerta que había en la parte más alejada de la larga habitación. Cuando nos vio la perplejidad invadió sus rasgos. Dijo algo hacia la puerta que tenía detrás y luego avanzó con una forzada sonrisa en el rostro.

—¿En qué puedo servirles? —preguntó, muy indecisa.

—¿Es usted Nina Tourneau?

—¿Sí?

—Me llamo Easy Rawlins, señora —dije, tendiéndole mi tarjeta de identificación—. Represento a un hombre llamado Lee, de San Francisco. Está intentando localizar a un pariente suyo.

Nada de lo que dije, ni mi tarjeta de identidad, consiguió borrar la inquietud de su rostro.

—¿Y a quién quiere localizar? —preguntó.

Nina Tourneau podía tener cincuenta y muchos años,

aunque los cosméticos y tratamientos hacían que pareciese tener sólo cuarenta y tantos. Su rostro elegante con toda seguridad fue muy bello en su juventud. Pero ahora, debajo de su piel, se iban acentuando las telarañas de la edad.

—Al señor Rega Tourneau —dije.

El nombre consiguió alterar la reserva de la marchante de arte.

Jackson, mientras tanto, había ido examinando las pálidas pinturas al óleo que colgaban de las paredes. Los colores eran más pastel que óleo, en realidad, y los detalles eran vagos, como si los cuadros todavía no estuviesen acabados.

—Estos cuadros de aquí parecen de un... —dijo Jackson, chasqueando los dedos—. ¿Cómo lo llaman? Hum... epígono, eso es. Estos cuadros son de un epígono de Puvis de Chavannes.

—¿Cómo dice? —le preguntó ella.

—Chavannes —repitió—. El hombre que tanto entusiasmaba a Van Gogh. A mí personalmente nunca me gustaron sus obras. Y no entiendo por qué algún pintor moderno iba a querer parecerse a él.

—¿Entiende usted de arte? —preguntó ella, asombrada.

En aquel momento volvieron a sonar las campanas. No tuve que mirar para saber que la policía estaba entrando. Cuando Nina susurró algo hacia la habitación de atrás, estaba seguro de que había pedido a su ayudante que llamase a la policía. Después de los disturbios, la gente llamaba a la policía si dos hombres negros se detenían en una esquina de una calle a saludarse... y mucho más si entraban en una galería de arte de Beverly Hills llena de cuadros que hacían referencia a la antigua cultura europea.

—Quédense donde están —dijo uno de los policías—. Mantengan las manos donde pueda verlas.

—Ah, sí —dijo Jackson a Nina—. Yo leo sobre todo tipo de temas. A mí quien me gusta de verdad es El Greco. Se amamantó de pintura, igual que él amamantó a Picasso, pero es más antiguo que el mundo.

—Cállate —dijo uno de los dos policías jóvenes.

Los dos llevaban las armas desenfundadas. Uno cogió a Jackson por el brazo.

—Lo siento, oficiales —dijo entonces Nina Tourneau—, pero ha habido un error. No había reconocido al señor Rawlins y a su socio cuando han entrado. Le he dicho a Carlyle que vigilase. Él debe de haber pensado que quería que les llamasen. Pero no pasa nada.

Los policías no la creían al principio. No les culpo. Parecía nerviosa, preocupada. Nos pusieron las esposas a Jackson y a mí y uno de ellos se llevó a Nina a la habitación de atrás para asegurarle que estaba a salvo. Pero ella siguió insistiendo en su historia y al final nos soltaron. Nos dijeron que estaríamos vigilados y luego se fueron y se sentaron en su coche patrulla, al otro lado de la calle.

—¿Por qué están buscando a mi padre? —preguntó Nina cuando se hubieron ido.

—No, yo no le busco —dije—. Es Robert Lee, el extraordinario detective de Frisco, quien le busca. Me dio algo de dinero y yo le estoy dedicando algo de tiempo al tema.

La señorita Tourneau nos examinó un rato y luego movió la cabeza negativamente.

—Mi padre es un hombre anciano, señor Rawlins. Está en un asilo. Si su cliente quiere hablar conmigo, puede darle el número de esta galería y tendré mucho gusto en hablar con él.

Me miró a los ojos mientras me decía aquello.

—Él la desheredó, ¿verdad?

—No veo que eso sea asunto de su incumbencia —exclamó ella.

Yo sonreí y le dirigí una ligera inclinación de cabeza.

—Vámonos, Jackson —dije entonces.

Él se encogió de hombros como un niño y se dirigió hacia la puerta.

—Perdóneme, señor —dijo Nina Tourneau a Jackson—. ¿Es usted coleccionista?

Ya vi que aquella pregunta no resultaba una idea nueva para mi amigo. Su rostro se iluminó y dijo:

—Deme su tarjeta. A lo mejor le compro algo, algún día.

El coche de policía seguía aparcado al otro lado de la calle cuando salimos.

—¿Por qué no la has presionado un poco, Easy? —preguntó Jackson—. Ya se veía que ella estaba deseando enterarse de lo que tú sabes.

—Ya me ha dicho dónde está su padre, señor Coleccionista de Arte.

—¿Cuándo lo ha hecho?

—Cuando hablábamos.

—¿Y adónde ha dicho que fuésemos?

—A la Residencia Westerly.

—¿Y eso dónde está?

—No demasiado lejos de aquí, apostaría.

—Easy —dijo Jackson—. Eres un hijo de puta, tío. O sea, que tienes como magia y eso.

Jackson quizá no supiera que un cumplido por su parte era, probablemente, el mayor honor que podía recibir yo jamás.

Sonreí y saludé al policía dentro de su patrullero.

Luego nos dirigimos una manzana hacia el sur y me detuve ante una cabina telefónica, donde busqué el emplazamiento de Westerly.

44

—¿Por qué vamos hacia el oeste, Easy? —me preguntó Jackson.

Estábamos en el bulevar de Santa Mónica.

—Volvemos a Ozone a recoger tu coche, tío.

—¿Por qué?

—Porque los polis de todo Beverly Hills tienen la descripción de este coche deportivo.

—Ah, claro. Vale.

De camino hacia la residencia, Jackson hizo que me detuviera para comprar una orquídea blanca en una maceta.

—¿Para Jewelle? —le pregunté.

—Para un anciano blanco —dijo Jackson con una sonrisa. Se sentía violento por no haber averiguado a la primera por qué debíamos cambiar de coche, y por tanto, se las había ingeniado para encontrar el truco que nos introdujese en la residencia de ancianos.

Westerly era una finca grande que ocupaba varias manzanas por encima de Sunset. Había un muro de ladrillo de cuatro metros en torno a los campos verdes, y una verja de hierro también muy alta en la puerta de entrada. Pasamos junto a ella una vez, y luego aparcamos a una cierta distancia, junto a los bosques.

Como disfraz, Jackson se abrochó el botón superior de

su camisa, se subió las solapas de la chaqueta y se puso las gafas.

—Jackson, ¿no pretenderás que eso te funcione, verdad? Quiero decir que llevas un traje de doscientos dólares. Sabrán que pasa algo raro.

—Verán mi piel antes que todo lo demás, Easy. Y las flores, y las gafas. Cuando se den cuenta de lo del traje, ya se habrán decidido.

Al arrancar de nuevo, yo me eché en el asiento de atrás.

Me dolía mucho detrás de los ojos, y notaba los testículos hinchados. Cuando era mucho más joven, aquel dolor habría significado un orgullo. Lo habría utilizado en las conversaciones de la calle. Pero era demasiado viejo para enmascarar el dolor a base de fanfarronadas.

Al cabo de unos momentos caí en un sueño profundo.

Haffernon se encontraba de pie junto a mí. Estábamos enzarzados en una agria disputa. Me dijo que si él no hubiese hecho negocios con los nazis, alguna otra persona los habría hecho.

—Así es como funciona el dinero, idiota —dijo.

—Pero usted es americano... —aduje.

—¿Cómo es posible que todos digáis eso? —me preguntó, con auténtico asombro—. Tus abuelos eran propiedad de algún hombre blanco. Ni siquiera me llegas a la suela del zapato. Y aun así, ¿crees en la tierra que estamos pisando?

Noté que la rabia crecía en mi pecho. Le habría machacado la cara si el cañón de un arma no hubiese apretado la base de su cráneo. Haffernon notaba la presión, pero antes de que pudiese responder, el arma se disparó. La parte superior de su cabeza saltó entre un chorro de sangre, sesos y hueso.

El asesino dio media vuelta y echó a correr. No podía asegurar si se trataba de un hombre o de una mujer, sólo que él (o ella) eran de corta estatura. Corrí detrás del asesino, pero alguien me cogió del brazo.

—¡Suéltame! —grité.

—¡Easy! ¡Easy! ¡Despierta!

Jackson me sacudía el brazo, despertándome justo antes de que cogiese al asesino. Quería abofetear la cara sonriente de Jackson. Me costó un momento darme cuenta de que era un sueño y de que nunca encontraría al asesino de aquella manera.

Pero aun así...

—¿Qué pasa, Jackson?

—Rega Tourneau ha muerto.

—¿Muerto?

—Murió mientras dormía, anoche. Dicen que le falló el corazón. Pensaban que traía las flores para el funeral.

—¿Muerto?

—La señora que estaba en el mostrador principal me ha dicho que últimamente estaba muy bien. Que había recibido muchas visitas. Los médicos pensaban que quizás hubiese sufrido demasiadas emociones.

—¿Qué visitas eran ésas?

—¿Tienes un par de cientos de dólares, Easy?

—¿Cómo?

Ahora, ya despierto, pensé en la muerte tan conveniente de Rega Tourneau. Tenía que ser un crimen. Y ahí estaba yo de nuevo, en pleno escenario del crimen.

—Doscientos dólares —dijo de nuevo Jackson.

—¿Por qué?

—Terrance Tippitoe.

—¿Quién?

—Es uno de los guardias de aquí. Mientras yo esperaba para ver a la recepcionista, hemos estado hablando. Después le he dicho que igual sabía cómo se podía sacar algo de pasta. Saldrá a las tres.

—Gracias, señor Blue. Es justo lo que necesitaba.

—Vamos a comer —sugirió.

—Pero si has comido hace nada...

—Conozco un sitio por aquí que es realmente bueno.

Yo volví a recostarme y él puso en marcha el coche. Cerré los ojos, pero el sueño no volvió.

—Sí, Easy —me estaba diciendo Jackson.

Yo me comía otros huevos revueltos mientras él daba cuenta de una chuleta en Mulligan's, en Olympic. Nos sentamos en una mesa del rincón. Jackson se bebió también unas cervezas, muy orgulloso de su trabajo en la Residencia Westerly. Pero después de la tercera, su autoestima se evaporó.

—Yo tenía miedo —decía—. Todo el tiempo, día y noche. A veces no podía dormir porque siempre tenía algún miedo en la mente. Algún hombre podía averiguar que le había engañado, o que me había acostado con su mujer o su novia. Algún hijo de puta podía haber oído que yo tenía diez pavos y machacarme la cabeza para quitármelos.

—Pero ahora tienes un buen trabajo y todo te va bien.

—El trabajo no es ninguna mierda, Easy. O sea, que me gusta. O más bien me encanta. Pero el trabajo no me calma la mente. Lo de Jewelle siempre está ahí.

Suspiró y se limpió la nariz con el dorso de la mano.

—¿Qué pasa, Jackson?

—Sé que no puede durar, eso es.

—¿Por qué no? Jewelle te ama mucho más de lo que amaba a Mofass, y ella le amaba más que a nada, antes de que muriese.

—Porque yo lo voy a estropear todo, tío. Es el destino. Alguna mujer se me meterá en la cama, algún idiota dejará que eche las manos a su dinero. He sido un negro demasiado tiempo, Easy. Demasiado tiempo.

Me preocupaba Feather, nadaba por un río de dolor y rabia llamado Bonnie Shay, me aterrorizaba de muerte Joe Cicerón y me enfrentaba a un rompecabezas sin sentido. A causa de todo aquello, apreciaba la afligida honradez de Jackson. Por primera vez, incluso, noté un auténtico parentesco con él. Nos conocíamos desde hacía más de veinticinco años, pero aquélla era la primera vez que yo sentía que éramos amigos de verdad.

—No, Jackson —dije—. No va a ocurrir nada de eso.

—¿Por qué no?

—Porque yo no dejaré que pase. No dejaré que lo jodas todo. No dejaré que lo jodas con Jewelle. Lo único que tienes que hacer es llamarme y decirme que sientes alguna debilidad. Eso es lo único que tienes que hacer.

—¿Harías eso por mí?

—Pues claro que sí. Llámame en cualquier momento, de día o de noche. Yo estaré ahí contigo, Jackson.

—Pero ¿por qué? Quiero decir que... ¿qué he hecho yo por ti?

—Todos necesitamos un hermano —dije—. Éste es mi turno, eso es todo.

Terrance Tippitoe le había dicho a Jackson que nos reuniéramos con él en una parada de autobús a las tres y cinco. Estábamos allí esperando. Jackson hizo las presentaciones (mi nombre era John Jefferson, y el suyo George Paine). Expliqué lo que deseaba. Por su participación, le daría doscientos dólares.

Terrance ganaba un dólar treinta y cinco por hora en aquel momento, y como no le había pedido que matase a nadie, asintió y sonrió y dijo:

—Sí, señor Jefferson. Soy su hombre.

Se acordó un momento para reunirnos con Terrance a la mañana siguiente.

Antes de separarnos, Jackson accedió a prestarme doscientos dólares.

El mundo era un lugar distinto, aquella tarde.

45

Volví al hospital y pedí las referencias de la nueva habitación de Bobby Lee en el mostrador. Sentado en una silla junto a la puerta de Lee había un hombre blanco muy feo con las cejas, labios y nariz al menos tres veces demasiado grandes para su cara blancuzca. Aun sentado, vi que era un hombre grandote. Y a pesar de su grueso abrigo de lana, pude apreciar la fortaleza de sus miembros.

Al acercarme a la puerta, el Neanderthal se enderezó en la silla. Sus movimientos eran tan graciosos y fluidos como los de algún monstruo que se alzase desde una ciénaga ancestral.

—¿Qué tal? —dije yo, con ese aire amistoso que usan mucho los paletos de Texas. No quería pelearme con aquel hombre, en ningún momento y por ningún motivo.

Él sólo me miró.

—Easy Rawlins, quiero ver al señor Robert E. Lee —dije.

—Por aquí —dijo el bruto, con una melodiosa voz de barítono. Se levantó de la silla como el *Nautilus* de Nemo alzándose desde las profundidades.

Abrió la puerta y me indicó por gestos que pasara. Él pasó detrás: un elefante detrás del rabo de su hermano.

Lee estaba sentado en la cama con una camisa de dormir que no era del hospital, con bordados blancos en la pechera blanca, junto a los botones, y un cuello muy elegante. Sentada junto a él se encontraba Maya Adamant. Llevaba unos pantalones muy ajustados color coral y una blusa de seda roja. Tenía el pelo atado atrás y su rostro parecía triunfante.

Estaban cogidos de las manos.

—¿Han hecho las paces con un besito después de la pequeña pelea y la bobada del intento de asesinato?

Notaba la presencia del guardaespaldas detrás de mí. Pero ¿a mí qué me importaba? Yo estaba diciendo la pura verdad.

—Se lo he contado todo a Robert —dijo Maya—. No tengo secretos para él.

—¿Y usted la cree? —le pregunté a Lee.

—Sí. Me he dado cuenta de muchas cosas al estar tan cerca de la muerte. Aquí echado he llegado a comprender que mi vida no tiene sentido. Bueno, sí que he hecho muchas cosas importantes para otras personas. He resuelto crímenes y he salvado vidas, pero ya sabe, si alguien va camino del infierno, no se le puede salvar.

Su boca todavía estaba bajo el influjo de las drogas que le habían suministrado, pero percibí una mente clara por debajo del entramado de pensamientos vacilantes.

—Ella envió a Joe Cicerón a nuestra reunión —dije—. Y Joe vació un cargador entero en su pecho. Casi le mata.

—Ella no sabía que él iba a hacer tal cosa. Su único deseo era obtener los bonos. Es una mujer sin un hombre a su lado. Tiene que cuidar de sí misma.

—¿No era trabajo suyo conseguir los bonos y devolvérselos a Haffernon?

—Él sólo quería la carta.

Aquellas cinco palabras me probaron que la mente de Lee funcionaba a tope, con seis cilindros. Si yo me hubiese llegado a acostumbrar a la idea de aquella carta, no habría notado cómo metía aquello disimuladamente en la conversación.

—¿Qué carta? —pregunté.

Lee estudió mi rostro.

—No importa ahora —dijo—. Haffernon está muerto. He recibido noticias.

Entonces fui yo quien me quedé mirándole.

—El único problema ahora es Joe Cicerón —dijo Lee—. Y Carl, aquí, está trabajando para resolver este problema.

—Cicerón no puede estar solo en esto —dije yo—. Tiene que trabajar para alguien. Y ese alguien siempre puede encontrar otro Garbanzo.

Lee sonrió.

—Debo disculparme con usted, señor Rawlins. Cuando usted entró por primera vez en mis oficinas, creí que era simplemente un idiota con mucho desparpajo dispuesto a engañarme, que lo único que deseaba era obligarme a hacer lo que se le antojaba porque yo era un hombre blanco con una casa grande. Pero ahora veo la sutileza de su mente. Usted es un intelectual de primera, y más que eso... es usted un hombre de verdad.

Debo decir que los elogios no consiguieron despertar mi vanidad, porque sabía que Lee era taimado y al mismo tiempo tonto, y ésa es una mala combinación para dejarse influir por ella.

—¿Puedo hablar con usted a solas? —pregunté al detective.

Él pensó un momento y luego asintió.

—Carl, Maya... —dijo, despidiéndoles.

—Jefe —se quejó Carl, el grandote.

—No, está bien. El señor Rawlins no es un mal hombre. ¿Verdad, Easy?

—Depende de a quién le pregunte.

—Váyanse los dos —dijo Lee—. No me pasará nada.

Maya me dirigió una mirada de preocupación mientras salía. Era un cumplido mayor que las palabras de su jefe.

Cuando la puerta se hubo cerrado, pregunté:

—¿Es usted un estúpido, o es que no le importa que esa mujer enviase a un asesino a por usted?

—Ella no lo sabía.

—¿Y cómo puede estar seguro de eso? Quiero decir que actúa como si supiese leer la mente a la gente, pero usted y yo sabemos que no se puede predecir lo que hará una mujer como ésa.

—Veo que alguna mujer se le ha metido debajo de la piel —dijo, apuntándome con los ojos como si fueran cañones. Eso me desconcertó, y me di cuenta de que cuando hablaba de Maya era Bonnie quien estaba en mi mente. Incluso veía las similitudes entre ambas mujeres.

—No se trata de mi vida personal, señor Lee. Se trata de Joe Cicerón y de que su ayudante le mandó a por usted y a por mí. Los dos sabemos que yo habría recibido los tiros si hubiese salido el primero por aquella puerta. Y yo no llevo chaleco antibalas.

—Si lo que me dijo usted es correcto, él le necesitaba a usted para que le diera información.

—Entonces me habría secuestrado, me habría torturado.

—Pero eso no ocurrió. Usted está vivo, y ahora Joe Cicerón acabará a tiros. Yo mismo le disparé.

—¿Y quedó mal?

—Es difícil decirlo. Él hizo un movimiento raro hacia atrás y disparó de nuevo. Yo le envié otra bala, pero entonces ya iba corriendo.

—No puede asegurar que está muerto. No está seguro. Y aunque pudiera, y aunque Carl le encontrase, o la policía, o cualquier otra persona... eso no nos diría tampoco por cuenta de quién está haciendo todo esto.

—El caso está cerrado, señor Rawlins. Haffernon ha muerto.

—¿Lo ve? —dije—. ¿Lo ve? En eso está equivocado. Cree que la vida es como una de esas representaciones de la guerra civil que tiene usted en su casa. Aquí están matando a gente, Bobby Lee. Los matan. Y mueren porque ese tal Haffernon le contrató a usted. No van a dejar de morir simplemente porque usted diga que todo ha terminado.

Debo decir que Lee parecía escucharme. No había polémica en sus labios, ni desdén en su rostro.

—Quizá tenga usted razón, señor Rawlins. Pero ¿qué quiere que haga yo?

—Quizá podría investigar la conexión Cicerón-Maya. Quizás ella podría fingir que desea trabajar con él todavía. De algún modo podemos echarle el guante y que nos conduzca hasta su fuente.

—No.

—¿No? ¿Cómo puede decir sencillamente que no? Al menos, podríamos preguntarle a ella si le parece bien... Mierda, este asunto es muy serio.

—Es demasiado peligroso.

—Lo que es peligroso es decirle a un asesino dónde va a estar tu jefe y no hacerle saber a tu jefe el cambio de planes. Lo que es peligroso es salir de un bar y que un hombre a quien no conoces te pegue unos tiros.

—No puedo poner en peligro a Maya.

—¿Por qué no?

—Porque vamos a casarnos.

46

Dejé el hospital como flotando en una nube. ¿Cómo podía hacerlo? ¿Comprometerse con una mujer que menos de veinticuatro horas antes casi hace que le maten?

—Ella casi le quitó la vida —le dije, luchando por entender aquello.

—Pero siempre me ha amado, y no lo sabía. Una mujer tan bella... Y yo tratándola de esa manera...

—Ella podía haberse ido. Podía haber pedido un aumento de sueldo. Podía haber descolgado el puto teléfono. ¿Por qué cojones tenía que mandarle un asesino a que le pisara los talones?

—Se equivocó. ¿Es que usted no se ha equivocado nunca, señor Rawlins?

De camino hacia Santa Mónica, yo me sentía furioso. Allí estaba, herido por Bonnie, que con una mano intentaba salvar la vida de mi hijita y con la otra acariciaba a su nuevo amante. Y ahora Lee perdonaba un intento de asesinato y lo recompensaba con una promesa de matrimonio.

Abrí todas las ventanillas y me fumé un cigarrillo tras otro. La radio emitía canciones pop con tristes palabras y compases débiles. Podría haber estrellado mi coche contra un muro de ladrillos en aquel mismo momento. Quería hacerlo.

Y

—Aquí los tenemos, Easy —me dijo Jackson—. Aquí están los nombres del registro de visitas de la última semana.

Terrance Tippitoe no había sido nada sutil en su procedimiento. Se había limitado a arrancar las siete hojas de papel del libro de invitados, y las había doblado en cuatro.

Examiné los documentos durante unos veinticinco segundos, no más, y supe quién era la mente criminal. Ya sabía por qué, y sabía cómo. Pero todavía no veía una salida a nada de todo aquello, a menos que yo también me convirtiese en asesino.

—¿Qué hay, Easy? —me preguntó Jackson.

Me metí las hojas del libro de visitas en el bolsillo pensando que si conseguía implicar al asesino en la muerte de Rega Tourneau, quizá podría avisar a la policía. Después de todo, yo me trataba de tú con Gerald Jordan, el jefe de policía local. Podía pasarle aquellos papeles y dejar que ellos hiciesen el resto.

—¿Easy? —dijo Jackson.

—¿Sí?

—¿Qué pasa?

Aquello me hizo reír. Jackson también se rio. Jewelle vino a sentarse tras él. Le pasó las manos en torno al cuello.

—No pasa nada, Blue. Acabo de saltar unos cuantos obstáculos, eso es todo. Unos cuantos obstáculos...

Jackson y Jewelle supieron dejarlo así.

Por aquel entonces no era capaz de pensar con claridad. Habían ocurrido demasiadas cosas y yo podía controlar muy pocas. Tenía que verme cara a cara con el jefe de Cicerón. Y en aquella reunión yo debía tomar una decisión. Una semana antes, el único crimen que pensaba cometer era un asalto a mano armada, pero ahora la cosa había derivado a asesinato con premeditación.

Fuera cual fuese el resultado, no podía llevar la misma ropa ni un día más. Me imaginé que Joe Cicerón tendría cosas mejores que hacer que vigilar mi piso, así que me fui a casa.

Pasé dos veces rodeando la manzana, buscando cualquier señal del asesino de alquiler. No parecía estar por allí. Quizás estuviese muerto, o al menos inutilizado.

Saqué los bonos de la guantera del coche deportivo y, con ellos debajo del brazo, me dirigí hacia la puerta principal.

Pegado a la puerta se encontraba un grueso sobre blanco. Lo cogí pensando que tendría algo que ver con Axel o con Canela o incluso con Joe Cicerón.

Abrí la puerta y entré en el vestíbulo. Dejé los bonos en el canapé y abrí la carta. Era de un abogado que representaba a Alicia y Nate Roman. Me denunciaban por haberles causado un grave trauma físico y un gran sufrimiento mental. Habían sufrido daños en el cuello, caderas y columna vertebral, y ella tenía graves laceraciones en la cabeza. Sólo se habían roto un hueso, pero tenían numerosas contusiones. Ambos habían acudido al mismo médico, un tal doctor Brown. El coste de su enorme padecimiento era de cien mil dólares... cada uno.

Me dirigí hacia la cocina con la idea de beberme un vaso de agua. Al menos, podía hacer aquello sin que me pegasen un tiro, o me espiasen, o me denunciasen.

Vi su reflejo en el cristal de la puerta del armarito. Venía rápido, pero en aquella décima de segundo me di cuenta, primero, de que el hombre no era Joe Cicerón, y segundo de que, como el Ratón, Cicerón había enviado a un representante suyo a que me vigilase. Luego, cuando estaba medio vuelto hacia él, me golpeó con una cachiporra o algo así, y el mundo se puso a dar vueltas y se coló por un desagüe que se abrió a mis pies.

Y

Perdí la conciencia pero una parte de mi mente luchaba por despertarse. De modo que me desperté en sueños, en mi propio lecho. Junto a mí se encontraba un hombre con la piel muy oscura. Abrió los ojos al mismo tiempo que yo abría los míos.

—¿Dónde está Bonnie? —le pregunté.

—Se ha ido —dijo, de un modo tan tajante que todo el aire escapó de mi pecho.

El sol de la mañana que se colaba a través de la ventana de la cocina me despertó, pero fueron las náuseas las que me obligaron a ponerme en pie. Fui al baño y me senté junto al inodoro, esperando vomitar... pero no lo hice. Me duché, me afeité, me acicalé y me vestí.

Los bonos habían desaparecido, desde luego. Imaginé que tenía suerte de que Cicerón hubiese enviado a un suplente. También tenía suerte de que los bonos estuviesen allí mismo, para que los robasen. De otro modo, Joe podía haber venido y haberme hecho mucho daño hasta que se los entregase. Y luego me habría matado.

Yo era un hijo de puta con suerte.

Pero antes de salir corriendo decidí llamar a un número que tenía grabado en la memoria. Tengo gran facilidad para recordar números, siempre la he tenido.

Ella me respondió al sexto timbrazo, sin aliento.

—¿Sí?

—¿La invitación sigue en pie?

—¿Easy? —exclamó Cynthia Aubec—. Pensaba que nunca volvería a oír hablar de usted.

—Eso se podría interpretar como una amenaza, abogada.

—No. Pensaba que no le gustaba.

—Sí que me gusta —dije—. Me gusta aunque me haya mentido.

—¿Mentir? ¿Sobre qué?

—Fingió que no tenía relación alguna con Axel, pero aquí veo que usted firmó en la residencia de ancianos Westerly para ir a visitar a Rega Tourneau. Cynthia Tourneau-Aubec.

—Tourneau es el nombre de soltera de mi madre. Aubec era mi padre —replicó ella.

—¿Nina es su madre?

—Parece saberlo todo de mí.

—¿Sabía lo que estaba intentando hacer Axel?

—Él se equivocaba, señor Rawlins. Son nuestros padres, nuestra familia. A lo hecho, pecho.

—¿Y por eso le mató?

—No sé de qué me habla. Axel me dijo que se iba a Argelia. No tengo motivo alguno para creer que esté muerto.

—Usted trabajaba en la oficina del fiscal cuando Joe Cicerón fue juzgado, ¿verdad?

Ella no respondió.

—Y visitó a su abuelo sólo unas horas antes de que le encontrasen muerto.

—Era muy viejo. Estaba muy enfermo. Su muerte realmente ha sido una bendición.

—Quizá quería confesar antes de morir. Algo acerca de sus viajes al Tercer Reich y fotos pornográficas suyas con niñas de doce años.

—¿Desde dónde llama? —me preguntó.

—Desde L. A. Desde mi casa.

—Venga aquí... a mi casa. Hablaremos de todo esto.

—¿Qué pasó, Cindy? ¿Estaba en el testamento del abuelito? ¿Temía que el gobierno le quitase todas sus riquezas si salía a la luz la verdad?

—No lo comprende. Entre las drogas y esos amigos locos suyos, Axel sólo quería destruirlo todo.

—¿Y qué pasó con Haffernon? ¿Le entró miedo y se echó atrás? ¿Por eso le mató? Quizá pensase que enfrentarse a una acusación de traición de hace veinte años sería preferible a que le pillasen matando a Philomena.

—Venga a verme, Easy. Podemos solucionar todo esto. Me gusta.

—¿Y qué saco yo? —pregunté. Era una pregunta sencilla, pero detrás de ella había sentimientos complejos.

—Mi madre fue desheredada —dijo ella—. Pero el viejo me puso de nuevo en su testamento recientemente. Pronto seré muy rica.

Dudé el tiempo conveniente, como si estuviese considerando su propuesta. Luego dije:

—¿Cuándo?

—Mañana al mediodía.

—Sin trucos, ¿de acuerdo?

—Sólo quiero explicarme, ayudarle. Eso es todo.

—Vale, iré. Pero no quiero que ande por allí Joe Cicerón.

—No se preocupe por él. Ya no molestará a nadie más.

—Entonces, bien. Mañana a las doce.

Al cabo de una hora me encontraba en un vuelo hacia San Francisco. Había alquilado un coche y me encaminaba hacia una dirección en Daly City donde nunca había estado, pero que conocía. Todo eso me costó unas tres horas.

Era una casa pequeña, con la puerta rosa y el porche azul.

La puerta estaba abierta, de modo que entré sin más.

Cynthia Aubec estaba echada de espaldas en el suelo de madera, con un agujero de bala en el centro de la frente. De pie junto a ella se encontraba Joe Cicerón. Su brazo derecho estaba vendado, y lo llevaba en cabestrillo. En la mano izquierda llevaba una pistola equipada con un enorme silenciador. Tenía que haberla matado mientras yo recorría el caminito de entrada de la casa.

Mi pistola se encontraba en mi bolsillo, inútil. Cicerón sonrió mientras levantaba el arma y me apuntaba a la frente. Ya sabía lo que pensaba al echarle el ojo encima: que nunca cometería el mismo error que yo había cometido.

—Bien, bien, bien —dijo—. Pensaba que tendría que perseguirte por ahí y apareces por aquí como un ganso en Navidad.

Moviendo sólo los ojos miré a ambos lados. No había señal alguna del hombre que me había espiado aquel mismo día, más temprano.

Al otro lado del cadáver de la joven había una mesita baja, encima de la cual se encontraban dos tazas de té. Ella había servido el té antes de que le disparase. La idea era grotesca, pero sabía que no tendría demasiado tiempo para reflexionar sobre ella.

—Lee te va a echar a la policía encima por la muerte de Bowers y de Haffernon —dije, esperando evitar mi propia muerte de alguna manera.

—Yo no los maté. Lo hizo ella —dijo, señalándola con la pistola.

—Pero tú estabas en casa de Bowers —dije—. Tú le amenazaste.

—Lo sabes, ¿eh? Ella me contrató para que encontrara los bonos. Cuando le dije lo que él había dicho, se ocupó de todo el asunto con sus propias manos. —Tosió y echó un vistazo a las tazas de té. Un temblor de esperanza repercutió en el centro de mi pecho.

—¿De Haffernon también?

Él asintió. Había algo en la forma que tenía de mover la cabeza que indicaba que no controlaba del todo.

—¿Por qué? —pregunté, simplemente por hacer tiempo.

—Se estaba volviendo débil. No quería hacer lo que tenían que hacer para mantener su pequeño secretito guarro. Y por eso tuve que matarla. Yo lo sabía —volvió a toser—, más tarde o más temprano, tendría que ir a por mí. Nadie podía saberlo, o si no se derrumbaría todo el castillo de naipes. Por eso trabajo yo. Una familia rica te quita el alma.

—¿Por qué no? —pregunté, de la forma más neutra que pude—. ¿Por qué no podía saberlo nadie?

—Por dinero —dijo él con un movimiento de cabeza algo torcido—. A veces era sencillamente que ella quería su herencia. A veces, se ponía furiosa con el chico por dar por sentada toda esa riqueza, cuando su parte de la familia había sido desheredada.

Enderezó su arma.

—¿Y ella sabía lo de su juicio por la tortura?

—Haces bien los deberes, negro —dijo, y luego tosió. La sangre salpicó sus labios, pero como no tenía ninguna mano libre, no pudo limpiarse.

Salté hacia la izquierda y él disparó. Era bueno. Era diestro y estaba moribundo, pero aun así me dio en el hombro. Usé el impulso para meterme hacia una puerta que había a mi izquierda. Chillando de dolor, me puse de pie. Estaba a medio camino del vestíbulo cuando le oí llegar detrás de mí. Disparó de nuevo, pero no noté nada.

De todos modos me dejé caer.

Mirando por encima del hombro le vi tambalearse hacia delante, disparar una vez más, y luego caer. No volvió a moverse.

Yo estaba en el suelo junto a un baño. Entré intentando no tocar nada. Cogí una toalla del estante que había junto a la bañera y la usé para restañar la hemorragia del hombro.

Cuando la sangre ya no brotaba casi, fui a ver a Cicerón. Estaba muerto. En el bolsillo de su chaqueta llevaba un sobre que contenía veinticinco mil dólares. En una carpeta encima de la mesa baja encontré los bonos y la carta.

Había muchas fotos en los estantes y los alféizares. Algunas eran de Cynthia y su madre, Nina Tourneau.

Una era de Cynthia de niña, en el regazo de su adorado abuelo... pornógrafo, pederasta y traidor nazi.

Cogí los bonos y dejé la carta para que los polis tuvieran en qué pensar. Las tazas de té tenían el mismo olor fuerte que la taza en casa de Axel... y sólo habían bebido de una.

47

Fui conduciendo mi coche de alquiler durante horas que me parecieron días, sangrando encima del volante y por el pecho. Conducía con una sola mano la mitad del tiempo, usando los dedos tiesos de la mano derecha para apretar la toalla contra la herida del hombro.

Fue un verdadero milagro que llegase hasta la casa de Navidad Blake en Riverside. No recuerdo haber salido del coche ni tocar el timbre. Quizá me encontraron allí, desmayado encima del volante.

Volví en mí tres días después. Pascua Amanecer estaba sentada en una enorme silla junto a mi cama, leyendo un cuento. No sé si sabía leer o si sólo miraba las figuras de las historias. Cuando abrí los ojos, ella saltó y salió corriendo de la habitación.

—¡Papá! ¡Papá! ¡El señor Rawlins se ha despertado!

Navidad entró en la habitación con unos vaqueros negros y una camiseta de un verde apagado. Sus botas, decididamente, eran del ejército.

—¿Qué tal vamos, soldado? —me preguntó.

—Dispuesto para el alta —dije, con una voz tan débil que ni siquiera yo la oí.

Navidad me sujetó la cara y me echó agua en la boca. Yo quería levantarme y llamar a Suiza, pero ni siquiera podía levantar una mano.

—Ha sangrado mucho —dijo Navidad—. Casi se muere.

Por suerte, tengo algunos amigos en el hospital de Oxnard. Le traje medicinas y unos cuantos litros de líquido rojo.

—Llamar... Ratón... —dije, lo más alto que pude.

Luego me desmayé.

La siguiente vez que me desperté, Mama Jo estaba sentada junto a mí. Acababa de apartar alguna sustancia de un olor horrible de mi nariz.

—¡Eh! —gruñí—. ¿Qué era eso?

—Veo que te vas a poner bien, Easy Rawlins —dijo la enorme, negra y hermosa Mama Jo.

—Me encuentro mejor. ¿Cuánto tiempo llevo aquí?

—Seis días.

—¿Seis? ¿Alguien ha llamado a Bonnie?

—Ella llamó a Etta. Feather va muy bien, dicen los médicos. Pero no sabrán nada hasta dentro de seis semanas más. Etta le dijo que tú y Raymond estabais haciendo unos trabajos en Texas.

El Ratón apareció entonces con su sonrisa resplandeciente.

—Hey, Easy —dijo—. Navidad ha metido el dinero, los bonos y todo en el cajón que tienes junto a la cama.

—Dale los bonos a Jackson —le dije—. Dile que los venda y lo repartiremos en tres partes.

El Ratón sonrió. Le parecía bien el trato.

—Os dejaré para que habléis de negocios, chicos —dijo Jo. Se levantó de la silla y yo la contemplé asombrado, como siempre, impresionado por su tamaño y su porte.

El Ratón acercó una silla y me dijo lo que sabía.

Joe Cicerón apareció en las noticias de la televisión por haber matado a Cynthia Aubec y a su vez ser envenenado por ella.

—¿Dicen algo de que encontraron una carta? —pregunté.

—No. Ninguna carta, sólo un asesinato mutuo, así es como lo han llamado.

Aquella noche, Saul Lynx vino con una ambulancia alquilada y me llevó a mi casa.

Benita Flag y Jesus vinieron conmigo y me cuidaron.

Dos semanas después de que todo hubiese acabado, cuando yo estaba todavía convaleciente, el Ratón vino y se sentó a mi lado junto al gran árbol que teníamos en el jardín trasero.

—No tienes que preocuparte por esa gente nunca más, Ease —dijo, después de cotillear un rato.

—¿Qué gente?

—Los Roman.

Por un momento me sentí perplejo, y luego recordé el accidente y la demanda.

—Sí —dijo—. Benita me enseñó los documentos, y yo fui a hablar con ellos. Les conté lo de Feather y lo hecho polvo que estabas. Les dije que tú eras un buen detective, y que si alguna vez necesitaban ayuda, tú les echarías una mano. Después, decidieron no presentar esa demanda.

No había mucha gente en Watts capaz de no hacer lo que Ray les pidiera. Nadie quería ponerse en su contra.

Encontraron a Axel Bowers en su *ashram* y le cargaron también aquel crimen a Aubec. Los periódicos lo convirtieron en un escándalo de sexo incestuoso. Quién sabe, quizá lo fuese. Perro Soñador fue entrevistado también. Les habló a los reporteros de las fiestas con sexo y drogas. En 1966 aquél era un motivo suficiente, en la mentalidad del público, para el asesinato.

Unos pocos días después recibí una postal de Maya y Bobby Lee. Estaban de luna de miel en Mónaco. Lee tenía relación con la familia real monegasca. Decía que le llamase si alguna vez necesitaba trabajo... o consejo. Era lo más cerca que llegaría jamás Lee a un ofrecimiento de amistad.

Envié los veinticinco mil dólares a Suiza. Feather me llamaba una vez por semana. Bonnie llamó dos veces, pero siempre encontré una excusa para colgar pronto. No les dije a ninguna de las dos que me habían disparado. No tenía sentido preocupar a Feather o hacer que Bonnie se sintiese mal.

Yo vivía del dinero que Jackson había obtenido por los bonos y me preguntaba quién de la empresa de Haffernon habría comprado la carta. Pero no me preocupaba demasiado por ello. Estaba vivo, y Feather se iba recuperando. Aunque el espíritu moral de mi país estuviese podrido hasta la médula, al menos yo había conseguido salvar una parte que no tenía precio: mi hermosa hija.

Un mes después del tiroteo recibí una carta de Nueva York. Con ella iba un pequeño recorte diciendo que se había abierto una investigación sobre la empresa de capital americano Industrias Químicas Karnak y sus tratos con los alemanes durante la guerra. Había salido a la luz información sobre la venta de municiones a los alemanes directamente desde Karnak. Si las acusaciones resultaban ciertas, se llevaría a cabo una investigación completa.

La carta decía así:

Querido señor Rawlins:

Gracias por todo lo que hiciste. Ya he leído lo de nuestro amigo reptiliano en la zona de la Bahía. Sólo quería que supieras que Axel tenía un as en la manga. Probablemente recopiló información en Egipto y Alemania y la envió al gobierno antes de hablarle a nadie de los bonos suizos. Creo que quería que los tuviera yo, por si le pasaba algo a él. No se imaginaba lo despacio que trabajaría el gobierno.

Fue muy bonito conocerte. Tengo un trabajo de poca categoría en una empresa de inversiones, aquí en Nueva York. Estoy segura de que pronto ascenderé. Si alguna vez pasas por aquí, ven a verme.

Con cariño,
Canela

Había marcado un beso con pintalabios rojo en la parte inferior de la carta. Le mandé los libros que había cogido de su casa y una breve nota dándole las gracias por ser tan especial.

Cinco semanas después, Bonnie y Feather volvieron a casa.

Feather estaba un poco regordeta antes de la enfermedad, y se había convertido casi en un fantasma cuando subió a aquel avión. Pero ahora era al menos diez centímetros más alta, e iba vestida como una mujer. Era incluso más alta que Jesus.

Después de besarme y darme un abrazo, recuperó su compostura y dijo:

—*Bonjour, papa. Comment ça va?*

—*Bien, ma fille* —repliqué, recordando las palabras que había aprendido mientras mataba hombres por toda Francia.

Todos nos quedamos hasta muy tarde por la noche, hablando. Hasta Jesus estaba animado. Había aprendido algo de francés de Bonnie con el tiempo, y entonces él y Feather hablaron en aquel idioma extranjero. La recuperación de ella y su vuelta le habían dejado casi aturdido, loco de alegría.

Finalmente, Bonnie y yo nos quedamos sentados uno junto al otro, pero sin tocarnos, en el sofá.

—¿Easy?

—¿Sí, cariño?

—¿Quieres que hablemos de ello ahora?

Notaba fiebre en la sangre y una marea que invadía mi mente, pero dije:

—¿Hablar de qué?

—Sólo llamé a Joguye porque Feather estaba enferma, y sabía que él tenía contactos —empezó.

Yo pensaba en Robert E. Lee y Maya Adamant.

—Cuando le vi, recordé lo que sentíamos el uno por el otro y... y pasamos mucho tiempo juntos en Montreux. Sé que tú debiste de sentirte muy herido, pero yo también pasé un tiempo intentando aclararme y...

Yo levanté la mano para detenerla. Debí de hacerlo con bastante énfasis, porque ella vaciló.

—Quiero que pares ahora mismo, cariño —dije—. Déjalo, porque yo no quiero oírlo.

—¿Qué quieres decir?

—No se trata de elegir entre él y yo —le dije al amor de mi vida—. Sino de si me quieres o no me quieres. He llegado a esa conclusión durante el tiempo que has estado fuera. Cuando hablamos en el aeropuerto, justo entonces, tú debiste decir que siempre era yo y siempre sería yo. No me importa si has dormido con él o no; en realidad no me importa. Pero la verdad es que él dejó una huella en tu corazón. Ese tipo de marcas que no se borran.

—Pero ¿qué estás diciendo, Easy? —Ella fue a cogerme. Me tocó, pero yo ya estaba ausente.

—Puedes llevarte tus cosas cuando quieras. Te amo, pero tengo que dejarte ir.

Jesus y Benita hicieron la mudanza al día siguiente. No sé adónde fue. Los chicos sí lo sabían. Creo que la veían a veces, pero nunca me hablaban de ello.

Este libro utiliza el tipo Aldus, que toma su nombre
del vanguardista impresor del Renacimiento
italiano Aldus Manutius. Hermann Zapf
diseñó el tipo Aldus para la imprenta
Stempel en 1954, como una réplica
más ligera y elegante del
popular tipo
Palatino

* * *

* *

*

Beso Canela se acabó de imprimir
en un día de invierno de 2007,
en los talleres de Puresa,
calle Girona, 206
Sabadell
(Barcelona)

* * *

* *

*